醉眼 看世界

胡祖义 著

花山文艺出版社

图书在版编目（CIP）数据

醉眼看世界 / 胡祖义著. -- 石家庄：花山文艺出版社，2018.10（2023.9重印）
ISBN 978-7-5511-4216-8

Ⅰ.①醉… Ⅱ.①胡… Ⅲ.①散文集—中国—当代 Ⅳ.①I267

中国版本图书馆CIP数据核字(2018)第201411号

书　　名：	醉眼看世界
著　　者：	胡祖义

责任编辑：	贺　进
责任校对：	李　伟
封面设计：	李　品
美术编辑：	胡彤亮
版式设计：	西橙工作室
出版发行：	花山文艺出版社（邮政编码：050061）
	（河北省石家庄市友谊北大街330号）
销售热线：	0311-88643299/96/17/34
印　　刷：	涿州汇美亿浓印刷有限公司
经　　销：	新华书店
开　　本：	660毫米×960毫米　1/16
印　　张：	19.75
字　　数：	260千字
版　　次：	2019年1月第1版
	2023年9月第3次印刷
书　　号：	ISBN 978-7-5511-4216-8
定　　价：	69.80元

（版权所有　翻印必究·印装有误　负责调换）

序

文采飞扬的旅行者

跟胡祖义老师相识，是2017年10月下旬，湖北省新闻出版广电局在咸宁召开《阅读时代》评刊会，胡老师奕奕的神采和热情洋溢的发言引起我的注意。他勤奋好学，已发表和出版六部中长篇小说，一部散文集，最近，又有一部文化散文和三部旅游散文要出版。胡老师平易近人，亲切而随和，两天的接触，让我们成了忘年交。近一个月来，我们在微信中时有交流，双方都很坦诚，不然，他不会贸然请我给他的旅游散文集作序。

在《阅读时代》微信群里，我读到胡老师发表的几首有关大西北旅行的小诗，觉得他的诗写得不错，尤其像那首《壶口瀑布雄》，首节的"一潭黄河水，排空达天庭"，写壶口瀑布何其壮观，何其形象！壶口瀑布，我当湖北广播电视报总编时曾去看过，瀑布那排空的浊浪，经作者一夸张，如一幅黄色的天幕挂在蓝天白云之间，很形象，很生动，很美，闻一多先生倡导的"诗歌三美"在胡老师的旅游小诗里得到了很好的体现。

除了一首四言诗外，胡老师写的都是五言诗，句式整齐，读起来朗朗上口，挺有韵律，建筑美和音乐美自是不必细说。现在我们再来看看这些旅游小诗体现出来的绘画美："亦有小黄缎，参差挂岩壁。北风悄然至，绸缎飞锦绣。"黄色绸缎挂在岩壁上，色彩分明，线条清晰，是画家的笔法吧？北风吹来，挂在岩壁的瀑布被吹得动起来，绸缎柔软的质感被画出来了，飞起的锦绣，该是锦上添花吧，那不是绘画美是什么？

后来，我把胡老师的西北旅游小诗推荐给当代名流网，没想到，半天的时间，点击阅读量就高达两千多，我听说，写诗并不是他的强项，那么，现在就让我们来欣赏胡老师的这部旅游散文集——《壮美大西北》。胡老师跟他的妻子一道，才从大西北回来，游记就写了几十篇，真让人钦佩。

先看胡老师笔下的青海湖——

"现在，类似（秦皇岛海面）的（那堵）墙又矗立在我面前，因为多云天气，这堵墙虽然呈深蓝，却掺进去不少灰色，海面上没有船只，辽阔的草原作为海面的陪衬，灰蓝色的墙才不那么抢眼。"把海面写成一堵墙，到过海边的朋友都会有认同感。青海湖的壮美除了矗立的墙，还有湖边辽阔的草原，这是海边所没有的，也是其他湖泊所没有的。湖面平坦，湖面上没有船只，一眼望不到边际，跟湖边辽阔的草原连为一体，壮美感顿时产生，我这个读游记的，也能分享到作者笔下的壮美了！

胡老师写天池，把新疆天池比喻成一位摄人心魄的仙女，既然是仙女，就得有歌舞，这不，说歌舞，歌舞就来了，胡老师写仙女的歌舞前，先引碧野的《天山景物记》，用碧野写天山的美，引出天池之美，还把他们在吐鲁番盆地欣赏过的维吾尔少女舞蹈搬出来，请看胡老师笔下,"那华丽的衣裙,那婀娜的腰肢,那修长的胳臂,把人们看得忘乎所以,没想到,今天,我就处在这样美丽景色的环抱中……"这样写天池之美,大约不能算壮美,应该是柔美吧!

敦煌莫高窟,位于河西走廊的古丝绸之路上,我们无论从图片上,还是在电视上,无论是听别人讲述,还是身临其境去实地欣赏,河西走廊应该是苍凉的。可是在胡老师笔下,他却写出了河西走廊的富饶和秀美,他说,河西走廊不只是苍凉,在他《河西走廊赞》五言诗里,他所描写的是"雪山皑皑白,杨柳枝枝黄;黄河九曲折,炊烟绕牛羊"。他写河西走廊两边的山带着浓厚的抒情味:"你瞧,蓝天下,白云缭绕在雪山上,雪山冲破白云的束缚,剑一般地把锋刃指向苍穹;群峰错落有致,被云层遮蔽的山头一片深褐,就连皑皑白雪也蒙上了一层阴影,像是特意给雪山准备的背景;当云层不小心掀开一道缝隙,灿烂的阳光不经意洒在雪白的山头,那雪峰立刻变得白亮亮的,像有钱人故意露富,那露出来的就是白花花的银子。"本来是苍凉景色,经胡老师的妙笔一渲染,苍凉的景色顿时覆上一层层亮色!

没想到,胡老师是一位亲近大自然的高手,他踏进沙漠,不骑骆驼,不坐越野车,喜欢跟几个朋友在沙漠里跋涉。不明就里的人还以为胡老师是个守财奴呢,读了他的游记才知道,他是想亲历跋涉沙漠之苦,只有在沙漠里跋涉过,才算真正到过沙漠,征服过沙漠。在腾格里沙漠是这样,在鸣沙山是这样,在沙坡头,也是这样。

我觉得,胡老师还是一位猎色高手,任何景区,如果不贴近观察,只看个轮廓,有什么意思?就如欣赏一位美女,像胡老师这样欣赏风景,怕是不只欣赏到美女的眉眼、嘴唇和鼻子,而是连美女呼吸的芝兰之气都悉数囊括在心了吧。

更重要的是，胡老师的游记里蕴含着大量考古的、历史的、文化的、风俗的、政治的、经济的信息。我揣摩，胡老师最想向读者说的，是他的旅行见闻，引发那些没到过大西北的人产生旅行的冲动，另一方面，他想借助这部散文集，把他所了解的文化历史等信息传播给其他旅行者。

最后我想说的是，胡老师是一位很有才气的旅行者，他的游记，绝不记流水账，很有味，很耐读。俗话说：冰冻三日，非一日之寒。胡老师散文中透出来的才气，是他几十年生活和学习的积累所成。能够读到这样的游记，真得感谢这位文采飞扬的旅行者。

朱本正

2017年12月8日

朱本正：湖北省广播电视台高级记者，中央人民广播电台《中国广播报》特约记者，《大众电视》杂志特约记者。曾任湖北省广播电视报社长，湖北省专业报记者协会会长，《湖北日报》"最美读报人"、《阅读时代》"最美读书人"。20世纪60年代曾采访报道过毛主席畅游长江、周恩来来汉迎接外宾等重大活动。

跟着祖义看世界

我与祖义兄相遇相知，是在长江大学，今年已四十一年。他天生一副娃娃脸，个头不高，又活泼开朗，初结识时，我总以为比他大，一问年龄，他却反长我几岁。我俩一交往就成了朋友，其因有二：都是农村极贫家庭的老大，都有当作家的野心。就同学之间的感情来讲，以我的体会是中学同学纯真而持久，大学同学看缘分，党校同学最寡淡。我和祖义毕业就分离得很远，友谊能维系至今，除了共同的志趣爱好外，还有我对他的崇敬之情：他的执着、坚韧与乐观自信，正是我性格中的短板。

大二时我们写了几篇习作，教写作的樊斌老师说还行，我们便大着胆子先后拜见了三位作家；结果令人很丧气，敷衍的鼓励和挖苦的训教，每一句我至今都记得清清楚楚。祖义兄却愈挫愈勇，那次到荆州宾馆见蔡明川（苏群）老师，是他硬拽着我去的。那可是大人物，全国知名作家，《长江文艺》主编。周末的那个傍晚，我们敲开蔡老师的门，出人意料的是，蔡老师热情地接待了我们，并认真地翻阅圈改文章，真诚地教诲指点，三个多小时，蔡老师抽完了半包游泳牌香烟。更令我们惊喜的是，他要祖义改好其中一篇小说，一周后送给他。那个夏夜，凉风飕飕，我和祖义走着回学校，浑身却热血沸腾。

小说《究究》发表后，整个中文系一派喜庆，那是学校第一次有学生在名刊上刊登文学作品。1979年，湖北省文联选编"建国三十周年"优秀作品集，《究究》入选。之后几十年，祖义兄尽管要养家糊口，赡养老人、帮扶弟妹，中学校长的工作之繁忙更不必说，但他还是出版了近十部著作，其执着勤奋不是一般人所能做到的。

祖义兄是个乐天派，他的世界观是积极的，人生观是向上的。所以他走到哪里都能发现美，欣赏美，享受美。这篇游记《东南掠影》的每一段，字里行间都洋溢着对生活的激情，引发我们对美好事物的向往，给予读者的是满满的正能量。

祖义兄写的上海游记很耐读。上海是一座极具现代化而又不失中国传统的海派文化都市，在旧中国就有"东方巴黎"之美誉。而今，朝气蓬勃的大上海处处显现着她的独特魅力。老胡笔下的外滩，一百多年前的西洋建筑虽然式样老旧，依然能与浦东现代的摩天大厦媲美；夜幕降临，霓虹闪耀，跟随老胡登上金茂大厦，一览上海夜景；乘游船夜游黄浦江，笙歌燕舞，繁华满眼，那是何等的愉悦与享受！

在扬州，老胡因没玩好而遗憾，说老实话，不只是老胡，读了他的《扬州的扼腕叹息》，我也跟着叹息起来。姜夔的一首《扬州慢·淮左名都》，勾起多少文人墨客的向往。"过春风十里，尽荠麦青青"，给人展现出一幅多么美妙的画卷；廿四桥边怒放的红芍药，依然让人浮想联翩。扬州这个典型的花花世界，要是不好好看看，岂不是辜负了她？

香港和澳门还被殖民者管理时，去时就颇为不易，回归之后则更便捷、更容易去接触和了解。香港是国际和亚太地区重要的航运枢纽和最具竞争力的城市，素有"东方之珠""美食天堂"和"购物天堂"之美誉，跟澳门一样，香港也是全球最富裕、经济最发达和生活水准最高的地区之一。她的城市规划很合理，街道干净整洁，车流来往有序，维多利亚湾里几乎看不见漂浮物。迪士尼乐园和海洋公园是孩子们的天堂。在老胡的游记里，我们能感受到他那份孩童般的喜悦和快乐。

在《椰风海韵》里，老胡写到三亚分食制：一大桌子人聚餐，火锅里，盘子里，碗里，放着许多瓢子和勺子，客人想吃什么菜，先用勺子将菜舀到自己面前的盘子里，比起内地人十多双筷子都往一个盘子伸要文明得多！原来三亚一直沿袭这样的分食习惯。三亚从一个穷僻的小渔港变为国际旅游者的热地，改革开放的魔力真是大得不可思议。

好想退休后像祖义兄一样去旅行，抱持他那般赏玩的心态与细致的观察；像老胡一样，从花花世界的表象看出一些里层的内涵——从上海的繁荣看出中国的进步和崛起，从杭州西湖看出深厚的历史文化，从三亚居民的文明得到启发和借鉴……总之，从异乡领略异样的风景，受到深刻的教益！我相信，所有读者朋友读后，也会跟我一样，动心起身去领略大千世界美妙的风景。总有一天，我会踏上旅程！

潘宜钧

2017年12月6日

潘宜钧：湖北省文联、作协全委会委员，荆州市文联主席，中华传奇杂志社社长、总编，《阅读时代》执行主编。1982年首发文学作品，发表小说、散文、报告文学等计130余万字。散文《青青的竹林》（1992）、《楚国丝绸与苏州》（2013）获中国作协全国散文奖，另有电视剧《好大一个家》（编剧）获2000~2001年度国家广电部飞天奖、湖北省五个一工程奖。

绿色珠海，山水之城

胡老师春天就跟我说，他有本旅游散文集要出版，想请我为他的书作序。我有些惶恐，我知道，胡老师经常旅游，过去上班时就常利用寒暑假之便，现在退休了，多的是自由支配的时间，外出的机会更多。在朋友圈里，我们动不动就看见胡老师天南海北地游，游完归来就写游记，真让我惊叹。

打开胡老师发来的游记散文《山水珠海》，我一下子被书中优美的文字和娴熟的手法吸引了，更有他描述出来的珠海迷人风景。

我也听说过，许多外国人都夸赞珠海，这些外国人一致认为，珠海的自然环境和人文气质不错，尤其是珠海快慢适宜的生活节奏，是这些外国友人的最爱。过去，对外国友人的青睐，我将信将疑，论节奏，内地慢节奏的城市多着呢，他们何以钟情于珠海？论人文气质，中国有更多的城市具有丰厚的文化底蕴。但现在我明白了，珠海之所以受到这么多外国朋友的追捧，源于珠海的植被和园林建设吧，胡老师也一定这样认为，不然，他不会把他的旅游散文集命名为《山水珠海》！

绿色，是健康的象征，绿色代表生命，不是说生命之树常绿吗？常年生活在珠海的人们一定体会到了这一点，胡老师的游记可以验证：在珠海旅游，最让人难忘的，是那一望无际的绿色。无论你是在大街上漫步，还是在景区游览；无论你乘车出行，还是信步在住宅小区，映入眼帘的，都是一片盎然绿色。那绿色或深或浅，或浓或淡，以浓绿为主，让你觉得，那绿色，浓得化不开。胡老师的几句话，把我的心都撩拨得荡漾起来，恨不能立马打点行装，去珠海住他十天半个月。

我知道，胡老师是乘飞机到珠海的，一出机场，他就被满眼绿色所包围，到中心城区去，几十公里路程，那绿色，一直陪伴他。胡老师的描写，我有体会，那次我到珠海，走在珠海的大街上，街道两边撑起一把把大伞，我也觉得，这些大树，都是一个个温情脉脉的绿衣天使，是对远道而来客人的精心呵护。胡老师写到的情侣路、板樟山、白鹿洞公园、竹仙洞公园，还有海滨公园，我没全到，但凡我到过的地方，那绿色，真养眼！再看看将军山、石景山、凤凰山，每一座山都被浓荫覆盖着，那绿色，绿到人心里，身体被包裹在绿色里，真像喝了陈年美酒一般，醉得晕乎乎的！

按说，珠海是一座新兴城市，文化底蕴应该不厚吧，但是，胡老师善于捕捉珠海的历史，他写的圆明新园，很容易让我们想起旧中国的屈辱史。他写愚园，那个叫徐润的实业家，在中国近代社会，也算举足轻重了。中华人民共和国成立初期，珠海和澳门之间发生"拉闸事件"，中央人民政府的代表和澳门当局就曾在愚园会谈，那么，愚园和澳门之间也就有了血浓于水的关系。

珠海还有梅溪牌坊，有金台寺，有珠海渔女塑像，还有白石街。白石街头的大炮，是在第一次鸦片战争时期抗击过英国侵略者的，那是我们抵御外侮的前哨阵地。梅溪石牌坊是光绪皇帝为表彰清朝驻夏威夷领事陈芳及其父母等人造福桑梓而敕建的。这座牌坊用花岗岩制造，它那中西合璧的艺术造型，恰到好处的力学结构和精美的雕刻装饰，使之成为珠海"海派历史文化"的缩影。而金台寺的历史更加久远，它是南宋末年众忠臣护卫末代皇帝抗击元兵的有力见证。

　　在胡老师笔下，无论是写梅溪牌坊，还是写金台寺或白石街，都有葱葱郁郁的树木相伴，历史珠海也在一片绿色的包围里。

　　真的，珠海的确是一座绿色的城市，不信，你去横琴口岸走走，到暨南大学去嗅一嗅书香，到红树林去欣赏一下大自然的奇特和伟大，或是带着情人，到情侣大道上去兜兜风，你都会产生"城在山中，山在城里"的感慨。这里有山有海，山和海围裹着城，城安闲地躺在山的怀抱里，难怪胡老师给他这章旅游散文集取名"山水珠海"！

阚娟
2017年12月12日

　　阚娟：著名作家、记者、编辑。1997年毕业于武汉大学中文系，先后在湖北电影制片厂、湖北电视台、幸福杂志社工作。2003年进入知音传媒集团，历任编辑、编辑部主任、副主编、月末版主编、上半月主编，现任知音全媒体公司副总经理。在《知音》《散文选刊》《长江日报》等报刊发表纪实和散文作品四十多万字。

目录 CONTENTS

01 壮美大西北

大美青海湖　　　　　　　　　003

西北大戈壁随想　　　　　　　008

泽被千年的坎儿井　　　　　　011

苍凉的交河故城　　　　　　　016

神乎其神的"火焰山"　　　　019

天池，你是摄人心魄的仙女　　024

佛教文化的宝库——敦煌莫高窟　029

河西走廊不只有苍凉　　　　　035

驼铃声声鸣沙山　　　　　　　038

安闲静卧的月牙泉　　　　　　043

驰骋在通湖草原　　　　　　　046

向腾格里沙漠挺进　　　　　　051

九曲黄河沙坡头　　　　　　　055

I

惊心动魄的壶口瀑布	058
文明古都西安城	062
武则天墓与神奇的无字碑	065
高耸的茂陵与威武的汉武帝	068
魂断马嵬坡，流连华清池	070
见证世界第八大奇迹	074
西岳华山任我攀	078

梦寐九寨 五彩斑斓的黄龙沟（一）	083
梦寐九寨 黄龙沟五彩的水（二）	086
梦寐九寨 九寨沟绮丽的水（三）	088
《九寨千古情》，走进大唐盛世	090
羌寨上的羊角	093
走近藏民，品尝青稞酒和酥油茶	095
西北游诗歌小辑（4首）	099

02 东南掠影

夜游黄浦江的惊喜	105
两逛南京路	109
上海外滩的非凡影响力	111
中山陵遐思	115
扬州的扼腕叹息	117
夜奔杭州看西湖	120
重谒"西子"意未央	124
维多利亚港湾的清波	130
与海洋动物的亲密接触	132
疯狂的"海盗"——维多利亚湾历险记	135
梦幻动画城	140
徒步穿越,体验原汁原味的澳门	143
澳门的名片——大三巴	145
大炮台上的硝烟	148

宁静的三亚湾	150
绚丽的彩虹	152
夕阳的诱惑	154
三亚湾的海浪	157
凤凰岛的眼睛	160
飞进太阳的金凤凰	164
蓝海银滩,美不胜收	166

秀美的三亚河	169
幽静的白鹭公园	172
遥望凤凰岛	177
天涯海角	180
小鹿回头的惊鸿一瞥	182
探访龙王的宫殿	184
天下第一湾——亚龙湾	187
三亚人的文明进餐	190

03 山水珠海

我来了，山环水绕的珠海	197
壮美的海湾	199
被情侣磨蚀的海滨石板路	201
天然氧吧板樟山	205
一幅幅精致的画	208
海滨公园，珠海之魂	212
梅溪花园的诱人绿色	215
最适宜避暑的将军山	218
山水相依，构成石景山的美丽画卷	222
白莲洞胜景	225
吉大水库，城中的秀美山水	228
圆明新园烟雨中	230
清幽的愚园	234
梅溪牌坊，堪称珠海胜景之最	236

静谧的陈芳陵园	241
唐家共乐园	244
亦仙亦幻金台寺	247
美丽的珠海渔女	252
竹仙洞里有神仙	254
白石街,让我顿生敬意	256

暨南大学的湖光山色	260
红树林,大自然的朴素之美	263
让人震撼的石博园	267
壮美的海滨石城	271
画家古元和肥美的女性雕塑	274
特区魂	279
岛在波涛里,山在灯影里	282
石溪风景区的"兰亭遗迹"	285
别具一格的日月贝——珠海歌剧院	288

·醉眼看世界,越看越绚烂(跋)　　　　　　291

01 壮美大西北

·大美青海湖·

朋友，你到过美丽的青海湖吗？2017年10月，当我踏上湖畔那片平坦而肥沃的草原时，我的心都快蹦出胸腔了！

大巴开出青海省湟源县不久，导游就指着远处耸立的高山告诉大家，那就是著名的日月山。大巴沿着日月山下的倒淌河向西行驶没多久，眼前突然立起一堵灰蓝色的墙，这堵墙，上边沿平直，下边沿隐在混沌难辨的烟霭里，我的脑海里立即涌现出这样三个字——青海湖！

对，它就是青海湖，中国最大的内陆湖，水域辽阔，环湖一圈长达360公里。我们在大巴车上看见的那堵墙就是青海湖湖面。

我突然想起第一次看见海面的情景——三十多年前，我去秦皇岛，就曾见识过这样的"高墙"。那天在秦皇岛，雨过天晴，秦皇岛海面那堵墙显得很高，呈深蓝色，太阳照在海面，海面上行驶的船只被涂抹上一层鲜亮的色彩，像幕墙上粘贴的剪影。现在，类似的高墙又矗立在我面前，因为多云天气，这堵墙虽然呈深蓝色，却掺进去不少灰色，湖面上没有船只，辽阔的草原作为湖面的陪衬，灰蓝色的墙才不那么抢眼。

没想到，我又在青海湖边遇见了戈壁，戈壁那边，是光秃秃的山，山上石头多、没有树、草很少，靠湖这边，草原变得枯黄。让我没想到的是，青海湖边的草原会那么平坦而辽阔。原先我只考虑到青海湖位于青藏高原，湖边应该矗立着岩石的山，哪里料到居然是平坦的草原。十月中旬，草叶已经枯黄，唯有牧民种下的油菜花在湖边恣意地开放，给人一种春天的感觉。几天后，我把拍摄到的金黄色油菜花发到朋友圈，有朋友竟然质问："这个季节还有油菜花？"

如果我没到过青海湖，我也不相信，10月中旬了，油菜花还开得这么灿烂！在江南，油菜花在3月下旬至4月上旬是旺盛期，那时节，平原地区的油菜花开成金色的海洋，把星罗棋布的村庄都淹没在花海里。据说，青海湖的油菜花盛开在7月，10月间盛开油菜花，任谁都将信将疑，他不了解，这是青海湖一带的牧民特意反季种植的油菜，为的是在草枯季节给青海湖增添一点亮色，不惟翠绿色的菜叶儿，那怒放的金灿灿花朵在蔚蓝色天空和湛蓝色湖水的背景下，多么亮丽夺目！

除了油菜花，在泛黄的草地上，不时有一群羊、几匹马正悠闲地吃草，羊群不规则地散布在草原上，如同天上的云朵，任意漫步在天庭。一忽儿，我微微闭上双眼，等再睁开时，竟有些分不清哪是天上的云朵，哪是草地上的羊群。羊群一边寻觅着自己喜欢的野草，一边慢慢向前挪动；天上的云朵听了风的召唤，也慢慢地向前移动。大约风也是懒散的，一会儿急催，云朵便紧赶慢赶几步；一会儿似乎忘记自己的职责，那云朵便停留在天庭某一角落，半天都不曾移动一步。

旅游大巴快速向前行驶，它大概懂得车上旅客的心情，迫不及待地想把青海湖最美丽的一面呈现给远道而来的客人；青海湖二郎剑景区也像是等不及了，大巴车前行之时，它也跟着对向行驶，一步步向大巴车靠近，终于在大巴车轻轻的刹车声中跟游客相拥在一起。

先前，我们的车还在日月山和倒淌河之间奔驰时，青海湖南岸的草原显示出一种高姿态，似乎抱着任凭游客踩踏的决心，像虔诚的朝圣者一般，匍匐下身子，迎接我们这些来自两湖地区的游客；而湖对岸，被雾气遮挡的黑黝黝的山峰背后，连绵的群山上覆盖着皑皑白雪，那应该就是日月山顶峰。日月山倒是不客气，它昂首挺立，有几分自信，更有几分傲气，似乎在说："我相信你们也到不了我跟前。别说跟前，连我的山腰，你们也上不来，我凭什么瞧得起你们？"

我知道，环绕青海湖一周差不多360公里，对于远道而来的旅行者，估计很少有人耐心地走完一圈，除非他有足够的盘缠和时间，除非他有特定的任务。像我们这些跟团的旅行者，绝大多数人只是蜻蜓点水，走马观花。既然这样，我们就只能被日月山藐视。

我无法跟日月山计较，也没有闲暇去较真，我得抓紧分分秒秒，去领略青海湖的壮美！

站在青海湖南岸二郎剑景区，放眼望去，湖水浩瀚无边，蔚蓝而空灵。先前看见的那堵墙此刻离得更近，颜色也从灰蓝变成湛蓝和深蓝，仿佛一湖蓝色的颜料，手一伸，就能掬来一捧。我偕妻子与团友，迫不及待地朝湖岸奔去，把导游在车上反复叮嘱的"高原反应"全都一股脑儿甩到一边。

我们终于站在青海湖边！

走上伸向湖水的人工半岛，脚下是平坦的大道，大道两边是汉白玉砌成的雕花栏杆。栏杆上雕刻着舒卷的云纹和水纹，要是不仔细看，还以为是谁把北京颐和园七孔桥上的栏杆复制过来了呢！

妻子倚靠在栏杆上，背后是废弃的解放军某潜艇基地。潜艇基地虽然废弃了，那座曾经供海军潜艇士兵演练的水上建筑还在，"鱼雷发射基地"几个鲜红的大字还清晰可见。我想，当海军潜艇部队在这里训练时，这美丽而壮阔的风景就只能属于海军，而现在，我们这群退休的江南游客就站在海军基地附近，这个神秘的军事基地也成了青海湖的一个景点，心中不由生出一丝自豪。

青海湖湖水真洁净，如同雨后的晴空，一丝不染，微风吹拂着湖水，湖水漾起一层层细碎的波浪，像被舞女轻轻抖动的蓝色丝绸。一只海鸥闯入我的镜头，它的同伴正围拥着旅客，这只海鸥却独自在湖面上盘旋，它是不是一位善舞的仙子，被它的伙伴派来给游客表演独舞的？你瞧它，一忽儿飞向湖的深处，一忽儿飞回岸边；一忽儿冲向云天，一忽儿贴着湖面滑翔。我断定它既是一位善于舞蹈的仙女，又有点喜好卖弄，不过有一点你不得不承认，它的舞姿十分优美，引得我一直追随它，不曾有一秒钟疏忽。

在这里，一群海鸥却独辟蹊径，游弋在毛石堆砌的湖岸浅水里，我知道它们并不是为了觅食，浅水中肯定没有鱼虾，那些细小的微生物又入不了它们的眼，栈道上游客撒下的鸟食足够喂饱它们，它们吃饱了，喝足了，就在浅水里闲庭信步，风浪平静的浅水处当然是它们清静的庭院。你瞧这只鸟，洁白的脖子一伸一缩，是不是在跳舞呀？那一位，朝栈道上的游客看了看，把金黄色的喙伸到翅膀底下，然后划动两只金黄的"船桨",翅羽一翘一翘的,好像在向岸上的游客炫耀:"怎么样,我这一身洁白的羽毛,够美丽吧?"

不时有海鸥飞起来,在空中盘旋一阵,再滑翔着落到水里,另几只海鸥再飞起来,在空中盘旋、舞蹈。这时候,我童心萌发,站在岸边展开双臂,学海鸥展翅飞行的样子。让人意想不到的是,这时,湖面上也有一只海鸟在水面上扇动翅膀,跟我学飞的频率几乎一致,我想,这只海鸥一定是被我扇动的两只手臂所感染。

离这群海鸥不远,有一座高大的石碑,石碑上用红色的油漆阴刻着"青海湖"三个大字,三个大字左下方还有一行小字,写着"中国最美的湖"。

我不知道,青海湖算不算得上"中国最美的湖",不过比较起来,它是当之无愧的,比如介于湖北湖南之间的洞庭湖,即使到了冬天,那湖水的颜色也不像青海湖这样蓝;西湖的水波是明丽的,可是,西湖水域面积太小,谈不上壮阔,也称不上浩渺;鄱阳湖过于小巧玲珑,一到冬天,就会一干到底,露出长满青草的湖底;天山天池只以秀美著称,因其为淡水湖,湖水倒是清澈,晶莹如玉,四周群山环抱,青树翠蔓,绿草如茵,繁花似锦……可是,天池只是个微小的湖,半月形的湖面远远比不上青海湖湖面;至于江苏扬州的瘦西湖、山东的微山湖等等,也都只能算作小儿科,唯有青海湖碧澄瓦蓝,跟蓝天相映衬,构成浑厚壮阔的美丽景色,把其他一切湖泊都比得黯然失色!

的确,青海湖在荒凉的大西北上镶嵌了一颗璀璨的明珠。可惜我没在春天时节来青海湖,也不是在夏天来青海湖"朝圣",所以,我没见到湖边似锦的繁花,也没看见鸟岛上空翩翩飞舞、展翅翱翔的天鹅,可是我看到了矗立在高原上的那堵蔚蓝色的墙，看到了意趣盎然的嬉戏的海鸥，还见到湖边低头吃草的羊群和马群。在那么多文章和图片都对青海湖极力赞美的诱惑下，我要是再不来目睹大美的青海湖，实在是心有不甘。现在，当朋友们问起我最近游历过什么地方时，我一定会自豪地说："我刚刚从青海湖回来！"这么回答的时候，我给朋友们留下了一份值得艳羡的礼物，也给自己留下一份怀念。

·西北大戈壁随想·

年轻时读唐诗，读到岑参的"北风卷地白草折，胡天八月即飞雪"，多少有些不解，我们都知道，草是绿色的，可是，西北的草怎么是白色的呢？今天，在西宁开往乌鲁木齐的火车上，我终于看到一眼望不到边际的戈壁和戈壁滩上的茫茫白草。说是白草，大部分地方，野草颜色泛黄，浅黄色，一团团，一片片，有时是一线线，再看则茫茫一片，延展向天边。

我多次在电视上、画报上看见一望无际的戈壁荒滩，藏羚羊因季节变换而迁徙时，横亘在它们面前的，就是这样的荒漠。现在，我们乘坐的列车，正行进在这片大漠荒滩上。车窗外，天气阴沉，细雨纷飞，见不到王维的"大漠孤烟直，长河落日圆"奇景，不过，能见到这样的荒漠戈壁，亦为幸事！

　　昨天在青海湖，我已经见识过草原，原来，草原并不是一马平川，它以平坦地形为主，也有山丘，山丘之外是连绵起伏的远山。火车正行驶在山丹的戈壁上，在这里，原本是茫茫草原的平坦大地上，枯萎的草一坨坨，总是连不成片；山丘起伏，线条柔和，不少山头上像荒滩一般，也长着一坨坨草，草比草原上更稀疏。

　　忽然，路边出现几个古老的烽燧，正在向人们述说自己曾经的繁华和显耀，大汉王朝凭什么控制遥远的西域呢，不就是靠这些烽燧不断地传递信息、从而派遣大军、发布征战命令吗？

　　站在一旁的旅客不断念叨着"山丹"，忽然说："山丹，过去是出军马的地方。"我不知道这位旅客是不是在部队待过，更不知道他是否在部队养过军马，但他之所以这么武断地说山丹出军马，一定是有根据的。面对一望无际的荒漠，我想，过去，这地方也许真是军马场，只有成千上万匹军马反复践踏过后，肥美的草原才会变得如此贫瘠，繁茂的草地才会变得如此凋零。

　　我知道，这里还不是荒漠深处，凭记忆中的地理知识我知道，山丹县北部不远，就是著名的巴丹吉林沙漠，在它东边，隔了金昌和民勤，是著名的腾格里沙漠，要是在巴丹吉林沙漠或者腾格里沙漠，怕是连这"癞痢头"样的草丘都难得一见了。在这里，离铁道线不远，隔一会儿就能看见一两处村落，有的村落已经颓圮，版筑的土墙，有许多都倒塌了，没倒塌的，也只剩下四堵危墙，苍白的墙上爬满藤蔓，荒草在厅堂里恣意疯长。当然，留给我们的不仅仅是颓墙，不远处，黄绿相间的树林空隙处，不时露出一角鲜红的屋瓦，假如不是被厚重的玻璃隔着，我一定能听到大公鸡引颈高歌，也应该能听到小狗汪汪的叫声。

当我的视觉正要疲倦之时，大漠深处忽然出现一片树林，那当然是白杨树，是茅盾曾经描写过的北方的白杨树，它们棵棵直立向上，对抗着西北风。当列车行近之时，从树的缝隙里闪现出一个小村子，有时候是两个三个村落，当村落渐渐密集成片时，就该是个小镇或小城了。我不知道，张骞出使西域时是否碰到过这样的小镇或小城，想必小村是碰到过的，汉朝大将卫青、霍去病率大军大破匈奴时，这些城镇和村落应该做出过重要贡献，这里的村民或许还悄悄地当过斥候。

我正埋头描述之时，忽然又看见一处烽燧，或许是一个废弃的城堡，我正要拍照时，古堡却一闪而过，令我懊悔不已。所幸的是，紧接着，一段废弃的土墙出现在眼前，它有两米多高，有些地方一连几百米长，有些地方却残破不堪，从断开的土墙侧面可以看出，土墙上窄下宽，用黄土夯成。这样的土城几乎每隔几公里就有一个，它们或许是军马场马圈的篱笆，或者是古代屯兵之所，要想让西域安定而祥和，这样的烽燧和城堡，是必不可少的！

是的，这片大戈壁，从古至今，都为国家的统一和强大做出过不可磨灭的贡献，当初，它们应该是水草肥美的原野，现在成了荒漠，实在可惜！

我听到过俄罗斯的朋友说，内蒙古自治区呼伦贝尔市海拉尔区是中俄铁路的交会点，中国人乘火车去俄罗斯，必须经过海拉尔，在海拉尔，中国一侧的草原荒漠化十分严重，一出海拉尔，就能见到大片大片的原始森林，这也许跟我国人口的一度迅速膨胀有关系吧，人口密度一小，草原和森林环境就好；经过治理，如果我们的大西北能成为绿色王国，西北人民该多么幸福！

让我们为大西北祈福，让我们为华夏民族祈福！

·泽被千年的坎儿井·

对我来说，"坎儿井"这一水利灌溉工程，完全可以用"如雷贯耳"来形容，自打读小学起，我就在自然常识课上了解过它，睡梦里，我曾无数次飞临新疆，钻进吐鲁番盆地的地底下，在清凉的井水里洗脚，也曾从井渠里掬一捧甜丝丝的井水，滋润我干涸的喉咙……直到五十多年后，我才踏上吐鲁番盆地，一睹坎儿井风采，实在是太晚了点。

10月18日上午，乘坐的夕阳红专列抵达新疆吐鲁番市，一下火车，我们就直奔五道林坎儿井。停车场附近矗立着一座土黄色城堡，看上去新筑不久，却显得古朴典雅，样式如几个世纪前的古都。

我们来到一个院子，院里有一座博物馆，博物馆里有坎儿井模型。在这里，我们了解到，坎儿井就是"井穴"的意思，早在两千多年前，《史记》中便有坎儿井的记载，那时称为"井渠"，它是荒漠地区一种特殊的灌溉系统。

我从中央电视台的《远方的家》中看到过工人淘挖坎儿井的情形。坎儿井下没有支架，完全靠黄土的黏性来支撑地下隧道。因为地表干旱板结，土层不易垮塌，人们才得以在井下一寸一尺地疏浚。劳作时，他们需要把泥土装进竹筐，运到井口，再用辘轳把竹筐提到井口，周而复始。地下隧道很窄，只容一人通过，疏浚的工作很难通过大兵团作战。据数据了解，吐鲁番的坎儿井总数达1700多条，全长约5000公里。我不禁想，从古至今，坎儿井下，到底洒下了多少工人的汗水！

我们从导游的讲解中得知，吐鲁番盆地有深厚的含水层和丰富的地下水补给来源。而且吐鲁番盆地从西北到东南的坡度极大。从空中俯瞰，吐鲁番盆地东南面都是低矮平缓的荒山秃岭，南部更有陷落的艾丁湖盆地。北部有博格达峰，西部有喀拉乌成山，地势极高，火焰山横贯中央。从西边和北边流下来的雨水和雪水，集中到河沟，顺流而下，河水经过火焰山，被山峰阻隔，流入戈壁沙砾地区，一部分蒸发，一部分渗入地下沙土，形成潜流。

从西部山脉到艾丁湖畔，水平距离仅有60公里，落差却达到1400米，平均每公里降低24米左右，这便给人们巧妙地利用这种山的坡度创造了条件。从西北部到东南部，地表下的土层起伏蜿蜒，连绵不绝，像一个巨大的连通器。只要在低于博格达峰和喀拉乌成山的地方挖个出水口，地下水就会汩汩地涌出，坎儿井正是利用这样的原理，挖断板结的黏土层，从丰富的地下水土层里将水引出来。

是谁第一个发现地下含水层的？又是谁了解到地下水能够顺着这个巨大的"连通器"源源不断地流出来呢？这个我们不得而知。但在这个年平均降水量约16毫米，而蒸发量却高达3600毫米的极端干旱地区，能繁衍出源远流长的历史文明，不由得我们这些现代人不敬佩！

走进一座高大的凉棚，凉棚下挂着巨大的"坎儿井乐园入口"招牌。要下一道坎，只能先来到坎儿井博物馆，博物馆里面才是坎儿井真正的入口。

也不知道下了多少级台阶，拐了多少道弯，当脚下变得平坦起来时，便听见了哗啦啦的水声，这水声如同腼腆的维吾尔姑娘，姑娘仿佛抿住嘴儿笑着，那水流声静悄悄的，偶尔在弯急的地方或者有坎儿的地方，才激起一些汩汩声。

循着水声，我们来到很深的地底下，在一个较为开阔的地方，用厚玻璃镶嵌的地下，有一条涌动着水流的暗渠，暗渠尽头是一堵土墙，昏暗的灯光下，土墙上钉着一块木板，木板看上去很拙朴，用锯子豁开后，可能都没刨过一下，拙朴的木板上，用维吾尔文字和汉字阴刻着"坎儿井"三个大字。游客们蜂拥而至，抢着在"坎儿井"牌匾前留影，我和妻也不能免俗。

有一处井口，从外面大大方方地泼洒进明丽的阳光，从暗渠里看去，仿佛是垮塌的洞口挺立着几棵白杨树，有攀缘的藤蔓伸到暗渠里，成了暗渠的点缀。

转过身来，幽暗的地下巷道曲曲折折，我们在曲折的巷道中穿行，脚下的暗渠一忽儿露出黢黑的水道，水道用栏杆护卫着，在微弱灯光的映照下，不时闪耀出暗淡的光波。再过一会儿，暗渠被木板或玻璃板覆盖，你能感受到水流的涌动，却看不见水花。我知道，一旦它们流到低洼的地方，就会涌出地面，流进水渠，喂饱干渴的庄稼。

从坎儿井出来，在吐鲁番的街道和村庄，我看到许多流淌着井水的沟渠，就连街道两边的白杨树，都被人们砌上围栏，使之成为一方方水池，从高处流下来的水灌到水池里，慢慢被泥土吸收，于是，全年平均只有16毫米降水的盆地里，白杨树才能长得绿油油的，那不是坎儿井的功劳还能是谁的？

我看过一幅从空中拍摄的吐鲁番盆地照片，苍凉的大地上，隔不远就出现一个封土堆，像蚂蚁巢穴外拱起的土包，听过讲解员介绍，我才知道，那就是坎儿井地下暗渠的一个个竖井，这些竖井连成不规则的直线，从这些不规则的直线延伸出许多浓绿的平行的线条，那都是沿着坎儿井出水口生长的庄稼或树林。也许，它们是一蓬葡萄架，也许是一条窄长的防护林，再不就是沿渠道两边的蔬菜地。

我忽然想起南宋叶梦得在《避暑录话》中对北宋著名词人柳永的一句评价"凡有井水处，皆能歌柳词"。叶梦得是说：大凡有井水的地方，就有人居住，凡是有人居住的地方，就会有人歌唱柳永的词。这句话写出了柳永词的传播之广。在群星璀璨的北宋词坛上，柳永是一位耀眼的明星，在那个年代，柳永的词就像现在的流行歌曲一样，几乎家喻户晓。现在，我要活用叶梦得这句话来形容坎儿井："凡有坎儿井的地方，都有维吾尔居民，凡有坎儿井水涌出来的地方，都能绿树成荫。"

坎儿井，你在新疆吐鲁番地下流淌了两千多年，尤其是近两百年来，你沃灌了吐鲁番盆地千千万万顷良田。不敢想象，如果没有你，吐鲁番盆地是一副什么样子！而今，即使在严重干旱、年平均降雨量约16毫米的吐鲁番盆地，也能一年四季瓜果飘香，这都是你的功劳啊！

据史料记载，清朝末年，禁烟大臣林则徐被流放到新疆之后，大力开拓坎儿井。至今还有人把那里的坎儿井称为"林公井"。无独有偶，同样是清末重臣的左宗棠，在平定阿古柏叛乱之后，在新疆开凿坎儿井。这两位清末大臣，既是国家的功臣，也是当地人民的福臣，他们开凿和疏浚的坎儿井，至今还让后人受益。

当然，1700多条坎儿井，肯定不是一个朝代所开凿，两千多年来，坎儿井时有坍塌，又不时有人去疏浚，有旧井被废弃，也有新井被开掘，历经时代的洗礼，才形成了现在规模的坎儿井系统。它泽被当地人民两千多年，而且必将继续沃灌吐鲁番盆地的良田。当夏日来临之季，在坎儿井旁的林荫下，人们看到一群年轻维吾尔妇女用脚蹬着摇床哄着欲睡的孩子，手里绣着花帽，不停地和女伴说着悄悄话，林荫下传来一阵阵欢快的笑声，你不以为这是坎儿井的荫庇吗？

难怪人们给坎儿井如此高的荣誉，把它跟万里长城和大运河并称为中国古代三大人工工程呢！它是当之无愧的呀！如果从水利的角度讲，我还要把坎儿井跟四川的都江堰、广西的灵渠并列在一起，可是，跟坎儿井比起来，都江堰和灵渠的工程量和造福面，都很难跟坎儿井相提并论。那么，今天，我们唯有高声赞美坎儿井，才对得起它，也才对得起当初开凿坎儿井的先民！

·苍凉的交河故城·

在我印象中，西域的故城，当数高昌故城最著名，我见过网络和电视上的高昌故城图片，那些断垣残壁，看得让人落泪，须知，它曾经是一座王城啊，是古代丝绸之路上的要塞，位于今日的新疆吐鲁番地区，是古时西域的交通枢纽，曾经是世界宗教文化荟萃的宝地之一，但却在十三世纪末毁于战火。现在我们在网上和电视上看到的图片，是高昌故城残存的遗址。由于有高昌故城先定格在我的脑海里，我的记忆里几乎没给交河故城留下空间，只依稀记得，丝绸之路上有一座交河故城，印象却十分淡薄。直到2017年10月18日，当我站在交河故城的城垣下时，才深有感触！

交河故城遗址前有一座完整的老房子，应该是现代的仿古建筑，从外面看去，仿制的古建筑有四层，墙壁好像用砖砌成，外墙抹了泥，正面墙上的空白处阳贴着"交河故村"四个大字。第四层或许只有半层，是供防御用的，当敌兵进犯时，站在顶层居高临下，用弓箭和檑木就能有效地击退敌人；和平年代，这里大约可以当晾晒场。

整座故城像一条大鱼，鱼头在南部，鱼尾为北部。我们从南部的鱼嘴部主街道一路上坡而行，街道两边有壁陡的土崖。当年，土崖上应该有守城的卫兵，街道那么狭窄，土崖那么高，派几个弓弩手据守高崖，任何人都冲不进城堡。

进入故城不远，街道西侧有一座高大的土台，据说是故城的瞭望塔。当年,瞭望塔是交河城里最高的建筑。站在瞭望塔上,整座城池一览无余,就连城外,也看得一清二楚。我估计,那时候国王指挥作战只需要挥动旗帜,城里的官兵就可以往来驰援。

瞭望塔不远处是王宫,跟汉民族王宫的建造形式不同,交河王的宫室是从地表往下挖掘而成的,王宫的屋顶几乎跟街道路面一般高,向下挖掘十几米深,才是国王的宫室,宫室与宫室由地道连通,从这点看,它又如我国现代的地道战工事。古时候,车师前国的王宫为什么挖到地底下去呢?是不是因为西北地区昼夜温差太大,住在地底下,早晚更暖和些呢?

由王宫往北,是城里其他官署和商家居民的房屋,许多建筑都建在地上,从依旧耸立的断垣残壁看,地面上的建筑并不少,也不缺乏高大、雄伟的建筑,根据仅存的残破墙壁来看,那些版筑起来的墙壁既高且厚,即使用现代的大炮轰击,大概也很难击垮,王宫附近的瞭望塔历经两千余年还依然矗立着,就是最好的见证。

从故城东侧和南端保留的宽大的出入通道看,当初车师前国的军队是可以骑马或者驾着战车出城或入城的。城中的建筑群沿一条中轴线铺展开去,中央大街南北长350米、宽约10米。大街北端有城里最高大的寺院,大街南端和东侧各有巷口通往城外。中央大街以西以北的寺院建筑大都左右对称,中央的殿堂里都有坛座或龛柱,而中央大街以东的居民区域,院落既不方正,房间也很狭窄,各院落的建筑物很少对称。由此可见,车师前国鼎盛时期,国都的宗教势力是非常强大的。

根据现有的历史资料分析,交河故城普遍采用适宜于当地自然条件的建筑方法,人们在土崖地面挖出墙和台基以外的生土,将剩下来的泥土形成墙和台基，然后在相对的墙面上对称地挖出椽孔，用木椽承接楼板，类似于陕北的窑洞。房屋顶上覆盖着泥土，也跟陕北的窑洞洞顶相似。

站在交河故城遗址上，炽烈的阳光下，一座座泥土筑垒起来的建筑物反射着白色的光，向人们诉说着昔日的辉煌和今天的苍凉。天空那么蓝，几乎一尘不染。前两天，在青海湖时，青海湖的气温在零摄氏度左右，返回西宁途中还遇到下雪，可是今天，交河故城的气温高达26摄氏度。但促使车师前国灭亡的不只是恶劣的气候环境，应该跟车师前国国王的好战和不惜民力有关。

这样一个小国，在匈奴和大汉之间生存，委实不易，不过，只要国王心术正，老百姓和睦相处，这个国家或许能国祚永续。可惜的是，这么一个小国，却不停地侵扰大汉边境，袭扰大汉的使者和商队，这就为它的覆灭埋下了伏笔。公元前108年，汉将王恢率轻骑击破楼兰，赵破奴率军大破姑师，待到西域各国完全臣属于汉时，车师前国的覆灭就在所难免了。

唐贞观十四年（640年）以后，交河城成为高昌郡交河县城，从此逐渐衰落，至明朝永乐年间，城中只剩下几户人家。

19世纪以来，不少外国探险家来过此地。1928年以后，中国一位叫黄文弼的考古学家多次到此考察。1949年以后，国家许多单位到交河故城考察，才使得这座城堡名扬中外。

现在，车师前国和高昌古国都只能以遗址的面貌成为国家重点文物保护单位。假如车师前国和高昌古国都能完整地保存到现在，谁敢说，交河故城和高昌故城不会成为著名的世界遗产地呢？

·神乎其神的"火焰山"·

火焰山，在网络普及之前，绝大多数朋友都是从神话小说《西游记》中了解的，我自然也不例外。小时候读《火焰山》，确曾惊呼过火焰山的神奇，天哪，绵延八百里，大火熊熊，人怎么活呀！

一个少年读者，一旦钻进《西游记》的神话故事里，还怎么出得来呢？君不见，唐僧师徒四人，一路风尘仆仆朝西行去，何其壮哉！你是否听到电视剧《西游记》的主题曲："你挑着担，我牵着马，迎来日出送走晚霞，踏平坎坷成大道，斗罢艰险又出发，又出发。啦啦啦啦啦……啦……"可是，就这么走着，走着，不觉一阵热浪袭来，热得难受。时值秋季，怎么会这么热呢，唐僧派悟空一打听，原来，前方有一座火焰山……

这就是我们最初认识的火焰山，它横亘在唐僧四人西天取经的路上，方圆八百里，山上寸草不生。再一打听，想要过山，非得向铁扇公主借芭蕉扇，扇灭大火后方可通过。往下读，我们便读到孙悟空三借芭蕉扇的故事，那一幕幕惊心动魄的战斗便由此拉开帷幕。

我青少年时期尚无网络，在脑海里，火焰山仍然只是个神话传说。直到前几年，大概因为吐鲁番做旅游宣传吧，在网上晒出火焰山的真实图片，这时我才恍然大悟：原来，这世界上还真有一座火焰山呀，它就在新疆吐鲁番盆地，虽然没有方圆八百里，却也有两百里长，二十里宽，想想看，即便在今天，这样一座火焰山，不借助特殊的交通工具，也是难以逾越的。

当网络和其他媒体一再渲染火焰山的神奇时，你很难不被打动。那么，到了新疆，到了吐鲁番，就绝不会放过一睹火焰山的机会，我就是被媒体和导游一而再、再而三地鼓动之后，才带着强烈的好奇心前往火焰山的。

现在，我终于站在火焰山前。天空异常洁净，异常蓝；火焰山整体泛红，山顶和皱褶处呈深红，山坡断层有一条条深红色的带状横纹。按照我浅显的化学知识推断，红色的岩石里面应该富含铁元素，可是，所有关于火焰山的资料中都没有提及，我也不敢臆断。让我大惑不解的是，火焰山表面怎么有那么多沟壑？按一般常识，它们应该是雨水冲刷的痕迹，可是资料显示，火焰山地区年均降水量只有16毫米，哪来的暴雨冲刷山体表面呢？难道火焰山在历史上曾经有过暴雨吗？或者孙悟空借到铁扇公主的芭蕉扇时，真的扇来了狂风暴雨？否则，山体表面的水流痕迹真的无法解释呀！

景区广场上立着一溜赭色的小柱头，小柱头上的雕塑按照猴子、手掌和火焰依次排列，让人立刻想到，火焰山绝对跟火分不开，也跟孙悟空分不开。可是，猴子和火焰之间立起来的手掌是什么寓意呢？象征绝对权力吗？象征对邪恶势力的征服吗？像牛魔王那样的恶魔，如果不是众天神的合力缠斗，怎么能降伏？牛魔王之所以跟孙悟空斗法，是因为孙悟空降伏了他和铁扇公主的儿子红孩儿，而红孩儿是因要吃唐僧肉才被孙悟空降伏的，孙悟空代表着正统和正义！孙悟空大战牛魔王，成就了火焰山的大名。在火焰山景区，当然得塑孙悟空和牛魔王的雕像。

真要从景色的角度看，火焰山其实并没有什么看头，人们到了火焰山，只是想见证它的存在。在一个没有水、没有植物的地方，会有什么风景呢？偌大的火焰山下，宽敞平坦的广场上只有几尊塑像，游览，也只能聚焦在这几尊塑像上。

我想，做生意的人，尤其是炒股的人，一定喜欢牛魔王塑像：好一个牛魔王，骑着一匹避水金睛兽，龙口、狮头、鱼鳞、牛尾、虎爪、鹿角，全身赤红，据说这匹避水金睛兽能腾云驾雾，会浮水，性情通灵，疑似龙族……我看它神似一头牛。你看它，低着头，挺着角，跟它的主人一样，一副桀骜不驯的样子，牛魔王带了一下缰绳，它歪着脑袋，鼓着眼睛，似乎能听到它粗重的喘息声。就算它不是牛，骑在它身上的总是头牛吧，而且是牛中的魔王。炒股的人，喜欢的是牛股，有劲，一直上扬，这尊塑像，表现出非凡的刚劲和上扬的力量，当然是炒股之人所青睐的。

另一处塑像，塑的是唐僧师徒四人，外加一匹白龙马，被所有旅客所钟爱，围着这处塑像照相的人里三层外三层，这一群去了，那一群人又来，塑像前总是人满为患。我想找个空挡，在这处塑像前单独照一张，一直不得机会。

起初，我十分讶异，火焰山下怎么会没有铁扇公主的塑像呢？跟火焰山有关的神话故事都与铁扇公主密切相关呀！呵呵，真是无巧不成书，正当我这样想着时，一位年轻貌美的铁扇公主翩然而至，她就像要给孙悟空来个惊喜似的，轻手轻脚地站到我身旁，一袭天蓝色的连衣裙，头顶凤冠，脖子上系一条火红的围巾，围巾下摆缀着一些闪亮的珠串儿。这位铁扇公主张开两只手臂，戴着黑手套的两只手轻轻拈着渐渐晕染成白色的裙子下摆，看上去成了一只翩翩飞舞的蝴蝶。我以为她是飘过来的，飘过来之后就靠在我身边，我一点预感都没有，直到她张开双臂贴在我身边，我才看清这是一位年轻而美丽的"铁扇公主"。

轻轻地咔嚓一声，妻子在我面前按下快门，我扭过头去，看着"铁扇公主"，发现是一位年轻貌美的维吾尔姑娘。姑娘的脸很丰满，五官轮廓很端正。这时，只见她微微含笑，换了个角度，变了个姿势，又往我身边贴。我看了看背后的塑像，见塑像前还是围着许多人，就说："不照了，不照了。""铁扇公主"柔声说："还照一张吧？"

我重复道："不照了。"

"铁扇公主"依旧微微含笑地看着我，把手一伸："照一张，十块钱。"

我说："我不照了。"

"铁扇公主"说："您已经照了一张，十块钱。"

我这才知道，火焰山广场上为什么没有铁扇公主的塑像，原来，景区给游人预备了许多妖娆的"铁扇公主"，她们活跃在拍照的游客之间，随时随地和游客来个精彩的亮相。

我递给"铁扇公主"十元钱，往旁边移了两步，再次看了看这位维吾尔姑娘，发现小姑娘长得很美，美得可以做杂志的封面模特，便以为照这张相片，是我来到火焰山游览最大的收获。

正是下午两三点钟。在吐鲁番盆地，上午十一点到下午四点，是气温最高的时候。刚跟"铁扇公主"照过相，心还在狂跳，加上烈日的炙烤，不管是心脏还是血管，血液都在急速奔流。我不禁想到那个一直困扰着我的问题又浮上心头：火焰山为什么会这么热？

原来火焰山上有自燃的煤层，由于天山一带地质活动较为剧烈，埋在地底下的煤层一旦露头，与空气接触，氧化后积热增温，便会引发自燃，酿成煤田火灾。这么说，火焰山真有燃烧着的火焰啊。当年唐僧奉旨去西天取经，路过火焰山时，也许真的遇到过大火，只是现实中根本就没有铁扇公主，也没有牛魔王，那么，关于铁扇公主的芭蕉扇，应该是我国古代劳动人民对战胜自然灾害的一种美好的想象。

在古代社会，人们对很多自然现象无法理解，便抱有一种敬畏之心，想象出很多神话故事来解释这些现象。火焰山周围的老百姓当然非常希望有一把芭蕉扇，扇一扇，扇灭熊熊火焰；扇两扇，扇来习习凉风；扇三扇，扇来倾盆大雨，从此万物萌生，风调雨顺，万民和乐。

也许，有人会嘲笑这些朴素的古代先民：幻想出这样的神话故事岂不是自欺欺人？我要问的是，面对灾难，我们如果连幻想都没有，那不是连草木都不如了吗？前不久，我在网上看到一则未证实的消息，政府打算把雅鲁藏布江水引上青藏高原，引到新疆。到那时，火焰山的大火怕是终归要熄灭的。到那时，我们再到火焰山游览，展现在我们眼前的就一定是孙悟空挥动芭蕉扇大力扇过三扇之后的情景，红艳艳的火焰山一定会变成绿油油的青山！

·天池，你是摄人心魄的仙女·

在我心里，天山天池跟青海湖一样美丽。我无数次在心里跟"她"幽会，却因现实中不能亲眼看见，差不多要害相思病了。

你听导游是怎么夸赞天山天池的——

"天池风景区中心是个高山湖泊，那里雪峰倒映，云杉环拥，碧水似镜，风景如画，古称'瑶池'。'瑶池'，听说过吧？"导游像是要考考大家似的，稍作停顿才接着往下说，"神话中，西王母想宴请众多神仙，打算开个蟠桃会，寻遍下界无觅处，她来到天山，见群山环抱中镶嵌着一面明亮的镜子，连连说：'这里好，这里好。天镜，神池，正好在池边大宴群仙！'怎么样，天山天池，是神仙游乐之地，来天池游览的人，也算当了一回神仙！"导游短短几句话，就把大家说得心里热乎乎的。

天池风景区一共有四个自然景观带。景区中心的天池是个半月形的湖，长 3400 米，宽处 1500 米，水最深的地方约 105 米。湖水由天山融化的雪水积聚而成，尤其清洌，在山峰的映衬下晶莹如玉。它被群山环抱着，挺拔、苍翠的云杉塔松倒映在水中，把清澈的湖水染成翠绿；它被如茵的绿草和似锦缎般的野花围拥着，山，因为绿草和野花的装饰而美丽妖艳，水，因了云杉的倒映而神秘莫测，山水成就了"天山明珠"的美誉。

景区区间车行驶在盘山公路上，公路两边泛红和泛黄的树林像一幅幅色彩艳丽的油画，给我们这些急于见到天池的游客不少安慰，我们也可以把这些油画看成欣赏天池美景的序曲。

当海拔渐渐升高时，公路两边的山就变得跟吐鲁番盆地的戈壁滩一样，许多山头是童山，山上的草木也跟戈壁滩相似，这里一团，那里一片；山脚下有人工种植的树木，树木不大，正在努力地生长。山的皱褶里突然出现一片洼地，洼地上长着一丛红柳或者几棵白杨。这样的洼地有的地方较大，大到几亩地面积，于是，小溪便在这里憩息了一会儿。洼地下游有一道拦水坝，积蓄的溪水里倒映着蓝天和白云，也倒映着树木，当洼地上的树木变成金黄时，溪水里沉淀了满满当当的"金子"，这是不可多见的景致。

皱褶深处，一棵棵、一丛丛苍翠的云杉和挺拔的塔松便顽强地站起来，它们在狭窄的岩石皱褶里，不屈不挠，尽情吸吮着积存的雨水，一个劲儿伸枝展叶，给人蓬勃的生机感。我正在欣赏岩石缝隙里的塔松呢，忽然，车上的游客一阵惊叹，我顺着大家关注的方向看去，公路左边有一片开阔的河滩，河滩上的树这里一棵那里一棵，植株很稀，树冠很大，在树的间隙，一群羊散放在河滩上静静地吃草：河滩上，草已发黄，草地上慢慢移动的羊群就像黄绿色地毯上镶嵌的一串串水晶。噢，树林里还有几匹马，跟羊一样，马啃着草，不时甩几下尾巴，极其悠闲的样子。树林里没有牧民，让我生出一丝幻想——这几匹马就是牧民吧，有马在，羊群才不会跑开去。

我忽然想起著名作家碧野所写的《天山景物记》，我们现在就在天山呀，碧野描写的天山太美了，美得我几十年来无时无刻不向往天山。当年，碧野可能是站在一个较高的地方看天山的，他说："远望天山，美丽多姿，那常年积雪高插云霄的群峰，像集体起舞时的维吾尔族少女的珠冠，银光闪闪；那富于色彩的连绵不断的山峦，像孔雀开屏，艳丽迷人。"

昨天，我们在吐鲁番盆地欣赏过维吾尔少女的舞蹈，那华丽的衣裙，那婀娜的腰肢，那修长的胳臂，把人们看得忘乎所以。没想到，今天，我就处在这样美丽景色的环抱中，是多么幸福呀！

我清楚地记得碧野所描写的天山牧场，他写道："墨绿的原始森林和鲜艳的野花，给这辽阔的千里牧场镶上了双重富丽的花边。牧场上长着一色青翠的酥油草，清清的溪水齐着两岸的草丛在漫流。无边的草原是这样平展，就像风平浪静的海洋。在太阳下，那点点水泡似的蒙古包，闪烁着白光。"

原先，我对碧野用"碧绿"来形容原始森林很有些不解，现在身临其境，才不得不佩服碧野用词的贴切。只可惜现在不是夏季，否则，我眼前溪水边的洼地就该有鲜艳的野花在恣意地开放，给这片小牧场镶嵌上双重富丽的花边了。

当年，碧野是在草原看见成百上千的羊群、马群和牛群的。现在，我只看见几十只羊，几匹马，不过我很满足，毕竟是在天山脚下看见这些马和羊的，这样的画面会在我脑海里扎下根，让我永世不忘。

我们终于到达山顶，一片明镜似的水面突然出现在视野里，水域四周都是高山，明亮的镜子就镶嵌在低洼的山坳里。我想，这应该是个堰塞湖，当初，博格达峰在地壳运动中隆起来时，天池这一块便塌陷下去，形成今天的天池。

当我们站在天池岸边时，大约是上午九点，太阳从东边的博格达峰照射过来，云层遮住了一部分阳光，投射到天池湖面的阳光便被撕成一丝丝、一缕缕，由于迎着阳光，湖这边，湖水白亮亮的，仿佛在水面铺着一层水银；湖那边，阳光投射的那片湖面则像燃烧着火焰，又像泼洒了一炉滚烫的铁水，亮得晃人眼睛。

我靠着湖边栈道的栏杆，右脸沐浴着阳光，身后的山峰一层层排列延伸开去。近处的山峰，一棵一棵挺立的云杉，看得清清楚楚，山峦的轮廓线清晰可辨，越远，轮廓线越模糊，最高处的雪峰便在蓝天上勾勒出一道剪影。这种景致很耐看，很让人惬意，我脸上的笑容也因此祥和起来。

我站在较高的地方抢拍了一幅照片：湖面上大致有三种颜色，一是白色，湖面被风一吹，泛起粼粼的波光；二是黛色，那是倒映在湖面的山峰，无论是树影还是山影，都一例呈黛色，被两山夹持的湖汊则绿成黑色。我拍照的地方有几棵树，大概是橡树，深秋季节，天池景区气温低，橡树的叶子几乎落光，倒映在湖中的博格达山顶的日光便被树枝隔成一些极不规则的小块，水面上，一块巨大的金子被分割成碎块，才有了令人意想不到的美感。

当太阳挣脱云层的束缚，终于大大方方地悬挂在天空的时候，山与湖就换了另一副模样。原来，山上的云杉并不十分密集，长云杉的地方，色彩浓绿，不长云杉的地方，色彩青绿，青绿中泛点儿黄，再高处的山头呈灰赭色，绿色植物由下而上逐渐淡去，再高处，就是积雪。

几乎在同一个地方，当太阳渐渐升高，阳光直射在湖面时，湖水跟蓝天成了一个颜色，而近处的杂树和远处裸露出来的山坡则染上一片金黄。这王母娘娘开蟠桃会也未免太铺张了吧，居然在湖边铺上这么多金子做成的地毯！

我从湖的上游转回来，来到游客密集的核心景区，这时，湖里正游弋着一条快艇，快艇划破湖面，水波荡漾开来，在湖面漾起一圈一圈的波纹，煞是好看。

站在核心景区向对岸看去，两岸的山峰交错地插进天池，使得天池的景色显得错落有致；而远处的雪峰高高地耸立，我只知道那是雄伟的博格达主峰。在蒙古语里，"博格达"意为灵山、圣山，据说，这座博格达主峰海拔高达5445米。我们站在湖边，博格达峰被近处的山峰挡住了，只偶尔从群峰的间隙露出一两顶白色的帽子，当我们站在高一些的地方遥望主峰，才发现主峰两侧各有一座山峰拱卫。三座山峰并列起来，直插蓝天白云，看上去像一个巨大的笔架，莫非王母娘娘的蟠桃会上还有识文断字的文曲星吗？不然，怎么会在这里搁上这么大的笔架呢？

在天池，没有积雪的山峰已经很美，景色被墨绿与湖蓝主宰着，美不胜收；再加上远处有雪的雪峰，还加上笔架的联想，这幅图画就更增添了一些意趣。站在这么美丽的天池风景区，我真的不想马上离开，我觉得，跟这么美丽的风景分离，其痛苦并不比跟一位妖娆的恋人分开轻多少。我想，是不是美景和美人都有同样的魔力呢？

谁说不是呢？当我即将离开天池的时候，忽然觉得，我跟天池似曾相识，它的形状酷似四川九寨沟的长海。当年我站在九寨沟长海边上，也曾涌现出不忍分离的情感。

在九寨沟那样的风景区，我们不可能不生出一些眷恋。想想那个五彩池，它那变幻莫测的绚丽色彩，怎能不勾起你无限喜悦；想想那长海，想想长海里倒映的山影和树影，你怎么舍得猝然分离？现在，我就站在天山天池边上，我觉得，她就是一位千娇百媚的少女，她那变幻的色彩，她那跃动的轮廓，她那诱人的天光云影，都是天池施展出来的手段，她让我们近距离欣赏到了美丽的少女，然后在心里不停地思念，即使远隔千山万水，心依然跟她相连！

可惜的是，我必须离开天池了。下午，我们要乘火车赴敦煌，我们只好把一个心结系在天池边的云杉上。这时，我心里突然有一种想放声大哭的冲动——我不远万里来到新疆，在天池边上居然待了不到一个小时，让我怎么肯倏然离去！

·佛教文化的宝库——敦煌莫高窟·

我已经按捺不住了！我早就应该写写莫高窟了，但是，距游览莫高窟已经过去20天，我却不知从何处下笔。写洞窟，洞窟只是个载体，或者说只是容纳佛像的空间。那么写佛像吧，莫高窟的佛像很值得一写，可是，莫高窟的彩绘也值得写呀！还有莫高窟所处的环境——旷远、浩渺、雄浑……唉，莫高窟遍地都是经典，无论怎么写，都可能挂一漏万，不得已，那就从洞窟和它所处的环境写起吧。

　　一走出敦煌火车站，我们就被广场上载歌载舞的美女们所吸引，美女们身穿敦煌壁画上飞天女神的盛装，一下就把我们提前带到神秘莫测又金碧辉煌的艺术宝库中。

　　敦煌故城屹立在沙海中，漫天的风旋舞着，风中明显挟裹着绵绵的细沙。从公路两边的白杨树能看出，这里的树是靠水渠引水浇灌的，路两边的防风带有多长，路边的水池就有多长。

　　此时，大巴车正载着我们驶向世界文化遗产地——莫高窟一带，目之所及，满目苍凉。路边似乎有河流，河岸还砌着堤岸，河床上有流水的痕迹。我不知道，河床上的流水痕迹是什么时候留下的，今年夏天？还是某个雨量充足的春季？从它的灰白颜色我只能推断，在这里，怕是许久没下过雨了。有数据显示，敦煌的年均降水量约40毫米左右，只比我们才游览过的吐鲁番盆地强一些。

　　我注意到河那边的山，只能算沙丘，沿河连绵起伏的，都是由沙构成的山岭，只在沙丘的凹陷处不时出现几丛红柳，它们也是从沙堆里钻出来的，哪天来一阵沙尘暴，说不定又会被埋进沙里。在一处陡峭的崖壁上，出现了几排排列不规则的洞窟，崖坎上是一面陡坡，坡度刚好让沙粒趴伏其上，如果再陡一些，流沙就会滑下崖坎，把崖壁上的洞窟一一湮灭。

　　幸好是这样干旱的环境，否则，稍一潮湿，莫高窟的那些洞穴早就垮塌了！

　　遥想当年，那个叫乐尊的和尚云游到三危山下，忽见对面鸣沙山上金光万道，金光中显现出千座佛像，乐尊心有所悟，便在崖壁上凿下第一个石窟。是不是众佛真的在此云集过呢？从此，无论是丝绸之路上的商人，还是居住在附近的百姓，为了祈求事业的顺利、生意的发达，纷纷在这儿许愿，开凿石窟，千姿百态的神灵就在这片崖壁上按下云头，纷纷归座。没想到，这种盛事居然延续了上十个朝代，形成目前规模宏大的洞窟群！

莫高窟的停车场建在一片河滩上，显得十分开阔。从停车场到莫高窟要过一座桥，桥建得很宽阔，桥面离河床至少三米。桥那边也有一片不大的开阔地，开阔地上挺立着一丛丛高大的白杨。我之所以用"丛"来做修饰语，是因为开阔地上的白杨树并不成行，也不成列，这里几棵，那里十几棵二十棵，有些白杨树间隔得很开，有些则密密地挤在一起，谁也不想稍稍跑开一点。这些白杨树非常粗壮，非常高大，有的高达几十米，几棵树的树冠连在一起，在空中撑起几百平方米的大伞。有几棵白杨树周围倒是没有砌水池，大概因为长在河边，能汲取河床下的积水，否则，它们早该枯萎了。

那边的一些白杨树站成一排，像约好了似的，站在那里等待游客去参观莫高窟，更像守卫在窟外的哨兵。曾几何时，莫高窟遭遇疯狂的盗窃，那时候，如果有像白杨一样的哨兵的保护，几万件文物断不会落入文化侵略者手中。

这一丛白杨树共五棵，有三棵昂然挺立，伸向苍穹，撑开的大伞正在为附近的洞窟遮蔽太阳，另外的两棵，像是被人为地挤撞，倒向河边，却又努力挣扎着不想倒下，它们一定想到自己的职责，朝河边斜伸出的枝条分明在求援：快来帮忙，有坏人要盗宝！河那边，一排排挺拔的白杨树被风吹得直摇晃，像是在呼应：好的，我们来了，别怕，我们是你的坚强后盾！

站在通往洞窟的栈道上回望，洞窟前的广场上，一个小院被白杨树围起来，这是个小巧的院落，北方庭院布局，泥抹的墙，泥苫的屋顶，就连翘起来的飞檐也像是泥土捏成的，只有向外开的那道侧门，看上去是用青砖砌就，门框和门显然是木头做成的。这一切，莫不给人土里土气又古色古香的感觉。

走进被围的院子，站在栅栏边看洞窟，这时我们才看清，这排洞窟是莫高窟的主体建筑，分四层，外墙全都灰扑扑的，洞窟外面的走廊装了木头栏杆，也一律灰扑扑的，这便合了它两千多年历史文物的身份。两千多年了，无论是洞窟的门脸上还是洞窟外面的栏杆，若是没落上厚厚的灰尘，反而不真实。

从地面第一层看去，洞窟有大有小，有的洞窟一连几个串联在一起，还在门额上搭建起屋檐和斗拱，很是气派；那些小洞窟的门因为小，常常被人们忽略，而那些大洞窟，一看门外的装饰，就让人觉得不同凡响。对呀，有的洞窟一看就觉得它是在摆阔气，有的洞窟，看上去寒酸，便悄悄地躲到一边，一声都不敢吱，这应该跟当年洞窟开凿者的财力有关，钱多的人自然把洞窟开凿得大些，钱少的人，不管开多大的洞窟，他敬神礼佛的心是值得肯定的。

莫高窟院子正中有一座门楼，用红色的木柱搭成，木柱顶上是斗拱飞檐，从门楼前面看，门楼三开间，正中的飞檐下，天蓝底色的木板上，大书"莫高窟"三个字，是郭沫若的手迹。

我不止一次听人谈起莫高窟，它的大名如雷贯耳；也曾许多次在电影、电视上看见过莫高窟，它那神秘莫测、古色古香的洞窟，让人生出无尽遐想。今天，我终于站在它面前，而且沿着扶梯，走到洞窟门前，等一会儿，我还要进到洞里，亲眼看见两千多年前的艺术奇葩，激动之情，溢于言表。

莫高窟的"九层楼"，不是真正的楼房，而是莫高窟的一个洞穴，它建在莫高窟石窟群正中，高45米，依山崖而建，里边供奉着世界上最大的室内盘腿而坐的泥胎弥勒菩萨塑像，洞外按楼层间隔大小装饰着九层屋檐。九层楼是这里的最高建筑，编号第96窟，人们都称它为"大佛殿"，又因为从外面看去有九重楼，才叫"九层楼"。

据史料记载，这座大佛窟修建于唐朝年间，唐朝的人以"肥硕"为美，所以这尊弥勒菩萨塑像显得十分丰盈圆润，是典型的唐代风格。据说在武则天执政时，为了巩固自己的帝位，就对民间宣扬说自己是弥勒佛化身，工匠造像时，揉进不少女性特征。细心的游览者如果观察再仔细一点，就不难发现，这座弥勒大佛面形丰圆，眉目舒朗，着波状肉髻，这都是唐代美女的典型妆饰。

洞窟高，塑像自然高，塑像高，造像的难度便大，造成之后的艺术性也非其他洞窟所能比。

现在，我站在一楼抬头仰望九层楼，一层一层的楼宇，延伸到鸣沙山顶，上面几层直插蓝天，大约神灵本应该是住在天庭的，只有高耸云天，才能俯瞰芸芸众生。

莫高窟是一座名副其实的文物宝库。据文献资料记载，清朝末年，莫高窟第17号藏经洞中曾经出土4~11世纪的经卷、文书、织绣、画像等5万多件，这一发现为研究中国及中亚古代历史、地理、宗教、经济、政治、民族、语言、文学、艺术、科技提供了数量极其巨大、内容极为丰富的珍贵资料，价值极高。可惜，由于当时社会动荡，清政府腐败，更可恨的是，道士王圆箓无知、疏于管理，这些宝藏几乎被西方文化侵略者盗运殆尽。

可惜的是，历史没有假如，中国一百多年的积贫积弱，才造成19世纪下半叶和20世纪上半叶的落后。今天，作为一个普通国人，我在参观了17号藏经洞之后，在参观了莫高窟之后，情不自禁地捶胸顿足起来，难怪著名的思想家顾炎武会大声疾呼"天下兴亡，匹夫有责"，我们每一个中国人都应该为中国民族的复兴尽自己的一份责任，谁也没有推脱的权利！

附：敦煌石窟，是中国甘肃敦煌一带的石窟总称。它包括敦煌莫高窟、西千佛洞、榆林窟、东千佛洞以及甘肃北部蒙古族自治县五个庙石窟等。可惜旅行团只游览了莫高窟。要是在敦煌再增加一天时间，把其他几个景点都看看就好了，即便是蜻蜓点水似的看也好。可是，我们跟敦煌其他景点失之交臂！

·河西走廊不只有苍凉·

很早，我就知道，河西走廊在甘肃。从地图上看，甘肃省地图像一根斜放着的拉长的腿胫骨，河西走廊就安放在这根腿胫骨中上部，是古代丝绸之路中的重要一段。其实，在我心中，这个概念一直是模糊的，这次西北五省旅游归来，我按照旅行线路进行了梳理，才真正弄清这条走廊的具体位置，还有它的雄奇景色和丰富的历史地理文化知识。

10月14日晚，旅游专列从武汉出发，行经西安、兰州，一整天，旅游专列几乎一直在河西走廊中穿行，我们从陕西进入甘肃，到达兰州，甘肃省的版图差不多走了四分之一，可是，还没进入河西走廊。我原以为，河西走廊是从西安开始的，张骞出使西域不是从长安（即今天的西安）出发的吗？我自诩对中国历史地理很了解，却不料在"河西走廊"上闹了笑话。

志书上对"河西走廊"是这样表述的："河西走廊，是中国内地通往新疆的要道。东起乌鞘岭，西至玉门关，南北介于祁连山、阿尔金山和马鬃山、合黎山以及龙首山之间，长约1000公里，宽至100公里，为西北至东南走向的狭长平地，形如走廊，因为在甘肃境内，故又称'甘肃走廊'。之所以称'河西走廊'，是因为这条走廊位于黄河以西。"

这个"乌鞘岭"，我在中国分省地图上找了好半天，刚开始我在陕西进入甘肃的地界找，怎么也找不着，一直找到武威，才找到。乌鞘岭位于甘肃省已经走过五分之二的地方。原来，河西走廊是从陕西进入甘肃之后，往西北行进约五分之二以后才开始的。

旅游专列一过兰州，铁路两边就渐渐变得荒凉。不过，荒凉一阵子，又富饶一阵子，所以，我便写下《河西走廊赞》的五言诗，诗中描写的"雪山皑皑白，杨柳枝枝黄；黄河九曲折，炊烟绕牛羊"就是我对在火车上所看见的河西走廊的真实写照。诗的末尾我这样写道："今我去西域，不曾见荒凉。"在那段铁路上，我确实看不见这条走廊有多荒凉，能看见的，几乎都是茂盛的庄稼，整齐的村落，所以我才在诗的末尾赞叹道："村寨鸡犬鸣，百姓幸福长。"

在河西走廊的旅行中，我掠到好几幅印象深刻的图画，不能不跟朋友们分享——

第一幅：蓝天下，白云缭绕在雪山上，雪山冲破白云的束缚，剑一般地把锋刃指向苍穹；群峰错落有致，被云层遮蔽的山头一片深褐，就连皑皑白雪也蒙上了一层阴影，像是特意给雪山准备的深暗背景；当云层不小心掀开一道缝隙，灿烂的阳光不经意洒在雪白的山头，那雪峰立刻变得白亮亮的，像有钱人故意露富，那露出来的，就是白花花的银子。

远山只能看见大皱褶，山脚下的皱褶便细致得多，仿佛一个景点，欣赏的人多了，便在山脚下留下大大小小的脚印。山脚下有一个村庄，离得太远，只能看到一条白色的线条和几个灰色的点。

远山和近山之间是戈壁，近山处如同水利建设工地随意倒下的泥土，又像要挡住戈壁的一道土墙，这堵墙还没来得及整理，显得有些凌乱。

紧挨铁路的是人工种植的一行行固沙植物，还没有完全遮盖住大地。固沙植物和近山之间是裸露的黄土坎，在阳光的照射下黄得耀眼。

怎么样，这样一幅景象，你只觉得壮阔吧？

下面就柔和多了——宽大的河谷中是肥沃的良田，深秋季节，高粱和玉米还没收完，更多地方是连成片的棉田，摘棉花的妇女，这里一群，那里一伙，摘过棉花的棉田灰褐色浓一些，还没摘过棉花的田里，褐色、绿色和白色掺和在一起，给人幸福祥和的印象。如果在春天，这里应该是一片粉黄，连近处山头上也被粉黄所主宰，那是金灿灿的油菜花呀！

第二幅：列车往前行驶，山川渐渐荒凉。前面出现一道河湾，河水哗哗地流淌，如果不是火车与铁轨摩擦撞击发出哐当哐当的声音，我们就会听见河水奏出的悦耳音乐。可是现在，河对岸插入一道高崖，崖壁上能清楚地看到沉积的沙石，高崖仿佛随时会坍塌，有一块崖壁也许才垮塌不久，河水流到那里，激起一层层浪花。

第三幅图画显得凝重得多：山上光秃秃的，山脚下的植物只能勉强让我们看见一些绿色；近处有几个土堆，像是很久以前版筑的旧垒，旧垒十分残破，版筑的土墙上还能依稀看见几个墙孔，土墙下已经有很厚的流沙……我猜想，这地方，几百年前抑或一千多年前，可能是个集镇，还可能是个军事堡垒，而今，附近沙漠化太严重，已经不适合人类居住。看到这幅画面时，老天的心也仿佛沉甸甸的，他突然耷拉下脸，满天的乌云往下压，压得人喘不过气来……

这三幅画，构成河西走廊典型的风景。走廊给我们展现出不同的画面，像人们的心情一样，有喜怒，有哀乐。河西走廊随时变换着春夏秋冬的脸色，好在我是特意来欣赏大西北的，连带着欣赏河西走廊，我的心情，才不会被他不同的面孔所影响。

驼铃声声鸣沙山

游览鸣沙山之前，导游一再强调，游览时可借助三种交通工具：一是越野吉普；二是沙漠摩托；三是骆驼。导游极富煽动性地说："来到沙漠，不骑一骑骆驼，岂不是遗憾的事？"

是呀，来到沙漠，不骑一下骆驼，确实是遗憾，可来到沙漠，不在沙海里走一走，是不是更遗憾？我不止一次欣赏沙漠驼队的图片：广袤的沙漠，七八头骆驼缓缓地行进在沙丘上，在洁净的蓝天背景上留下一幅清晰的剪影。这样的景象，骑在骆驼上是绝对欣赏不到的，骑在骆驼上，只能供他人观赏，只是个道具，那才是最遗憾的呢！我和妻子，当然选择徒步跋涉沙漠！

有人威胁我们："在沙丘上行走，走三步，至少得退一步。"

我说："别管他，走三步退一步，依然在前进！"

我和妻子不为所动。我们俩，天生一对玩家子，爬黄山、爬泰山，都不乘缆车。不是不想乘缆车，须知，徒步跋涉过程中有足够的乐趣，路边的山野有许多美丽的风景，是乘坐缆车绝对看不见的。古时候杜甫登泰山"一览众山小"，那是必须亲自攀登上去之后才有的豪情，乘缆车，呼呼的，几分钟到山顶，有什么滋味？

我们已经在沙海里走出好远，后面骑骆驼的同伴才追上我们。从鸣沙山牌坊出发到沙山脚下有约500米平路，骆驼载着游客，在平路上迈着轻快的步子，脖子下的驼铃清脆地响起来，仿佛在向我们炫耀：看看我们，在沙漠上行走多么轻松！骑在骆驼上的游客也向我们嗨嗨地叫喊，他们的意思是：看我们骑在骆驼上多过瘾！

越接近沙山，地上的沙子越厚，我们行进的速度明显地慢下来。身边不断有驼队经过，在平路上，我们的速度并不比骆驼慢多少，等到开始爬山时，骆驼才把我们甩下一程又一程。

湖南的老小伙小杨，身体比我好，跑得快多了；武汉的陶医生昨天生病了，今天体力不济，被远远地甩在后边。我的体力足够跟上小杨，但是，我得带着妻子，还得等陶医生，速度自然慢下来，宜都的老黎本来想跟我们徒步跋涉沙漠，走了一程，折转去骑骆驼了，只有我们四人相继跟着，继续爬山。

沙山上，积沙很厚，在沙山上行走，有时候，脚陷进沙里尺把深，刚拔出来，流沙就把脚坑复原，只留下浅浅的脚窝。

陶医生已经落后很远，我和妻子都站下来等她，就在我望向陶医生时，一刹那，我看见，一支驼队正行进在东边的沙丘上，初升的太阳从沙山顶上照过来，没映在阳光中的骆驼现出清晰的剪影。阳光从驼峰，从两只骆驼的间隙，还从骆驼的腿间射过来，那一刻，整头骆驼仿佛一齐沐浴在圣光里。我大声地提醒妻子和陶医生："快看那边，骆驼，阳光里的骆驼！"

妻子和陶医生一听，顺着我指的方向看过去，两个女人不约而同地尖叫起来："啊——"

妻子说："好美！"

陶医生没忘了说："叫他们去骑骆驼！"

其实我知道，骑在骆驼上也能欣赏到骆驼沐浴在阳光里的奇观，只是他们欣赏的时间很短，我们站在沙漠里，可以一直看到驼队走出太阳，我们甚至可以变换方位，让驼队较长时间浸泡在阳光里。

一会儿，陶医生实在走不动了，她仰面躺在半山腰的沙地上，四肢一摊，很享受的样子。山下，不断有新的驼队走过来，到达山顶的驼队经过短暂休息之后返身下山，清脆的驼铃从远处响过来，经过我们身边时，那铃声放大，叮当，叮当……一声声，仿佛在耳边敲响，再渐渐远去。有人放开嗓子吼起来：

送战友，踏征程，

默默无语两眼泪，

耳边响起驼铃声……

哪有哭声？分明是呵呵的笑声。我知道，他唱的是降央卓玛唱的《驼铃》，与我们眼前的情景正相吻合。歌唱的人嗓子并不很好，但是，此情此景，吼两声《驼铃》，倒是挺有味。

前面的人似乎没有把歌词续下去的意思，跟着和的人又吼起来，总是吼这几句：

送战友，踏征程，

默默无语两眼泪，

耳边响起驼铃声……

为什么还唱其他歌词呢，大家要的是应景，只要"耳边响起驼铃声"就足够。

驼队陆续远去,似乎另有人接着唱下去,我没有听他唱"路漫漫,雾茫茫,革命生涯常分手",倒是"任重道远多艰辛,洒下一路驼铃声"清晰地从远处传过来。

不久,我们一行四人终于攀上鸣沙山顶。

鸣沙山顶,有人正坐在滑沙板上往山下滑。据说,沙子只有在流动时,才能在风中发出呜呜的响声。滑沙的那面山坡很陡,可惜今天上午没有风,好几个人坐在滑沙板上往下滑,流沙都没有发出鸣叫声,这不得不说是攀登鸣沙山的遗憾。

站在鸣沙山上,放眼向北望去,敦煌市城被绿洲围裹着。天很蓝,绿洲深处有雾霭,鸣沙山一带却碧空万里。资料上说,鸣沙山为流沙积成,这一点不假,沙分红、黄、绿、白、黑五色,我们见到的主要是浅黄色沙砾。我有些不解:汉代为什么把鸣沙山称作角山呢?是不是因为这些山头都像一只只翘起的兽角?

鸣沙山主峰显得很高,虽然海拔只有1715米,但站在山顶,却有一种眩晕的感觉,这眩晕不是来自它的高度,而在于它的壁立与尖削,我想沿着鸣沙山顶峰向前走,让别人欣赏我们留在蓝天上的剪影,可是,鸣沙山顶峰的山脊宽不盈尺,踩在山脊上,有踩在雪峰上的感觉,那山脊,似乎随时都有可能塌陷,我只得放弃走山脊,改从山的东面滑下去。再说,我们还得去月牙泉呢,不能老在鸣沙山上盘桓。

同行的小杨也同意从山的东面滑下去的想法,他试着躺到陡峭的山坡上,只要不用力,身子并不会自动下滑。他再试着向斜下方滚动身子,身子也不发生连环滚动,这跟我们在泥土的山坡和石头的山坡上滚动，效果大不一样，可能是沙粒松软的缘故吧。

我忽然想，小杨躺在沙坡上也不连续打滚，想必走下山去，也不会打踵吧，就试着往沙坡上走了几步，嘿，稳稳当当的。鸣沙山主峰，山脊附近的坡度小于四十五度，我往山下走时，如果稍稍往沙坡上一躺，就能贴近坡面。刚开始，我脚跟着地，脚下踏出一尺多深的沙坑，身体决不前倾，也不后仰，如履平地。哈哈，如果我们不徒步跋涉鸣沙山，怎么会有这样的体会？

幸好我们坚定不移地选择爬山，而没骑骆驼，更不去坐沙漠越野车，那种在沙山上一步一个脚印地前行，是何等快乐的体会哟。我忽然记起宋代文学家王安石在《游褒禅山记》中的一段名言："夫夷以近，则游者众；险以远，则至者少。而世之奇伟、瑰怪、非常之观，常在于险远，而人之所罕至焉，故非有志者不能至也。"亲自跋涉鸣沙山，辛苦自不必说，可是回馈十分丰厚，非常值得！

王安石又曰："有志矣，不随以止也，然力不足者，亦不能至也。"宜都的老黎想跟我们一起爬沙山，但是他担心体力不够，退回去了，我很为他惋惜。"有志与力，而又不随以怠，至于幽暗昏惑而无物以相之，亦不能至也。"武汉的陶医生实在爬不动时，如果我们不伸出援手，给她点精神鼓励，她也很难爬到山顶的。"力足以至焉"，却不尽力向上攀登，当人家看到奇异的景色后，才想着后悔，只会惹人讥笑。自己尽力后还不能到达目的地的，才会终生无悔。

我喜欢旅游，而且不太习惯凭借外力，凡景点，无论远近，都爱亲力亲为，让自己有机会见到十分奇特的风景，这次跋涉鸣沙山又一次得到验证。所以我们出游，千万别什么都听导游的，正如这次，骑在骆驼上听驼铃，远不如走在沙漠上听驼铃来劲；坐在驼峰上看朝阳，远没有跋涉在沙海上看别人骑骆驼沐浴在晨光里的剪影令人心旷神怡！

·安闲静卧的月牙泉·

每当我在画报上、网络上看到安闲静卧的月牙泉时，心里就抑制不住一阵冲动，就像厌倦了喋喋不休的女人，忽然见到一位娴静而睡姿优雅的少女一样，那种冲动是情不自禁、难以按捺的。一个正常的人，在这种情况下要是没有一点儿欣喜的意思，那他一定有严重的缺陷，要么是生理上的，要么是心理上的！

这次大西北之行，行程中如果没有月牙泉，我不知道，这次旅行自己到底能不能成行。

噢，我们终于来到月牙泉的怀抱，就如同我终于如愿以偿地扑到心爱女人的怀抱一样，我被她的安闲和淑静融化了。

我是从鸣沙山跋涉而来的。从鸣沙山顶到月牙泉，必须下到一座山坳，在山谷中行进许久，再爬上一座陡峭的沙山，才能站到月牙泉背后，因为心里惦记着月牙泉，我们在鸣沙山山谷的跋涉速度很惊人。鸣沙山到月牙泉之间的山谷是狭长的，山谷中没有风，太阳照在谷底暖融融的，让人有一种"此间乐，不思蜀"的感喟。然而，只要翻过月牙泉背后的山头，彼处更乐，我还怎么会留恋鸣沙山中的山谷呢？翻越月牙泉背后那座沙山时，我四肢并用，一鼓作气攀登上去，月牙泉也没让我失望，当我站在月牙泉背后的沙山顶上注视眼前那一弯月牙儿时，那种欣悦之情便如同点燃的一堆干柴，噼里啪啦地燃烧起来。

月牙泉，你太神奇了！谁也弄不明白，在四周都是沙丘的环境下，不时有大风掀起沙尘，可是，为什么流沙会落到周围的沙丘，却不落到月牙湾里呢？像那样小巧的一座月牙湾，按说是要不了几场沙暴就能淹没掉的。可是据有文字记载以来，月牙湾一直那样安闲地静卧在那个由沙粒组成的山坳里，那湾清澈的泉水也一直像美人的眼睛一样，在那里不停地眨巴。

月牙泉的神气离不开鸣沙山，她跟鸣沙山互相烘托。月牙泉静卧在鸣沙山环抱之中，鸣沙山拱卫着月牙泉，像拱卫着自己娇艳的女人。泉若明眸，山若蛾眉，明眸因了蛾眉的修饰而更加秀美，蛾眉因为明眸的明亮而熠熠生辉，于是形成了山泉共处、沙水共生的奇妙景观。看来，她们被誉为"塞外风光之一绝"，的确名不虚传。

现在，我正顺着月牙泉的蛾眉往下溜，迫不及待地想近距离目睹那善睐的明眸。

站在山顶往下看，月牙泉那样小巧，小得似乎可以忽略不计，最醒目的是那座楼阁，环绕楼阁的是几片土灰色的屋瓦，通往外界的栈道旁边有一片葱绿的草地，那汪泉水像一位羞涩的少女的眼睛，因为欣赏她的游客太多，羞红了脸，明亮的眼波漾出眼眶，把眼睑也湿润了。

我终于来到那颗明眸前。山谷里有一丝风，微风吹过湖面，湖面起了一些皱褶。湖岸上有密集的芦苇，一棵葱绿的大树垂下浓绿的枝条，想为月牙泉挡点儿风……这样的一眼泉，这样一个安静的地方，静卧着这么贤淑的一位少女，谁走在她身边，都不忍大声说话，更不敢吆五喝六。也许是害怕泉边的流沙，也许是害怕招来风暴，还怕引来云彩吧。看，太阳那么祥和，它把温暖的阳光洒在沙丘环绕的港湾里，让这位熟睡的少女更添了一分妩媚，一分宁静。

我在月牙泉边踯躅徘徊，心里又萦绕起那个奇妙的问题：为什么这弯清泉涟漪萦回，碧如翡翠；为什么泉在流沙中，干旱季节也不枯竭；为什么狂风吹沙，沙不落泉中？有人认为，这一带可能是原党河河湾，属于敦煌绿洲的一部分，由于沙丘移动，水道变化，于是成为单独的水体。由于月牙泉所处地势较低，渗流在地下的水不断向泉内补充，使之涓流不息，天旱不涸。这种解释，好像可以看作月牙泉没有消失的原因，但是为什么狂风卷飞沙而飞沙不落月牙泉呢？真是个不解之谜！

月牙泉是游览胜地。唐朝时期，泉里还有游船，泉边有恢宏的庙宇。泉水南岸，原来有一组古朴典雅、错落有致的建筑群，有娘娘殿、龙王宫、菩萨殿等百余间建筑。各殿宇有彩塑百尊以上，所绘壁画数百幅。那时候，月牙泉边亭台楼阁，庙宇辉煌，林木蓊郁，泉光与山色相映，古刹神庙，绕以常年香火。

到20世纪70年代中期，月牙泉鸣沙山一带垦荒造田，抽泉中水灌溉附近的庄稼，周边的植被遭破坏，水土流失严重，导致敦煌地下水位急剧下降，月牙泉也未能幸免。幸好近年来敦煌市政府及时采取了补水措施，否则，这样一处稀世奇泉真要干涸了的话，这一代人就会成为千古罪人！须知，即便整个敦煌绿洲生产出来的粮食累加起来，也抵不上月牙泉这个自然奇观的价值啊!

  月牙泉,你终于又润朗起来了,泉边终于又绿意盎然了,晴空之下,我们又能邂逅你这位美丽安闲的姑娘。当我千里迢迢来到你的怀抱,只看了你一眼,我的心早就醉了。我没想到,泉水也能醉人。到底是泉水醉了我,还是你的安闲恬静醉了我呢,我已经分不清了!

·驰骋在通湖草原·

  这是几百年前的一个神奇故事。
  几百年前,位于内蒙古和宁夏交界处的腾格里沙漠腹地有一片浩渺的湖水,有一天,两个小喇嘛拎着一把铜壶,在距离这片湖水60公里处的太阳湖边取水,一不小心,铜壶咕咚一声掉到水里去了,没想到几天后,一个牧民妇女在这片浩渺的湖水边上发现了小喇嘛丢失的铜壶,人们才知道,太阳湖和腾格里沙漠腹地的这片湖同属一个地下水系,因此,人们把腾格里湖叫作"通湖"。这个通湖东距内蒙古阿左旗巴彦浩特200公里,南离宁夏中卫市26公里,内蒙古占了一小半,宁夏中卫市占了一多半,它西望甘肃河西走廊,是古丝绸之北路的要塞。风景优美的通湖草原因为神奇的故事而多了一分神秘色彩,故事因为通湖的存在显得更加真实可信。

10月22日清晨，当大巴车把我们载到通湖的时候，草原上的太阳才刚刚升起。没有粗犷的牧民扯起嗓子唱歌，我们耳边却分明响起嘹亮的牧歌：

蓝蓝的天上白云飘，
白云下面马儿跑，
挥动鞭儿响四方，
百鸟齐飞翔。
要是有人来问我，
这是什么地方？
我就骄傲地告诉他，
这是我的家乡……

哎哟，过去几十年，这首歌，在不同场合，我不知道听过多少遍，每一次听，眼前都会出现广阔的草原，奔腾的骏马，还有高悬在地平线上的太阳。不过，那都是音乐的旋律和歌词在我脑海里的艺术的再现，而此刻，我就站在通湖草原，眼前就是一片辽阔无边的原野，太阳正从东边地平线上冉冉升起……

通湖草原景区大门口，那个蒙古包特别大，它当然不是真正的蒙古包，只是模仿的蒙古包建筑，用中国画大写意的手法建造，既神似，也形似。整体建筑呈长方形，屋顶以红黄色为主，从屋檐起升腾着一朵朵"祥云"。这幢建筑右侧是用粗糙的木头搭建的景区大门，门额上是两只夸张的牛角，两只牛角连接在一起，牛角上也有升腾的云彩图案，牛角上宽大的牌匾上大书"通湖草原"四个大字。在类似蒙古包的建筑物前，用木栅栏圈着三只"羊"，浑身雪白。一只羊站在中间，昂首向太阳眺望，两只小羊分列在旁边，是大羊的孩子吧，这是一组雕塑。

在草原，怎么能没有羊群呢？羊群、蒙古包、马和牛，再加上蓝天白云，构成祥和的草原风景。

景区大门前的广场很宽大，很平坦，跟广场毗连的是湖泊，在初升的阳光下，湖面也变成金黄色。

刚才在路上，我们就看见路边湖畔和草地边上积有"白雪"，我心想，西北的气候果然不同，才下过雪吧，积雪还没消融呢？没想到导游说："你们在湖边见到的雪，其实是一种硝。"

哎哟，不是雪呀？我们这些南方人，谁晓得这湖泊边上草丛里像雪的东西是硝呢？往远处看，远处是茫茫的沙海，朝近处看，近处是灰绿色的草原，还有草丛似白雪的硝。在南方，有路隔十里风景不同的说法，我们北行几千里，把硝看成雪，也就不奇怪了。

有意思的是，广场入口处立着一个高大的铜壶雕塑，它有两只巨大的壶嘴，一个提梁，不知这把铜壶是不是那两个小喇嘛丢失的。我默默地念着"铜壶"两个字，念着念着，"铜壶"就念成了"通湖"。

不一会儿，旅游大巴把我们载到一个村落。这个村落建在辽阔的草原上，高大的胡杨林成为村落的屏障，胡杨林下静静地伫立着一群蒙古包。来得太早，牧民还没起床，就连胡杨林中的鸟儿也仿佛怕惊醒了早睡的牧民，有几只飞来飞去的小鸟也都悄悄的，真应了那首著名的歌——《这里的黎明静悄悄》。

我在别处也见过蒙古包，但是总觉得，别处的蒙古包不正统，只有这里的蒙古包，才觉得像那么回事。你看它，两个两个地并列在一起，是两兄弟的住所呢，还是父子俩的居住地？每座蒙古包，外形上像我们小时候玩的陀螺，这陀螺倒扣着，圆柱部分成为蒙古包的墙，圆锥部分便成了蒙古包的顶棚。朝阳这边开了一道门，门的上沿几乎跟屋檐平齐，蒙古包的顶棚上是浅色的云纹，在蒙古包中间的尖锥处，有一个金色的盖子，那是蒙古包埋立柱的地方，我觉得那个金色的盖子既能起到遮雨的作用，更是一种装饰。以前在北京参观天坛时，天坛顶上就有这样的装饰物。

正统的蒙古包是用帆布做围墙的。有关资料说，牧民的蒙古包主要由架木、苫毡、绳带三部分构成。大部分蒙古包呈圆形，四周侧壁分成好几块，每块高一米三到一米六，长约两米三，用条木编织成网的形状，几块连接起来围成圆形，蒙古包的顶子做成伞盖形状，圆顶，与侧壁连接。帐顶和四壁再用毛毡围起来，用绳索固定。门一般安在蒙古包西南壁上，过去，牧民还在帐顶上留个圆形天窗，用来采光、通风，排放炊烟。现在，许多牧民已经把窗户开在侧墙，既美观又实用。

眼前我们看见的蒙古包就是这样的，不过它们的色彩很鲜艳，不是那种在草原上经常迁移的活动式蒙古包，是旅游景区的点缀。

离蒙古包村落不远，有一座经幡。这样的经幡，凡有藏民居住的地方，我们都见到过，通常在一根立柱周围拉出许多绳子，绳子上悬挂五彩的小旗帜。过去，我在九寨沟见过，前几天在青海湖边见过，现在矗立在我们眼前的经幡，主体建筑是一座塔，塔身奶黄色，从蒙古包这里看去，那座经幡显得很高大。

导游告诉我们，可以到经幡那里去转一转，导游强调说："转经幡一定要按顺时针方向转，转经幡时可以为家人祈祷，请上天保佑你心想事成。但是如果反时针转，就是诅咒家人，那是万万不可的。"

　　经幡底座的塔身很高，我们上到转经台必须爬上塔的平台。我和妻心里都装着点家事，心里想，宁可信其有，不可信其无，我们就带着心思，走上转经台，绕经幡转了三圈，也算作一种自我安慰吧。

　　遗憾的是，通湖草原景区没为我们准备马，供我们骑乘的只有骆驼，骆驼的行进速度那么慢，骑在骆驼上观赏草原风光实在是有些煞风景，如果有几匹马，经过驯化的，让我们骑上去，我们甩动马鞭，嘚嘚的马蹄声在草原上响起，那该是何等惬意哟。

　　不过，虽然没有在草原上骑过马，至少，我们真正见识了草原，见识了真正的蒙古包，比那些不是草原的景点特意弄几顶充当蒙古包的帐篷还是强多了，在我们心里，我们已经骑上骏马，在千里通湖草原上纵马驰骋，听，那咴儿咴儿叫唤的，不是我们胯下的奔马吗？那嘚儿嘚儿的蹄声，不是我们挥动马鞭催赶而起的"急雨"？

　　胡杨林里，鸟儿似乎醒过来了，它们叽叽喳喳地叫着，于是，除了骏马的飞奔，我们耳边还响起鞭声，降央卓玛那嘹亮而浑厚的女中音再次响起在耳边：

　　　　蓝蓝的天上白云飘，
　　　　白云下面马儿跑，
　　　　挥动鞭儿响四方，
　　　　百鸟齐飞翔……

·向腾格里沙漠挺进·

导游又在诱惑我们:"各位朋友,到腾格里沙漠腹地去,最好坐景区小火车,要不,骑骆驼也行,不过,最刺激的莫过于乘坐沙漠越野冲浪车,那种在沙丘上俯冲下去,激起像瀑布般沙浪的感觉,你一辈子都不会忘记……"景区小火车是旧兰新铁路的一段,今已废弃,景区把这段废弃的铁路和淘汰的老式蒸汽机车利用起来,开辟出一条独特的旅游线路,倒是物尽其用的典范。

我心想,无论你怎么诱惑,即便说得天花乱坠,我也不入你的套,不亲临景区,怎能近距离接触风景?前天在敦煌鸣沙山已有经验,我和几个朋友在沙海里跋涉,那一幅幅动人的画面,现在还历历在目,每一幅都那样激动人心。于是一下景区区间车,我们便直奔沙漠。

有朋友要问,你才在敦煌的沙漠中跋涉过,今天还要到腾格里沙漠里去走走?呵呵,敦煌鸣沙山沙漠算什么,它的面积只有约200平方千米;而腾格里沙漠是中国四大沙漠之一,南越长城,东抵贺兰山,西至雅布赖山,面积约4.3万平方千米。4.3万平方千米跟200平方千米相比,千分之五还不到,只能算小巫见大巫?

我当然要徒步挺进腾格里沙漠。俗话说:"不到长城非好汉!"我借用这句话:"不到腾格里沙漠腹地,绝非好汉!"

跟鸣沙山沙漠一样,腾格里沙漠山脚下也有个缓冲地带,只是没有鸣沙山的缓冲地带大,走过两三百米的沙地,就能爬上一座山坡。

一行五人，一个是在鸣沙山陪我跋涉过沙丘的湖南老小伙小杨，还有三个资深美女，我们都想亲自在沙漠里走一走，三个美女还向我们提出希望：别跑得太快，可当她们爬到第一个沙丘上，就忙不迭地摆姿势照相。女人爱美，一丛野草，也能摆来摆去，换几种姿势不停地拍，我们两个男人只拍风景，而且只爱到别人没到过的地方拍，不一会儿，我们就把三位资深美女抛在老后边。

前方有一个沙丘，山脊陡峭得像鲫鱼背，我顺着山脊攀到高处，放眼一望，黄沙漫漫，一个沙丘接着一个沙丘，呈现出万千姿态。远方，一片平坦的沙地上，几个爱美的女性跋涉者，三个着绿装，一个着红装，阳光照射过去，在沙海上留下她们淡淡的身影。美女们踏着自己的身影，坚定地向前走去，身后留下她们浅浅的脚窝，从我们站立的沙丘看去，四个女人已经走到沙漠腹地。我和小杨见了，有点迫不及待，再也不等同行的三美女，沿着鲫鱼背般的山脊，大踏步向前走去。

在一面斜坡上，风中抖擞着一棵野草，单株的，不知道它叫什么名字，小草根部被沙粒掩埋着，茎和叶片出奇的茁壮，它们的叶片互生，绿中带点儿灰白，不像是缺水的样子，我真不明白，在这茫茫沙漠里，它究竟扎了多深的根，才能吸取到充足的水分。

前面有一丛红柳，立在半坡，一根枯萎的大枝倒在沙地上，几株小的，被风一吹，摇摇晃晃，战战兢兢，大风一来，按下它们的头，风头一过，又昂然挺立！我太佩服它们了，在这样恶劣的环境下，居然不屈不挠地生活，比起长在河边的杨柳，沙漠红柳自是别有一种风采。

另一个沙丘的半坡上，几株小草尤其可敬，在我们南方，它们叫万年青，生命力特别强，只要有一节根埋在地里，第二天来看，必定长出新叶。我知道，万年青之所以长得这样旺盛，是因为它的根深埋地下，吮吸了足够的水分。它们的叶片，居然那样绿，在阳光下泛着油光，让人想起生长在富裕人家的少女，脸上神采奕奕，显得那样水嫩！

从这些沙漠植物身上，我忽然获得了灵感，我们选择在沙漠上徒步行走是正确的，要是去坐火车，到哪里去见证这样的奇迹呢？

我终于跟小杨分道扬镳了，小杨的注意力在沙漠东边的太阳能发电装置，我却青睐一个接一个的沙丘。不时有沙漠越野车从沙丘下开过去，车上的乘客见我踽踽独行，便向我招手呐喊，意思像说：看我们多来劲！我朝他们挥了挥手，他们怎么知道我的乐趣呢？

我小心翼翼地下到一座山谷，山谷周围除了黄沙就是蓝天，偶尔，有轻风吹进山坳，轻轻地，徐徐地，把贴在沙坡上的三两棵野草吹得一颤一颤。我不明白，山坳里为什么没有草，有几棵草，偏偏长在沙坡上。山坳里应该是有草的，只是大风一来，带来厚厚一层沙，很快就把脆弱的野草掩埋了，只有沙坡上的野草，把根扎进深深的沙里，狂风吹来，只吹走沙坡表面的沙粒，它们只要把根扎得深些，就能继续留在沙坡上。

我有前天在鸣沙山跋涉的经验，无论沙丘多陡峭，只要不慌，把脚插进沙里，一步一步向前走，就绝不会出问题。我还悟出，人在沙漠中行进，只要身体与地面垂直，上一脚插进沙里，插稳后再拔下一步，就能平稳前进。不过，如果想在缓坡上加快速度，身体就得稍稍向前倾，在壁陡的沙坡上，脚深深地插进沙里，是断不可快速行进的。

有了这些经验，我爬上一座沙丘又一座沙丘，翻过一座山头又一座山头，不知不觉的，我已经把所有跋涉者甩到身后，成了插进沙漠深处的尖兵。

猛抬头，废弃的兰新铁路就横在前面，我看见那台老式蒸汽机车正吭哧吭哧地喘着粗气，像一个佝偻的老头缓缓前行。导游不是说，从区间车停车场到沙漠深处的火车站有三公里远吗？我已经超越沙漠火车站，路线曲曲折折，原来我已经在沙漠中走了至少四公里路。深入沙漠四公里，西边的沙丘还是一座连一座，没有尽头，一个三万平方公里的沙漠，无论我怎么努力，也不是一时半会能到达边沿的，如果一定要走下去，可以预见的是，我会因为口渴而倒在沙漠里，再也爬不起来。

但是不管怎样，在沙漠里跋涉是很有意思的，过去，我常在电影电视剧中看到过沙漠，总觉得不真实，现在自己行走在大漠中，不禁在心里问："我真的在沙漠里吗？"伸手抓过一把沙子，凑近一看，沙子金黄色，很细腻，网上说，只有腾格里沙漠的沙子才这样细，颜色才这样黄。我这样想着时，细沙哗哗地从手指缝里漏下去，沙地上，正有一只甲壳虫从沙丘那边爬过来，在我面前的沙地上留下一行细密的足迹。

喔，我真的在沙漠里，真的站在腾格里沙漠腹地。附近沙坡上，躺着几节树棍，树棍枯干成灰白色，是红柳吧？倒下多少年？谁知道！幸而我跋涉到沙漠深处，幸而我没去坐沙漠小火车，也没去坐沙漠越野车，要知道，我现在得到的快乐，比他们乘坐小火车和越野车要多得多！

·九曲黄河沙坡头·

河西走廊的戈壁滩通常是渐进式的,从绿洲过渡到荒漠,再到戈壁滩,可是在宁夏中卫沙坡头,沙漠与绿洲的分界线却那样明显,说沙漠,沙漠就来了,说绿洲,绿洲就出现在眼前,基本上没有过渡,这便形成沙坡头的独特景色。不用说,腾格里沙漠中的金沙岛也是这样,几百亩薰衣草就种在沙漠的边边上,沙漠与薰衣草,只隔了不到十米宽的一条水道。之所以叫沙坡头,意谓沙漠到了黄河边,突然消失,像一个奔跑的汉子,在黄河河岸,来了个"急刹车",漫漫黄沙到底飞到河边没有?是河岸的绿洲拦住了飞沙,还是飞沙飞进黄河,被滔滔河水卷走了?

正因为这样,沙坡头给我们留下的印象才既美丽,又深刻。

旅游专列刚驶近中卫市郊,我们就看到大片蔬菜地,这时,我心里涌出来的感慨就是:中卫是个好地方。记得年轻时,我教过一篇课文:《塞上江南种水稻》,这塞上江南,讲的就是银川平原,中卫市离银川不远,它既可以引黄河水,又可以引腾格里湖之水,想必那一望无际的绿油油的蔬菜,都是黄河水浇绿的吧。

很久以前,我就在中央电视台《远方的家》里见识过沙坡头,我被她的奇特景色所吸引。5A景区暂且不说,在长约38公里、宽约5公里的区域内,它居然集大漠、黄河、高山、绿洲为一处,既有西北风光的雄奇,又有江南景色的秀美。站在沙坡头朝黄河看去,脚下是松软的黄沙,沙粒黄得像金子;再往南,是河边的绿化带,绿化带虽然不宽,却足以拦截沙漠,一百多米高的沙坡,居然在河边驻足不前!黄河从上游蜿蜒而来，在沙坡头拐了S形大弯，像一条黄河大鲤鱼，再一摆尾，悠然向北游去，而河南岸，河边一片荒滩，荒滩以南，再镶嵌上一条翡翠的缎带，翡翠缎带外面就是莽莽群山，山上似乎寸草不生，只把一片绿洲安放在黄河北边，给茫茫沙漠增添了三分秀色。

我注意到河上的那座桥，是钢索斜拉桥，桥面铺的是玻璃。过去，河上只有一条索道，《远方的家》里描写的是，索道上安着罐笼，河两岸的老百姓要过河，只能靠索道，再不就是羊皮筏子。几千年了，两岸人民都是这样通行的。

沙坡头有中国最大的天然滑沙场，从沙漠到河边，游客有两种方式，一种是坐缆车，一种是滑沙。那沙坡很陡，妻子起初很害怕，后来听说滑沙板有刹车，才犹犹豫豫地坐上去，等到滑下河岸，妻子兴奋地跑向我："挺好玩的，哧溜一下，还不知怎么回事呢，已经到坡下了。"五十多岁的女人，脸上洋溢着少女般的青春笑容。

在河边，我们看见了黄河上最古老的运输工具——羊皮筏子，几根竹子或木头扎成架子，下面绑三排共十二张鼓胀的羊皮，把这样的筏子平放到黄河里，就成了一种渡河工具，一个普通的羊皮筏子能载两千多斤货物。有资料记载，黄河上最大的羊皮筏子用600多张鼓胀的羊皮扎成，那样的羊皮筏子，简直成了黄河中的"航空母舰"。

沙坡头半坡有一尊雕塑，塑的是唐代著名诗人王维，王维因为在沙坡头写下《使至塞上》而闻名诗坛，他的著名诗句"大漠孤烟直，长河落日圆"就出自于此。我现在就站在当年王维观察落日的沙坡头上，西边，太阳还高悬在空中，正把灼热的光泼洒到沙漠中，倘若要复原"长河落日圆"的情景，至少还得等一个小时。那一刻，北边的腾格里沙漠中，晚归的牧民点燃干枯的牛粪，那会儿没有风，白色的炊烟冉冉升起，在晴朗的天空画出一道基本垂直的烟柱，而黄河上，落日缓缓西沉，沉到远山的山顶，像一个巨大的金红色圆盘……这样的情景下，怎能没有诗呢。

不过今天，我吟不出脍炙人口的诗句，一是有王维的诗在前，后辈晚生不敢造次，二是等不到红日西沉到西边的山尖，我们就得撤离沙坡头。我多想在沙坡头再盘桓一会儿，即使不为吟诗，只是验证一下王维当年看到的奇丽景色也值得，但是，我们即将告别沙坡头，这点奢望也无法如愿。

在沙坡头，还有个传说中的情景极具诱惑，那得看游客有没有运气，如果有运气，就能见到沙漠里的海市蜃楼。

即将结束沙坡头旅行时，有两辆农用拖拉机朝景区开来，车厢里载着堆得像小山似的麦草，我忽然明白，漫漫黄沙之所以在黄河岸边来个急刹车，全都仰仗这些麦草，聪明的中卫人发明了麦草田字格，稳住了飞沙，才在腾格里沙漠和黄河岸边创造出如此奇丽的景观。

·惊心动魄的壶口瀑布·

中央电视台《新闻联播》的片头序幕中就出现过气势磅礴的黄河壶口瀑布,那个镜头一出现,立刻让人热血沸腾,伴随壶口瀑布的是浑厚的音乐,如千军万马的奔腾,如雷霆霹雳的轰击,一下子把人们的兴奋点提高到极致。自从看了那样的镜头,我便经常神游壶口,那样壮观的景象,如果只在电视上看到,如何不遗憾!

岂止是中央电视台的音乐让人激动!听到《黄河大合唱》的时候,不激动才怪呢!听,这是《黄河大合唱》演唱前的激情朗诵:

朋友!你到过黄河吗?你渡过黄河吗?你还记得船上的船夫拼着性命和惊涛骇浪搏战的情景吗?如果你已经忘掉的话,那么,你听吧!

接着,震耳欲聋的打击乐、弦乐管乐的合奏之后,气势雄壮的《黄河大合唱》就高声唱响了:

风在吼 马在叫
黄河在咆哮 黄河在咆哮
……

在这雄壮的歌声里,你一定听到了黄河壶口瀑布轰鸣的水声。
让人激动的远不止黄河瀑布的下泻,也不止《黄河大合唱》雄壮的歌声。

　　时光的轮盘旋转到1997年6月1日，香港即将回归祖国，著名特技演员柯受良决定驾驶汽车飞越黄河壶口瀑布。媒体早就开始制造舆论，报纸、广播电台、电视台一起上，把黄河壶口瀑布炒作得沸沸扬扬。6月1日13时19分，准确时间是13点19分零7秒，柯受良驾驶汽车，从山西那边的黄河河床搭起的助跑道上飞快加速，一跃而起，只用了1分58秒，他和他驾驶的汽车在壶口瀑布上空划出一条优美的弧线，几乎是眨眼的工夫，就落到陕西一侧，完成了举世闻名的飞越壮举。由此，全国人民乃至全世界观众，都清楚地记住了黄河壶口瀑布，我便在那一刻下定决心，一定要到壶口瀑布，去目睹它的壮观！

　　这一刻来得未免太迟了点，一迟迟了二十年。不过即使是迟到二十年，当我来到壶口瀑布的那一刻，还是抑制不住心头的狂喜，我面对黄河、面对壶口瀑布，大声地叫起来："啊——啊——啊——啊——"我的吼、喊跟壶口瀑布的水声形成双重奏。

　　一进到景区大门，我们就飞快地往发出訇訇水声的壶口跑，在瀑布飞流的壶口，水声、瀑布声和人声交织在一起，越靠近，声音越嘈杂。两岸山势陡峭，黄河在两山夹持下浩浩荡荡地朝壶口奔来，一到壶口，遇到岩石缺口，河水陡然跌落，前面的水刚跌落，后面的水便慌不择路地奔来，前呼后拥，把飞下陡崖的河水带出好远，有一股水直接涌向龙槽，壶口两边的水先是冲向两边的岩石，再跌落到断崖之下，那訇訇的吼声就是从断崖处发出来的。

　　龙槽很深，曲折蜿蜒向南而去，河水在槽身内冲撞奔涌，腾挪跌岩，像一条翻滚的巨龙，龙身无限长，龙头早就咆哮而去，龙身正在龙槽内挣扎，龙尾处，滚滚黄河水奔腾而下，接续出无限延长的龙身。

瀑布跟前，冲撞的河水激起几十米高的水帘，水帘似纱似幔，似云似雾，风一吹，飘到两岸观瀑人身上，不但打湿游人的头发和衣服，还把照相机镜头打湿了，取到镜框里的景物便一片模糊。夏秋时节，壶口瀑布温凉多雨，6~9月，降水量很大，使得黄河的水流急剧膨胀，壶口瀑布的水位自然跟着暴涨。我们在10月下旬来到壶口瀑布，赶上了大水流的尾声，于是，壶口瀑布便向我们展示了它宏大的气势。

陕西这边，岩石岸边挤满了观瀑人，山西那边的观瀑人也不比陕西的少。人们不停变换着位置，不停地改变着观察的角度。

我注意到山西那边的龙洞，那是一个天然洞穴，洞穴与河滩相通，从河滩上沿着阶梯可直接通往瀑布下方的观瀑洞。这时，观瀑洞里挤满了人，大家看着滚滚黄龙从壶口冲撞而来，在龙槽里不断翻滚，然后朝十里外的孟门山奔去。我忽发奇想，夏季黄河水最大时，龙洞会不会被淹没呢，当瀑水冲到洞口，会产生巨大的轰响吧？

我沿着水槽向下游走，对岸的一处小瀑布引起我的注意，是黄河水绕到右岸的河滩再流下来的，一股稍大些，另外四五股小成涓涓溪流，原来，黄河壶口瀑布也会有小桥流水。当然，如果尽是几个关东大汉在舞台上吼喊，也太乏味了，听几声清脆的花旦唱几嗓子，舞台戏便显得娓娓动听。

可不是吗，陕西这边，正有剧团在演出抗日情景剧，他们以天为大幕，以山崖为底幕，在山崖上随弯就势建了几孔窑洞，抗日游击队出没在山崖之间，机智勇敢地跟侵略者战斗。

1937年抗日战争全面爆发，半壁山西沦陷，阎锡山于1938年撤退至吉县，在日军的追击下，他率部两次西渡黄河，重返山西后，又率领第二战区长官部、山西省政府、民族革命同志会移驻壶口瀑布上游六七公里处的克难坡。

壶口瀑布算得上一个英雄的瀑布，它的恢宏气势就是中国人民反抗侵略的真实写照。

连著名诗人光未然的《黄河颂》和著名音乐家冼星海的《黄河大合唱》都是在这里诞生的。

2007年9月，黄河壶口瀑布及附近几个景区被辟为黄河壶口地质公园，它之所以被称为地质公园，一定与这里的岩石突然陷落构成巨大落差，从而形成黄河大瀑布密切相关。滔滔不绝的黄河水在这里突然跌入悬崖，而这悬崖还以每年1.05米的进度向北推移，如此看来，现在在壶口瀑布搭建的观景台要不了多久就得废弃，龙槽的槽身也会逐年延长，这算得上一处地质奇迹吧！

这里是中国第二大瀑布，它的奇特之处就在于——瀑布之水一起涌向一个巨大水壶形状的深渊，这个深渊由河水冲蚀而成，然后在深渊里产生巨大的轰鸣，它似乎在向全世界宣告：这就是黄河的力量，这就是中国人的力量。它的瀑布惊心动魄，它产生的力量以及它蕴含的气势是那样的惊心动魄，让任何一个觊觎中华民族的强盗都闻风丧胆！

·文明古都西安城·

我是个幸运儿，早在1984年6月，就游过西安城，要知道，西安是汉唐古都呀，在大学里读到的许多文学作品都跟西安有关。

到达西安时，正逢火车站改建，虽然站里有些乱，但一踏上市内的公共汽车，我就感到耳目一新。售票员正打开半导体喇叭，用纯正的普通话向乘客问好："各位旅客，你们好，欢迎您乘坐西安市公共汽车。"售票员的亲切问候声，一下子缩短了游客和西安人间的距离。这时售票员又变成了导游，"西安是汉唐古都，旧名长安，有大雁塔、小雁塔、钟鼓楼、碑林、半坡遗址和阿房宫遗址，市郊还有许多汉唐帝王的陵墓，著名的秦陵兵马俑、铜车马正在向游人开放展览，欢迎大家前往参观。"

嘿，来西安之前，我就知道，西安有许多名胜古迹，没想到竟这么多，这位售票员如数家珍，真抵得上半个导游。在其他城市，人们是很难享受这种优质服务的。

到西安之前，我去过好几个城市，记得许多城市的公交车都不报站名，他们只找人要钱："快买票，自觉点！"态度很不耐烦。西安公共汽车上的售票员，每一站都报站名："××站到了，请在××站下车的旅客准备好，请停稳后下车，请先下后上。欢迎您下次再乘坐××路公共汽车。"而且，西安人乘公共汽车从来不抢座位，一看见老弱病残者，就有人主动让位。上下车时，大家都不拥挤，按次序上下。我不禁大发感慨：这才叫文明古都啊！

汽车每到一站，售票员都用小喇叭报站名，那时候还没有自动报站设备，都是售票员用小喇叭报的，语调柔和而亲切，她简要地告诉我们，车站附近有哪些名胜古迹、典故传说，让人一下子融入历史长河中，感觉像是行进在皇城的大街上，这条路，唐明皇曾经来来去去，我们乘坐的公共汽车，就像是皇帝出行的銮舆。

我们是参加湖北省国防工办先进工作者夏令营而来到西安的，就住在陕西省国防工办招待所。陕西省国防工办招待所离大雁塔不远，站在招待所大院里向南望去，就可以看见巍峨的大雁塔塔尖。

刚放下行李，几个年轻人便相约去逛街。我们首先来到市中心的钟鼓楼大街，钟鼓楼最能体现西安古都的特色，那时候，大街上还保留着许多古建筑，当然，它们不可能都是汉唐时代的产物，大多是后代重修或者仿建的。这条大街在西安古城中轴线的横坐标上，由西向东，仿佛用墨线弹过似的，钟鼓楼就在坐标轴与这根横线的交会点上，两座楼在中轴线一北一南相近的地方相对峙。

我知道，古时候，人们没有钟表，是用铜壶滴漏来计时的。可是，哪能每个老百姓家里都有铜壶滴漏设备呢，小城镇就派更夫敲锣敲竹梆，这座皇城，便用撞钟来报告早晨的到来，薄暮则击鼓，用来报告夜晚的来临，算是一种公共设施，也是一种文明行为。古人日出而作，日落而息，一听到晨钟暮鼓，大家就知道，眼下该干什么了，是不是跟而今军营里早上吹起床号，晚上吹熄灯号相似？古代西安的管理者为老百姓想得这么周到，足见其文明程度之高！

站在钟鼓楼之间，我感觉就像是站在一个十字路口，南北方向的大街一直通往火车站，钟鼓楼以北是北大街，以南是南大街，往东是东大街,往西是西大街。从地图上看,以钟鼓楼为中心的西安中心城区环绕着古城墙,古城墙呈规整的长方形,环绕古城墙的便是环城南路、环城北路、环城东路和环城西路,布局十分严谨。要论起城市布局的严谨,只有北京古城可与之媲美。北京古城呈正方形,西安古城呈长方形;北京古城内,因为有个故宫,城区内的棋盘格便画得不太规整,而西安古城内的棋盘格子,横的是横的,竖的是竖的,几乎没有旁逸斜出!

最让人惊诧的是西安街道的整洁美观。宽敞的街道上行人车辆来来往往,可是街道上却几乎一尘不染,街道两边,每隔几米,就摆一盆鲜花,或者一盆假山盆景,让人仿佛置身于花园中,花园旁边有亭台楼阁,亭台楼阁周围有鲜花环绕,应该是一种文明的体现。

那时候,西安人基本都讲普通话,年纪大的人也是,不过,老年人的普通话里带有较多的西安话成分。在大街上问路,人们会热情地告诉我们,并且生怕我们听不懂似的,不厌其烦地详细地说明,许多人还会带着我们往前走一程,直到清楚怎么走了,他才放心。

西安大街上根本看不到随地吐痰的人,我想,一是人们不好意思随地吐痰吧,这大街上如此清洁,还好意思随地吐痰?二是也没有必要随地吐痰,没看见街道两旁,隔不远就放着一个痰盂,人家想得这么周到,有什么理由随地吐痰?

嗨,住在这样的古都,真幸运,我们这些来自湖北的"过客",虽然不能长期生活在这样的环境里,但能够领略一下文明古都西安的风采,谁不感到幸福呢!

·武则天墓与神奇的无字碑·

6月10日上午，夏令营安排我们去游览昭陵、乾陵和茂陵。在西安，这三个陵墓是很值得一看的。

要知道，昭陵是唐太宗李世民的墓，里面埋葬着李世民与长孙皇后。陵区内，除李勣墓外，还包括两个碑石陈列室和出土文物、雕刻绘画展厅。李世民墓与周围的建筑统称为昭陵博物馆，博物馆内展出近年发掘出土的十多座陪葬墓中的文物，还陈列出昭陵范围出土的各式唐代碎石与墓志铭。这些碎石具有巨大的书法艺术价值，所以这座博物馆又称为"昭陵碑林"。

民间传说，李世民生前十分喜爱王羲之书法，他去世后，把王羲之最著名的《兰亭集序》带进了坟墓，后来，也不知道是哪个朝代的盗墓贼潜入李世民墓，盗走了王羲之手书的《兰亭集序》，据说，我们现在看见的《兰亭集序》，是后人的仿本，也不知道这消息是否属实。这样一座博物馆，你说值不值得看？可惜去的时候，正逢博物馆维修，不对外开放，只在博物馆外远远地望了望陵墓，就驱车前往乾陵，谁心里不鼓起个疙瘩呢？

参观昭陵，只是6月10日游览的序幕，参观乾陵，才是这一天的重头戏。乾陵在陕西省乾县，是唐高宗李治和武则天的合葬墓，要知道，武则天是中国历史上第一个女皇帝呀！比武则天早八九百年的吕雉虽称制，但没有把皇帝赶下台，自己坐上宝座，只是专权，代皇帝行事。

而武则天权力欲极强，又专横跋扈，加上她的丈夫李治生性懦弱，怕老婆，因此，即使在李治当政时期，许多军国大事也都是武则天操纵的，及至后来武则天称帝，改国号为周，亲莅御座，当然大权独揽。

据史料记载，武则天和她的丈夫李治在位时间前后达半个世纪，中间虽有李显、李旦两个儿皇帝即位，但都是匆匆过客，两个儿皇帝只不过坐了两年龙庭，即便这两年，也在武则天的把控之中，所以从公元650年到701年，唐朝的军国大事基本上由武则天操纵，李氏天下实际上成了武氏天下。武则天专权不假，但是后代文学作品把武则天描写成一个骄奢淫逸、专横跋扈、杀人如麻的女魔鬼，却有悖于史实，实际上，武则天是一个很负责任的女皇，她和李治沿袭李世民贞观之治的良策，根据时代的变化而改变治国方略，对巩固李唐王朝起了很大的积极作用。

一个把持朝政半个多世纪的女杰，在夫君驾崩之时开始营造陵墓，前后用了十八年，其陵墓的规模可想而知。这座陵墓建在乾县的梁山上，梁山坐北朝南，北面高峻，南面低缓，陵墓就建在半坡上，墓前的神道朝南延伸了几千米，神道两边排列着石人、石马、石狮、石虎和华表等一百多件大型石刻。

站在墓前向南望去，视野十分开阔，气势极其雄伟，神道尽头就是平坦而肥沃的关中平原，给人一种气吞山河之势。陵墓近前立有述圣记碑和无字碑，其中尤以无字碑名贯古今，享誉海内外。

石碑，通常是古人记述自己业绩的载体，像武则天，自以为功劳无人可比，墓碑自然巨大，记功文字当然多多益善。但令人费解的是，武则天墓前的石碑上，却一个字也没写，原来，这正是武则天高出常人之所在：我武则天功高盖世，哪里是区区几百字或上千字所能记述得了的？即便是倾尽五湖四海水，采尽南山不老竹，也是无法述尽啊。既然无法述尽，就干脆让它空着吧，后人想象多少就是多少。

对无字碑，后人还有一种解释是：我武则天虽然功高盖世，但当代和后代对我可能褒贬不一，那功过是非，我自己说了又有什么用？正所谓"千秋功罪，自有后人评说"，这是不是武则天的高明之处？

人们猜测，武则天在位半个世纪，她的陵墓规模也大得不得了，那陵墓里面的金银珠宝一定非常多，于是就引出一拨又一拨盗墓贼，其中规模最大的盗墓行为发生在唐朝末年。

真是有心栽花花不发，无心插柳柳成荫。1958年，乾陵附近几个农民放炮炸石，无意间炸出墓道口，幸而周恩来总理对《乾陵发掘计划》做出批示："此事可以留作后人来完成。"之后，国务院再次发出通知，要求"全国帝王陵墓先不要挖"，乾陵才有幸保存下来。1958年发现了乾陵的墓道口，乾陵却还能幸存，而过去一千多年来的盗墓贼屡屡失手，个中是否有什么特殊原因呢？

·高耸的茂陵与威武的汉武帝·

乘坐大巴在关中平原上驰骋，不时看见平原上矗起一个个高大的锥形土堆，刚开始，我很奇怪——关中平原上的小山怎么都是这样规整的锥形呢？后来才知道，这些锥形小山，都是帝王陵墓。埋葬武则天和李治的乾陵之所以见不到锥形小山，是因为整个乾陵都建在梁山上，陵墓以山为依托，山把陵墓揽在怀里。而其他陵墓都建在平原上，远远望去，一马平川的原野上矗起高大的陵墓，那还不形成小山？秦始皇陵是这样，昭陵、茂陵也是这样。

茂陵是一个值得大书特书的地方，它是汉武帝的陵墓。西汉时期除了开国皇帝刘邦之外，最值得一提的就是汉武帝刘彻。

武帝之前，文帝和景帝实行"与民休息"的政策，使天下变得富庶安定，史称"文景之治"。正因为天下富裕，汉武帝才有底气大力开展外交和军事活动。他两次派张骞出使西域，加强了对西域的统治，并发展了同西方的经济文化交流；又派唐蒙出使夜郎，在西南地区先后建立了七个郡，巩固了西南边陲；然后，他集中力量对付北方匈奴。

汉武帝派他的得力干将卫青、霍去病向北进击匈奴，解除了匈奴贵族的威胁，保障了北方经济文化的发展。后人评价汉武帝，有人说他是明君，在位时，汉朝国力鼎盛；有人说他穷兵黩武，把前代帝王积累到国库的银子花得精光，是个败家子。

我相信，汉武帝的内政外交都是必须为之，才竭力而为。想想看，汉武帝如果不在地方设置刺史，削弱诸侯王的势力，让诸侯王一个个做大，他还怎么管控这个国家？他如果不将盐铁和铸币权收归中央，中央拿什么钱去平定叛乱，击破匈奴？他如果不采用董仲舒的建议"罢黜百家，独尊儒术"，依旧让百家各吹各的号，各唱各的调，这个国家岂不又要四分五裂？他如果不攘夷拓土、远扬国威，南吞百越、北破匈奴，汉王朝怎么能在华夏版图上称雄？

　　汉武帝的一系列内政外交活动，使得国家统一，人民安宁，几乎令西北邻邦闻风丧胆。有人把他和秦始皇相提并论，仔细想来，这跟汉武帝的所作所为密不可分，而今，当我们看见汉武帝陵墓巍然屹立在关中平原上就知道，不仅历代帝王是肯定汉武帝的，历代民众也是认可汉武帝的。

　　汉武帝陵墓是西汉时期规模最大的陵墓，陪侍在茂陵的还有李夫人、卫青、霍去病、霍光等人。一个帝王，无论他做错了什么，他在位期间，如果国家强大，百姓富足而和乐，他就是伟大的帝王，这比任何歌功颂德都实在得多！今天，我们经过茂陵，焉有不驻足弯腰，向汉武帝致敬的！

·魂断马嵬坡，流连华清池·

马嵬坡下这座墓，封土堆既不大，也不高，比不上帝王陵，不过在当年，墓主人在唐朝的声名，一点也不比皇帝小，她就是号称中国古代四大美女之一的杨贵妃。

能跟西施、王昭君和貂蝉一起，并称为中国古代四大美女，这样的声誉，没有几个皇帝享有啊。史载杨贵妃有倾国倾城之容，闭月羞花之貌，"回眸一笑百媚生，六宫粉黛无颜色。"唐玄宗李隆基为了她，居然不顾江山社稷，还可以不顾天道伦常。

不就是一个长得美丽的女子吗？全天下哪里找不到几个美女？以李唐王朝版图之广大，财富之丰饶，想来绝色美女选个三千五千，都是轻而易举的事情啊，为什么玄宗皇帝会迷上自己的儿媳妇，先让她离开儿子，出家去当尼姑，然后赐她还俗，再娶了她，从此日日夜夜和她黏糊在一起，不理朝政，"春宵苦短日高起，从此君王不早朝。"因为杨贵妃喜欢吃荔枝，唐玄宗还动用了传递军国情报的驿路，从几千里外的广东，快马加鞭，把南国荔枝送到关中来，以博贵妃一笑。由此可见，杨贵妃绝不是一个美字所能概括的，大概非唐玄宗本人，任谁都说不出个中缘由吧。

看来，玄宗皇帝是被贵妃娘娘给媚住了。几十年前，李唐王朝曾经出了个"媚娘"，把李唐江山媚得改了姓，而今又出了个贵妃娘娘，媚得皇帝老儿不理朝政，以致引发安史之乱，迫使唐玄宗放弃长安，带着满朝文武逃往汉中，要不是禁卫军在马嵬坡发动兵变，唐玄宗怎么舍得赐死杨贵妃，让杨贵妃用一条白绫，缢死在马嵬驿的一棵歪脖子槐树上？

杨贵妃一命归西，从此，唐玄宗郁郁寡欢，寝食不宁，日见憔悴，常常在梦中与杨贵妃幽会，白居易的《长恨歌》写的就是这件事："上穷碧落下黄泉，两处茫茫皆不见……云鬓半偏新睡觉，花冠不整下堂来……"杨贵妃没有留下图像，如今，我们只能从结果来推知因由，因为失去杨贵妃，唐玄宗竟然心神不宁、郁郁寡欢，怕是一个美字再加上一个媚字都无法说清楚的。唉，这样美丽的一个妃子，竟做了马嵬驿兵变的牺牲品！

后代传说，在马嵬驿，杨贵妃虽然自缢，却并没有气绝，玄宗带着他的禁卫军走后，有一个随行逃难的日本商人见杨贵妃一息尚存，便救起她，让她化了装，逃出是非之地，一直把她带回日本。到日本后，杨贵妃向日本人传播汉人的儒家文化，至今日语中除了假名外，还保留着大量繁体汉字，就是最好的见证。当然，这只是传说而已，日本民族的文化中确实有许多汉文化成分，那应该是盛唐时期两国文化经济交往的结果，有没有杨贵妃的功劳呢？我们不得而知。

几个人在杨贵妃墓前肃立，毕竟，杨贵妃也算个名人，为一千多年前的名人凭吊一下，也是可以理解的。这个墓园不大，园中的坟堆也不大，由石头围砌，呈柱状，上面是半球形的墓顶，也用石块镶嵌。墓后有一座小小的馆舍，陈列着一些文物，墓前不远处有一棵歪脖子槐树，据说是杨贵妃自缢之树，槐树不大，可见不是唐玄宗时期的古槐，大约是建博物馆时从别处移来的，象征意义罢了。

如果说马嵬驿是杨贵妃生命的终点的话，那么，华清池则是杨贵妃生命的辉煌和鼎盛的见证。那时，"后宫佳丽三千人，三千宠爱在一身。""遂令天下父母心，不重生男重生女。"讲的就是杨家因出了贵妃娘娘而鸡犬升天，后宫因贵妃娘娘而黯淡无光，天下因杨贵妃而盼养女儿，由此可见杨贵妃声誉之显赫！

骊山下，建有帝王的行宫，华清池就建在骊山脚下，原来因地下有温泉流出而建汤泉宫。唐玄宗时期，玄宗皇帝想讨好杨贵妃，便在汤泉宫基础上进行改建，易名华清宫，后又改为华清池。华清池的温泉一年四季热气腾腾，泉水里富含矿物质，特别是富含硫黄，据说，经常在富含硫黄的矿泉水里浸泡，可以治愈许多疑难病症，尤其是皮肤病，没有皮肤病的人洗了温泉澡，皮肤也会细腻而光滑。杨贵妃的皮肤本来就润滑如"凝脂"，再一洗温泉，还能拿什么词语来形容呢？

我被好奇心所驱使，跑进据说是杨贵妃洗过澡的浴室：宽敞的浴室内镶嵌着一个莲花形状的浴池，莲花花瓣完全展开，莲花花蕊处，用彩色大理石镶嵌着美丽而古朴的花纹，花瓣五出，呈流线型。浴池的房屋雕梁画栋，极具唐代文化特色，站在雕梁画栋之下，很容易回忆起唐玄宗和杨贵妃生活的奢华。

当然，此时的贵妃浴池已不是彼时的贵妃浴池，据工作人员说，这个浴池是经过科学考证，按当时的建筑风格，在唐代杨贵妃浴池原址上建造的。身处贵妃浴池，让人很容易产生联想，一联想，眼前立刻浮现出唐玄宗搀扶着杨贵妃款款地走进浴池的情景。瞧，光线昏暗处，两个若隐若现的人影缓缓地宽衣解带，那不是唐玄宗和杨贵妃吗？唐玄宗正扶着杨贵妃，嘻嘻哈哈地扑进汤池，立时，莲花池里水花四溅，热气蒸腾，莲花托着唐玄宗和杨贵妃在温泉里波动，他们的身体和情感都在这温润的水波仙境里荡漾，看见没有？浴后的贵妃娘娘肢体软软的，浑身无力，被侍女扶起，有如一尊羊脂玉雕塑而成，肌肤细腻温软，在灯光下莹润光滑……这时，不可能不想起白居易《长恨歌》中的诗句："春寒赐浴华清池，温泉水滑洗凝脂。侍儿扶起娇无力，始是新承恩泽时。"

这是一千多年前的事情。一千多年之后，我来到华清池，只是因为好奇，也许多少带点儿风流的潜意识吧，我下意识地走进莲花浴池，顺着台阶下到池底，掬了一捧清水，心里想，这里真是杨贵妃洗过澡的浴池吗？如果是，当年这里一定是戒备森严的！

1984年，华清池正在修缮中，除了杨贵妃的莲花池只有浅浅半池水以外，其他浴池是开放的，我花了三毛钱在一个大浴池里泡了个把小时，池水里散发出一股浓烈的硫黄气味，看来，这里的温泉，是真正从地底下涌出来的！

贵妃浴池是一处文物古迹，距贵妃浴池不远，有中国当代史上发生的震惊中外的西安兵谏处与之遥相呼应。

我不知道，"兵谏亭，"与"华清池"之间有没有联系？唐玄宗因宠幸杨贵妃，在华清池耽搁过不少时光，因此而荒废朝政，以至于士兵哗变，被迫退位；蒋公初始对日寇采取不抵抗政策，跑到西安坐镇"剿匪"，一心想消灭共产党红军，因而引发兵变，这之间，难道没有必然联系？

·见证世界第八大奇迹·

1978年，法国前总统希拉克来到西安兵马俑参观，临走时留言说："世界上有了七大奇迹，秦俑的发现，可以说是第八大奇迹了。不看秦俑，不能算来过中国。"

可惜的是，我这个中国人，没有机会去参观世界前七大奇迹，再说，古巴比伦空中花园、亚历山大港灯塔、罗德岛太阳神巨像、奥林匹亚宙斯神像、阿尔忒弥斯神庙、摩索拉斯陵墓等六大奇迹均已损毁，唯留下埃及金字塔与中国秦陵兵马俑。当我们还没有机会前往埃及时，先去看看秦始皇陵兵马俑，总可以慰藉一下自己吧。

这不，我终于捞到一个机会，1983年，我被评为湖北省国防工办先进工作者，次年夏天，省国防工办组织先进工作者夏令营赴西安疗养，到西安，怎么能不去看看世界第八大奇迹呢？

秦陵兵马俑博物馆位于秦始皇陵墓一侧，本是秦始皇的一个陪葬墓坑，在陕西省临潼区东五公里的骊山北麓。先不说秦陵兵马俑，且去看看秦始皇陵墓吧！

从远处看，秦始皇陵墓像一座山，形状很像古代埃及金字塔，侧面呈等腰三角形，实际上是一座夯筑起来的圆锥形坟堆，因为筑得高大，便成了山。秦始皇陵现今尚有76米高，附近矗立着许多类似的小山，有人说，这些小山是其他帝王的陵墓，有人则说是秦始皇的陪陵。据说，秦始皇为了防止后人发掘他的陵墓，故意修了许多与真墓相似的假墓来迷惑后人，他在每座假墓里都埋葬了大量金银珠宝。还有传说，秦始皇陵墓里设有许多暗道机关，让任何盗墓贼有来无回。这些传说是否真实，已无法考证，但秦始皇陵墓历经两千多年没有人挖开过却是事实，大概连盗墓贼都害怕秦始皇陵墓的暗道机关吧？

怎么确定秦始皇陵墓里埋藏着大量金银珠宝呢？有史料记载，秦始皇统一天下之后，把六国珠宝毕集于秦。唐朝著名诗人杜牧在他的《阿房宫赋》里写道："燕赵之收藏，韩魏之经营，齐楚之精英，几世几年，摽掠其人，倚叠如山。一旦不能有，输来其间。"这就是秦始皇陵墓里埋葬着大量珍宝的有力证据。

秦始皇把六国的金银珠宝都掳掠来了，堆起来像山一样高。常言说，物以稀为贵，多了便会"鼎铛玉石，金块珠砾，弃掷逦迤，秦人视之，亦不甚惜"。表明秦国人确曾把宝鼎当作普通的烧饭锅，把宝玉看作普通的石头，把金子看成土块，把珍珠之类的宝物看得如残砖碎瓦，到处丢弃，一点也不珍惜。既然这样，那么，秦始皇墓里埋藏着大量金银珠宝就不足为奇了。几千年来，中国古代多少帝王将相建造了不计其数的坟墓，这些坟墓被盗挖的为数不少，可是像汉武帝陵墓、秦始皇陵墓、武则天陵墓却很少有盗墓贼光顾。是因为盗墓贼害怕陵墓里的暗道机关呢，还是因为这些陵墓规模太大无从下手，抑或是他们慑于这几位皇帝的神威而不敢下手吧？

秦陵兵马俑不是盗挖出来的，20世纪70年代，有几个农民打井时，发现了埋葬在地下的兵马俑。一个墓坑，居然有一个足球场那么大，墓坑里埋着成千上万个陶制兵俑，还有许多陶制的马俑。这些兵和马，跟真人真马差不多大小，有的比真人真马还高大，这些陶制兵俑穿着铠甲，拿着武器，密密匝匝地站在那里，千百年来一直忠实地守护在秦始皇陵墓旁。这只是其中的一部分，却已经足够让人叹为观止了！

据说，秦始皇陵墓周围有许多兵马俑，生前，秦始皇威威赫赫，叱咤风云，他出行，前呼后拥，极尽奢华铺排，死后，墓地周围仍然布置了千军万马，这些阴间的军队戒备森严，枕戈待旦，似乎随时准备为保卫秦始皇陵寝而赴汤蹈火，在所不辞。

秦始皇陵现已发掘出三个兵马俑坑，每个坑内的兵马俑形制不尽相同。一号坑的规模最大，呈长方形，是一个以战车和步兵相间的主力军阵。仔细研究这个阵容，有助于我们了解古代作战军阵。这个两千多年前的古代军阵中，军士们一个个披坚执锐，军容严整，气势雄伟，势不可挡，看了那阵势，刹那间，历史的距离在眼前倏然消失，一种神秘的力量把我们带进喊杀震天、战马嘶鸣的古战场。

二号秦兵马俑坑的发掘揭开了中国古代军阵之谜。原来，中国古代的战阵由四个单元组成：第一单元由持弓弩的跪式和立式弩兵组成；第二单元由驷马战车组成车兵方阵；第三单元车徒结合，由车、步、骑兵混合编制组成长方阵；第四单元由众多骑兵组成长方阵。这四个方阵有机组合，由战车、步兵、骑兵、弩兵混合编组，进可以攻，退可以守，严整有序，无懈可击。当然，得有恒心与毅力做些研究，才能了解古人作战究竟是怎样布兵的，普通人只是看热闹。

据研究，三号坑出土的兵马俑可以看成一、二号坑兵阵的指挥部。春秋战国之前打仗时，指挥官往往要身先士卒，冲锋陷阵，所以，他们常常位于卒伍之前。随着战争规模的扩大，作战方式的变化，指挥官的位置开始移至中军，这是军事战术发展的一大进步。指挥官的职责并不是冲锋陷阵，而是应该研究制定切实可行的作战方案，如果指挥官冲在队伍前面，很容易被敌军灭掉，部队失去了指挥官，这个部队还怎么去攻城略地？三号坑出土的兵马俑把指挥部独立出来，指挥官的人身安全有了保障。所以，研究秦始皇兵马俑的布阵，能够更好地帮助我们了解古代作战部队的编制和战法，这么说来，秦始皇兵马俑不只是供参观的文物，更是研究历史的好材料。

  秦陵兵马俑博物馆里还另辟一室，作为铜车马展室。那套出土的铜车马，仿制当时的车马形制，是真车马的二分之一大，有车厢、车轮、车轴、车盖、车辕……总之，一切马车所具有的部件，铜马车都有，只不过，那时的车一般是木头做的，这套马车却是铜制的，连拉车的马都是铜铸的。看看那些战马，一匹匹昂首挺胸，高视阔步，一看就知道，这些战马训练有素。站在铜车马前，我们仿佛能听到战马的鼻息和嘶鸣声，又仿佛听到蹄子叩击石板的嘚嘚声。车子呢，当然是用当时一流工匠制作的，一切都符合战国时的规制。现在，我们很难辨出它是秦国制造的，还是其他六国的产品，总之，他被秦始皇掳掠来，埋在自己的墓侧。秦始皇生前出行坐惯了马车，在阴间，他怎么能没有车呢？

·西岳华山任我攀·

中国五岳中，我只到过西岳华山和中岳嵩山。我知道，五岳之中，泰山独尊，泰山脚下有孔子故里，北岳恒山有悬空寺，中岳嵩山有少林寺，南岳衡山，曾经是抗日战争的前哨阵地……但即使这样，我还是要追捧西岳华山，因为我已被华山的险峻所折服！

攀登华山通常有三条路，一是徒步，从山脚下一步一个脚印登上去；二是坐汽车，一条曲曲折折的公路盘旋而上；还有一条路在轿夫的肩膀上。我是在1984年夏天攀登华山的，那时候，华山还没有修索道，要想走捷径，就只能去坐汽车上山，可是，坐在汽车上，见到的景色怕是要大打折扣的。而今乘缆车，能从高空俯瞰峡谷，应该别有一番乐趣。至于坐轿子上山，拿现在的新词说是玩味，两个轿夫抬一副滑竿，慢悠悠地在山路上晃荡，山色尽收眼里，峭崖擦身而过，肯定是别有一番风味的。

我登山向来不走捷径，若走捷径，就会错过许多奇伟瑰怪的风景，所以，我总是徒步攀登。记得那一年，跟我一道徒步攀登华山的共四人，都是参加了湖北省国防工办的先进工作者疗养团的，去自费游华山，其中一位是湖北省国防工办工会的女干事，美女，有探险的好奇心。我们结伴乘火车到华阴，再从华阴乘汽车来到华山脚下。

天下着小雨，像是在考验我们的决心似的。我们穿着凉鞋，打着雨伞向上攀登，背上的包里只准备了不多的干粮和水，另有一件夹衣。起初，山路比较平缓，越往上，山越陡，荆棘越多。雨水打湿了我们的衣服，山风吹来，一阵阵发凉，路边的山沟里，积聚的雨水汇成涓涓细流，再哗啦啦地流向山下，遇到大一点的山谷，就能听到訇訇的水声。

路上陆续有几个不太著名的景点，三十多年过去了，现在已经记不清，通过查资料，得知是鱼石、灵官庙、五里关、青柯坪和回心石。回心石之后就是千尺幢，这个千尺幢，是绝对忘不了的。

少年时，我看过一本连环画《智取华山》，讲到解放战争时期，国民党残部据守华山天险负隅顽抗，他们据守的天险就是千尺幢。为什么叫千尺幢呢，记得那是很狭窄很陡峭的一条山谷，在自然生成的基础上加过一些人工的开凿，形成一条狭窄的巷道，这条巷道大约长一千尺。巷道不但陡峭，狭窄，而且笔直，千尺幢顶端有个两尺见方的洞口。国民党残部为什么敢于退守华山并信心十足呢，就因为这千尺幢，是那种"一夫当关，万夫莫开"的险要之处。等我们爬上千尺幢洞口，才真正体会到这地方的与众不同。千尺幢两边是悬崖峭壁，只有这条独路通往山顶，如果在千尺幢洞口架一挺机关枪，就是再多的人冲上来，都必死无疑！

过了千尺幢，便是百尺崖。我对百尺崖已没有什么印象了，但是，对百尺崖后的天梯却记忆尤深。记得当时的名字是三个字"上天梯"。那里有一处陡崖，几乎与地面垂直，有的地方可能小于九十度。这所谓的"上天梯"其实是一架软梯，垂悬在崖壁上。上天梯前，有人提示："可以绕道走另一条路上山。"但我们却偏要登天梯。

爬山时体力消耗太多，包里却只剩下两个馒头，小半瓶水。估计不补充点能量，是无论如何也上不去了。

我坐在天梯下的一块岩石上啃馒头，看着同伴费力地攀登。一个身强力壮的同伴好不容易登到半腰，朝上一看，还早着呢，一气馁，便顺着天梯滑下来。同行的美女长得有点丰满，试了试，还没爬到三分之一，也下来了。

我吃完馒头，喝了两口水，随即向天梯发起"进攻"。可能因为我身体瘦，地心引力小，在天梯上，我只歇了两次就攀到天梯之上。这回攀天梯，即使在三十多年后回顾，我脸上依然有得意之色。

天梯之后是苍龙岭和金锁关，比不上天梯险要，便没留下什么印象。只记得攀上天梯之后，天色向晚，我们忙着找地方住，就连苍龙岭和金锁关都忽略了。

华山上的宾馆人满为患，我们要是不早点找住的地方，真不知道那天夜里怎么熬过。而因为上山太迟，我们只能打地铺住，将就着过吧，得赶快睡，积蓄体力，明天还得爬山呢。

登华山，谁不想看看日出呢？可是，我们登上华山时，山上正下着雨，第二天起床一看，依旧烟雨蒙蒙，只得在烟雨中游华山。

我们先去的西峰。去西峰的路很险峻，尤其是快到顶峰时，既陡又窄，有的地方完全在狭窄的山脊上曲折向前。我印象最深的是，华山西峰上有一块十余丈长的巨石被齐茬茬地截成三节。巨石旁边插着一把七尺高、三百多斤重的月牙形铁斧。相传，这就是当年沉香劈山救母的地方，这块巨石叫"斧劈石"，铁斧叫"开山斧"。巨石旁边有古朴的题字，为"沉香劈山救母处"。此前我看过沉香劈山救母的故事，所以对华山西峰上这块巨石很感兴趣。我甚至一次次抚摩那把锈迹斑斑的月牙形铁斧，还傻乎乎地想，就凭这把铁斧，真能砍倒十余丈高的巨石吗？

从华山西峰下来，一路风雨，一路坎坷，我们一路勇敢地前行。

三十多年过去了，现在我已记不得去没去过南峰，按我的性格，应该去过的。记得清清楚楚的是，我去过北峰。

记得初上北峰时，北峰上云雾弥漫。北峰顶上有一小块平地，平地上有几棵著名的华山松，云雾笼罩着山顶，华山松在云雾中精神抖擞。这北峰说怪也怪，刚才还是云雾弥漫，顷刻间，云雾飘散，太阳从云缝里钻出来，华山北峰立刻出现短暂的晴天。

我们来到北峰悬崖边上，探头向下一看，悬崖下一眼望不到底，可喜的是，能看见方圆几千米内的山头，山上青树翠蔓，华山松呈深绿色，其他树则一片青翠。云雾在很短的时间内飘散，散得很彻底，不过，山谷里不时飘出一片片白色的雾，像仙女随手挥落的飘带。对面的山崖青翠欲滴，飘带在青翠山崖的背景下呈现出乳白色，那颜色真养眼！

太阳一出来，鸟儿也开心得不得了，全都从窠里钻出来，叽叽喳喳叫闹个没完。它们在山谷中翩翩飞舞，各种小鸟的叫声汇成一部悦耳的交响曲，把所有的旅游者都唱醉了。

北峰崖壁下有一条栈道，栈道搭建在绝壁上，几根木桩斜插进岩缝里，木桩上铺着几块木板，木板参差不齐，从木板的缝隙能隐约看到山谷中升腾的云雾。跟我们一道登华山的那位美女胆子可不小，一看见栈道就跃跃欲试，她问我敢不敢上栈道。我本来不大敢上，被美女一激，便来了胆量，夸口说："还没听说过有我不敢去的地方！"

我把旅行包朝美女一塞,背对山谷,扶着崖壁下到栈道,然后向前走出十多米。站在悬空的栈道上,从栈道木板的缝隙中,我能看见山谷下的百丈悬崖,如果不是云雾笼罩着,真要看见百丈悬崖下的沟底。我不知道,我的心脏还在不在胸腔里。我紧紧抓住嵌进岩壁的铁链,扭过头去看了一眼对面的山崖,哎哟,我的妈呀,我那颗心已经晕乎乎地飘落下去了。就在这时,美女在崖顶上问:"怎么样,怕不怕?"

我回答:"怕什么?有铁链呢!"

我听见他们三个在讨论下不下到栈道上来,就又说:"下来看看吧,不看,你们会后悔的。"

美女禁不住诱惑,把旅行包交给同行的人,也下到栈道上来了,我真佩服她的胆量,不过,能看出,她的神情十分紧张,只是因为已经下来,才咬紧牙关,不把害怕说出来,另外两位男子汉却始终没敢下来。

敢于下到华山悬崖的栈道上,成了我日后吹嘘的资本,其实,现在一想起来,我还有些后怕,如果那天一不小心脚下踩空,谁都能料到是什么结果。

从头天下午开始登山,到第二天上午不停地走,不停地看,我们的腿都麻木了,等到从北峰下山时,实在迈不开步了。咬着牙坚持走了很长一段石阶,那阶梯很陡很险。后来查资料才知道,那是智取华山的登山路,约四千级,到得一处平地,再也走不动了,才不得已钻进下山的汽车。

雨还在下,而且越下越大;风更猛了,这里是华山的半山腰,风从华山松林的间隙吹来,发出呜呜的轰响,我立刻想起李白的诗句"砯崖转石万壑雷"；不过，李白所描写的是仙境，我描写的是现实中的华山松声。山口上，华山松大都被吹折了顶，连粗大的枝条也被吹断了，可见华山上风之大。现在我们见到的华山松，依然迎风挺立，足以见出华山松之坚挺，要不，人们怎么会用那样热情的词语来赞扬松树呢！

　　三十多年过去了，攀登华山的情景还历历在目。是啊，中国五岳，我只攀登过华山和嵩山，但是我仍然固执地认为，要论起险峻来，当数华山第一。我不相信更有险峻如千尺幢、天梯和北峰悬崖栈道者，要是攀登过华山的这三处景点，我估计，其他景区的险阻就都不在话下了！

·梦寐九寨　五彩斑斓的黄龙沟（一）·

　　早就要去九寨沟了，朋友们从九寨沟回来绘声绘色的描述，让我早就在梦中去过好几次。今年10月，在女儿的邀请下，我们终于成行。

　　九寨沟之行的第一站是黄龙风景区。从成都到黄龙，乘大巴，要七个多小时，我们五点不到就起床了。成都的海拔平均高度是500米，而黄龙的海拔最高处达3900米，两地的空间距离是554千米，这1100多里的路程几乎全是上坡路。旅行团的大巴从早上六点出发，中午一点，才到的黄龙沟。车刚停下，大家几乎是跳着下了车，就一齐直奔风景区。

　　蓝天下的黄龙沟，山有多青，人就有多茂盛。我故意用了"茂盛"

这个词，就是让你想象一下，到黄龙沟旅游的人，到底多稠密。

　　黄龙沟对面的山坡做了背景，那是巍峨高大的山，山上有植被，但是不茂密，黄龙沟这边却树木葱茏。我们到达黄龙时，天气十分晴朗，天上没有一丝云，那天空，便成了瓦蓝瓦蓝的一片。我立即按下快门，取景框中，这幅图片由瓦蓝、葱绿和翠绿为主色，加上右下角的藏式楼房和花花绿绿的人群，构成一幅美丽的图画。

　　坐缆车上山，从山上往下慢慢地看，是最轻松的旅行，来黄龙沟的旅行者，绝大多数人选择坐缆车。我们一家三口却坚持步行登山，步行登山肯定累，但是，我们有机会亲近大自然，亲近黄龙景区美轮美奂的景色。

　　进到景区，第一幅画面一下子就把我们震撼住——这是一片高大的树林，树干笔直，林外的阳光，只在枝叶稍微稀疏的间隙中漏进几个斑点，向上不断抬升的石阶也朝着树林深处蜿蜒而去。下午一点，树林里人不多，只有住在附近宾馆的游客才捷足先登。我们跟车上的几个年轻人步行登山。这里是高海拔，导游一再叮嘱，要大家不着急，慢慢往上爬，别让高原反应坏了自己的身体。

　　山脚下，地势本来很平缓，往上爬时，却气喘吁吁，我不得不一次一次地做深呼吸。即使这样，头还是有点晕，气还是喘不匀。但是，林间的景色太美了，我不由得像个年轻人一样，快速穿行在林间。

　　没走多远，林间有了积雪。刚才在路上，我们早就看见积雪了。导游告诉我们，我们刚才翻过的山脊，海拔四千多米，前方高耸的雪峰，据说是著名的夹金山，当年工农红军长征时爬过的雪山，就是那一座。那么，在海拔四千米左右的高原地带，10月里见到积雪，就很正常了。

我们在林中穿行了半个多小时，蜿蜒的小路终于把我们带到林子外面，哎哟，林外不是我们梦寐以求的黄龙五彩池吗？

站在五彩池边一处较高的观景台上，向前眺望，五彩池内不同颜色的池水尽收眼底。脚下那个水池，水的颜色呈深蓝，像瓦蓝的天融了一片在池子里；稍远处的几个池子，水则大都碧绿，水池被间隔成大小不一的格子，仿佛勤劳的农民精心垒成的梯田。

这些梯田当然不是农民有意垒成的，而是千百年来流水的自然杰作。当初，从雪山上流下来的含有钙化物质的水，一波一波地往下流着，钙化物在水流中不断地积淀，在稍微平缓的地段形成小坎儿，久而久之，便形成池埂。

五彩池怎么盛得下那么多画中的秀色哟，于是，它便水飞浪翻地一路流淌，在长达2.5公里的脊状坡地上，形成气势磅礴的又一奇观——金沙铺地。原来，在山水漫流处，沿坡布满一层层乳黄色鳞状钙化体。阳光伴着湍急的水波，整个沟谷内金光闪闪，看上去恰似一条巨大的黄龙从雪山上飞腾而下，"龙腰龙背"上的鳞状隆起，则好像龙的片片"鳞甲"，这便是黄龙沟得名的缘由。到了明代，有僧人在这里修建了黄龙寺，用以奉祀黄龙。黄龙沟便借着黄龙寺之名，以它"奇、绝、秀、幽"的自然景观而蜚声海内外。

·梦寐九寨　黄龙沟五彩的水（二）·

哎哟，瞧这些大树，大的，两个人也合抱不过来。它们一个劲儿向上长，在空中盘踞着，织成一张密密的网，只偶尔露出几片小空隙，像是因为疏忽才让人看看天空似的。只有走到林子边上，才能看见空旷的黄龙沟和远处的雪山。

瞧那水，蓝得出奇，那山，绿得让人心颤，山头上那顶白色的帽子，白得晃眼睛，它嵌在蓝天和青山之间，实在是一种绝妙的点缀。可是，真正绝妙的点缀远不是那顶白帽子，不信，把目光收回来，在葱绿的山坡上，那一片又一片金黄，不是秋光的杰作吗？夏天里，大自然尽量往大树上涂抹绿色，现在呢，又把大桶大桶的金色颜料泼洒在树林里，于是，树林里便这块儿一片金黄，那块儿一片浅黄。山坡上挺立着大片云杉，半山腰以上，因为气温太低，树枝上的积雪迟迟不肯坠落，远远看去，像春天山坡上盛开的梨花。

我们站着的地方，积雪安闲地躺在树丛下，躺在草丛里，大树的树冠遮住了太阳，积雪便在草窠里铺上些碎银子。

这时候，天上飘来几片云，可别看花眼了哟，没有谁能把雪山搬得那么高，即使是雪山，也是线状的，不是一片片。

现在我把镜头往下调了一些，眼前便出现蓝天一般洁净的水池，这是黄龙沟最迷人的地方，从脚下开始，池水的颜色渐渐变浅，池埂的颜色从深赭逐渐变成金黄。只有在这里，才体会到，这条沟为什么命名为黄龙，如果不是这片金黄色的坡地，不是这一个个连缀起来的水池，它也只能是泉水潺潺的水沟了，然而现在，无数个用"黄金"镶嵌而成的水池，装满天蓝色的琼浆，便把这条水沟变成人间仙境，大概只有木偶才能不被这里的景色迷住。

我们来到黄龙沟的中心景区，皑皑白雪就铺在离我们不远的山坡上，一层层金色的水池由上而下铺排在我们脚下，像皇家摆开的盛宴，水池里当然盛满了玉液琼浆。我不由得感叹，这皇家的盛宴未免太铺张了些，招待咱们平民百姓，哪里用得着这样奢华的酒杯，还有如此味美的酒液！

换个角度，俯视这些光怪陆离的水池，真的搞不懂，池水何以显现出如此丰富的色彩。离我们最近的几个水池，一色的湖蓝；稍远一些的那个水池，湖蓝中带着点儿浅绿；更远的几个，则浅绿中带了一丝儿浅黄，它们被一些湖蓝色的水池包围着，那浅黄便显得格外醒目。

再换个角度，用近镜头拍摄瀑布，这瀑布从三层黄金台上流下，分成无数条支流，水流经过之处，留下五彩的颜料，有鹅黄，有土黄，有金黄，还有的金黄中夹了几点翡翠，另一些，则在土黄中点缀了几坨孔雀蓝……再有的颜色，我怎么也无法名状，只能感叹大自然的妙手。

现在，我们已经站在黄龙寺前的广场上，黄龙寺后的雪山是不是被称作宝鼎的最高峰呢？看上去，宝鼎像是很近，可是，从黄龙寺出发，大约还得向上攀登三四百米，而且这三四百米的路程，终年积雪不化，如果不是探险，大约是谁也不敢冒险向上攀登的。

可如果没有这座终年积雪不化的雪山，就没有蜚声海内外的黄龙沟，是雪山融化的雪水，把山上的矿物质带到缓坡上，才形成如此美丽壮观的黄龙景色！

原先，我只能从图片上欣赏黄龙沟奇幻的景色，现在，我站在这幅巨画中央，也成了这幅风景画的点缀。如梦如幻的黄龙沟哟，色彩斑斓的五彩水池哟，你为我摆开了这样盛大的欢迎场面，那么，我要怎样赞美，才对得起你如此盛情的欢迎仪式呢？

·梦寐九寨　九寨沟绮丽的水（三）·

　　一见到九寨沟的水，是一定会被黏糊住，怎么也舍不得离开，九寨沟的水，真是美得让人心醉！

　　才进树正沟不久，公路左边就出现一个湖泊，这里的湖泊叫海，这是我们进入九寨沟见到的第一个海，海水平静如镜，水流把水草捋向下游，我们看见的水草便全都文静地把头朝向下游。水草那边是一片金色的芦苇，是哪位化妆师捎带着给芦苇抹了一丝粉红，跟水里深绿的草形成鲜明对比。而这，只是九寨沟平淡得不能再平淡的风景，算是造化给游人施舍的一点儿甜头。

　　我们乘坐的观光车一路呼啸前行，直到箭竹海才停下。这里的海水平静得出奇，如果要看风景，水里的风景比岸上的风景要美得多，水里的风景不时被微风漾起一丝儿涟漪，那逶迤的山峦便因此有了一丝细腻。山本来是葱绿的，但是，海水因为矿物质的缘故，倒影在水里的葱绿便渲染了一层浅淡的蓝色，像是海水被蒙上了一层神秘的色彩。

靠近对岸的海边，是山的碧绿倒影，倒影以外是镜面一般的海水，白亮亮的，两只水禽悠悠地在水中游弋，有人说是鸳鸯，有人说是野鸭，这两只水禽不顾游人的喧嚣，只管悠闲地划水，前面的那只，也许是想到什么开心的事儿了吧，在原地打着旋儿，水波一圈一圈地漾开去，乍一看，像在一个同心圆里跳舞。后面的那只，被同伴的快乐感染了，埋着头，一个劲儿向前赶去，身后的水波形成一个大写的八字。

要是欣赏九寨沟的水，注意力一定会被那幅幅波光闪闪的倒影黏住。看这里，树木映在水里，变成暗绿和暗黄，在看不清倒影的水里，我们看见的是透明的蔚蓝，蔚蓝中夹了一抹深绿。分明能看见海底的枯枝和落叶，还能看见一棵棵钙化了的大树，让人很容易想起水晶玻璃后镶嵌的图画。

箭竹海下游是熊猫海，熊猫海只能算过客，真正吸引人的是五花海。

五花海的水纯净得出奇，无风的时候，整个海子简直就是一块透明的碧玉，碧玉里镶嵌着钙化的树木，再镶嵌进海边山上树木的倒影，以对岸海岸线为界，能看见海岸线上下景致极好的排列，海岸线上的山有多高，海岸线下的山也有多高。

在五花海边，印象最深的是这样一幅构图，山的倒影把五花海分成不规则的两半，映了倒影的海水是一片深色的湖蓝，没映倒影的海水如同镶嵌了水银的玻璃，白得耀眼；镜头这边有一条栈道，女儿胡舒身穿杏黄色羽绒服站在栈道上，栈道两边的树叶呈绿色和黄色，绿色分深绿和浅绿，黄色也分深黄和浅黄，美丽的景色里点缀着美丽的女孩，算不算一幅绝美的风景呢？

还有一幅构图，背景当然还是五花海，海面以上，山上的树木呈五彩颜色，水中的树木也呈五彩，镜头跟前是两棵高大的香樟树，香樟树把五彩的山遮挡了一些，树枝下，海水的五色便凸显出来。树叶的颜色和海水的颜色交织成一幅五彩油画，这幅油画必是懂得中国工笔画的大家才能画出来。

哎哟，我感觉自己已经江郎才尽了，九寨沟，你为什么生得这么美，让我这个善于写景的作家，竟然不知道用什么词来描写了呢？那么，我索性停笔吧，免得糟践了美丽的九寨的山水！

·《九寨千古情》，走进大唐盛世·

九寨沟之旅第三天，我们有幸观看了一场盛大演出——《九寨千古情》，这场演出在我心中产生了强烈的震撼。

30年前，我在湖北沙市剧场观看过一场中央曲艺团的演出，30年过去了，演员现场表演的笛子独奏和二胡独奏依然在我耳边萦绕，那是我看过的最高级别演出，可是我认为，它根本无法跟《九寨千古情》相比。从成都出发不久，当导游在旅游大巴上兜售演出门票时，我心里是那样的抵触，一场演出，票价居然高达200元，我这个土包子从来没花这么多钱去看过一场演出。

导游给我们买了位于舞台左侧的特殊座位，随着演出的推进，我们的座位会朝两边和中间不断移动，我恰巧坐在紧靠舞台的第二排，当舞台不拉开时，我们几乎坐在舞台正中，舞台拉开时，我们的座位稍稍侧了一下，能把全场观众和演员尽收眼底。当然，这里并不是最好的观众席，我们却是全场离演员最近的观众，能看清演员的每一个表演细节。

这是一座巨大的剧院，据说能容纳两三千观众。《九寨千古情》大型原生态歌舞被称为全球首创的5D剧院实景演出，是到目前为止四川省投资最大、科技含量最高、藏羌原生态文化容量最大的旅游演艺秀，它的最大特色是再现壮阔的历史画卷。

这场演出分为《藏密》《古羌战歌》《汉藏和亲》《大爱无疆》《九寨传说》和《天地吉祥》等六场，给我强烈震撼的是第三场《汉藏和亲》。

优美而神秘的藏羌歌舞带领观众进入穿越时空的旅行，5D实景和高科技手段再现了阿坝州"5·12"汶川大地震的惨烈场面，一霎时，舞台上山崩地裂、房倒屋塌，整个剧院和数千个观众席都被强烈地震动，3000立方大洪水"排山倒海"般倾泻而下……一个个真实的故事、一幅幅感人的画面展现了中华民族万众一心抗震救灾的《大爱无疆》。

演出进行到第三场——《汉藏和亲》时，剧场灯光熄灭了几分钟，之后，聚光灯突然打到观众席中间，大唐盛世的音乐骤然响起。黑暗中，我们的座位被移到舞台边上。这时候，舞台中央出现藏族的宫殿，一位王子喜气洋洋地朝观众席走来。我随着聚光灯看去，剧场中部和前部的座位全都向两边拉开，中间留出两米多宽的通道，聚光灯聚焦的终点，一位雍容华贵的美女身着盛唐服装款款地向舞台走来。

嘿！舞台已经够大了，现在再把整个剧场都变成舞台，加上观众的想象，展现给观众的该是一幅多么壮观的场景！我完全被震撼了，一瞬间，我被拉回大唐盛世，似乎成了长安街头的市民，我的时间观念和空间观念顷刻间被颠覆，在极短的时间内，我从长安古都来到雪域高原拉萨，转眼间，我又成了送亲队伍中的一员，肩负重大使命，把文成公主送到西藏，郑重地交给了松赞干布。

这是历史上具有划时代意义的和亲，这是现实中十分宏大的演出场面！辉煌的剧场再现了文成公主入藏和亲的伟大壮举。

上小学时，我就从历史课本上读到过这个故事，知道文成公主给藏族人民带去中原的农耕文化，松赞干布则带给中原帝国边疆的和平。

剧场里，我看见文成公主的随行人员带去一车又一车的嫁妆，蜀道上，大唐的送亲队伍络绎不绝；我看到松赞干布迎接文成公主的场面那样盛大，那欢迎的音乐虽然是番乐，却不乏大唐音乐的雄浑优美，那舞蹈虽然是藏舞，粗犷中依然不乏柔和。

我连连对妻子说："这200块钱没白出，这200块钱没白出，我总算开了眼界，原来，歌舞还能这样表演的，哈哈！"

感谢这趟九寨沟之旅，感谢这场《九寨千古情》演出，它让我走进了大唐盛世！

·羌寨上的羊角·

从成都去九寨沟旅游，一过北川，我们就见路两边的民居跟川西平原的大不相同，觉得似曾相识，却又不清楚在哪里见过，后来一想，是在电视上见过的。

我原以为，羌族是由藏族演化而来的，却不料，羌族比我们汉族和藏族还古老，是世界上最古老的民族之一。据说炎黄部落就是东迁的两个羌族部落，打败蚩尤部落后才形成的华夏族。而一些羌族部落西迁至青藏高原，就成了藏族的祖先。

导游见我们对公路两边的羌族建筑感兴趣，就带着点卖弄解说起来，她指着路旁的羌族楼房对我们说："大家看到房顶上的尖尖角没有？那是跟羌人养羊分不开的。我们知道，龙是汉人的图腾，羊则是羌人的图腾，是羌人的保护神。羌人房顶上的尖尖角象征的就是羊角，包括他们房子门楣上镶嵌的石子，窗框上镶嵌的石头子，都是羌人羊图腾的具体表现。"

导游一边说，我们一边看，还真像那么回事呢，几乎每一栋羌人楼房上都镶嵌着羊角，全都是白色的，说它是羊骨也行，说它是羊毛也行，当然最形象的应该是羊角。

导游说："羌族是祖国多民族大家庭中历史最悠久的民族之一。古代羌族对中国历史发展和民族发展有着广泛而深远的影响。从传说中的共工壅防百川，到神农教民耕织，从炎黄到夏禹，再到华夏族的形成，都与古羌族密不可分。"

我忽然想起唐代诗人王之涣《凉州词》中的诗句："黄河远上白云间，一片孤城万仞山。羌笛何须怨杨柳，春风不度玉门关。"我想，古羌人应该是喜欢吹笛的，吹他们民族特有的羌笛。在广袤的西北沙漠里，在空旷的青藏高原上，那种羌笛一吹起来，便传递出许多幽怨。

现在，我们乘坐的旅游大巴正行驶在北川县境内。北川羌族的传统建筑闻名遐迩，是一种石砌碉房，主要集中在路边半山坡。这里山坡的坡度很大，一般不小于五十度，羌楼很少建在坡度较缓或开阔的地方。在距河谷相对高度有 300 米左右的陡坡上，是许多明清时期及以前北川羌族的聚居地，除了长方形的两层或三层楼房外，还有一些高大的碉房。

我们注意到，羌族的传统建筑——碉房几乎完全用石头砌成。据史料记载，在汉代，羌人就依山而居、垒石为室，用石头砌墙，用泥浆抹缝。他们普遍以碉房为居室，后来，北川羌人的住房逐渐发生改变，从东南到西北，木结构房屋逐步取代碉房，成为主要的民居样式。

羌人为什么喜欢建碉楼呢，是不是因为防守的需要？尤其是那些高大的碉楼，其防御作用是显而易见的。

我知道，古代羌人属于游牧民族，喜欢弓箭骑射，只有定居下来的人才做房子，即使做了房子，他们的防范意识依然很强烈。我看见许多羌人楼房二楼都是平台，那么，二楼是不是他们在敌人进犯时用来作战的平台呢？无论他们把房子做成几层，二楼及以上几乎都建有平台，有平台就有护栏，有护栏，护栏角上必用羊角做装饰，楼层越高，平台越多，平台越多，装饰的羊角便越多，一只只羊角被砌在护栏角上，直指蓝天，是不是象征着羌人顽强不屈的战斗精神？

至于那些高大的碉楼，有的高耸几十米，各面墙上都开着瞭望孔，那肯定是出于军事防御目的的。即使在这样的碉楼上，我们依然能看见刺破青天的羊角，白色石头砌成的羊角在蓝天里白亮亮的，像羌人磨得亮闪闪的刀尖。

我要是不去九寨沟旅游，就不可能看见这些羌寨，就不可能听到导游说的羌人的历史和建筑，也不可能懂得他们建筑上羊角的含义。从这个意义上说，我们旅游的哪里只是九寨沟，应该也包括了北川境内的羌寨呀！

·走近藏民，品尝青稞酒和酥油茶·

川北阿坝州，是藏民和汉人杂居之地。在体验藏民的生活之后，我良有感慨。那里有天堂般美丽的九寨沟和黄龙景区，有美丽淳朴的藏族姑娘，可是，如果让我长期在藏区生活，我肯定过不惯。

去年10月去九寨沟旅游，我们有个体验藏民生活的项目，地点在漳扎镇永竹新村友根客栈旁边的藏民饭店，那是旅游部门布置的一个藏民生活体验馆。据说，在旅游组团之外再交200元，就能到藏民楼上吃大餐，我估计那种大餐就是藏民贵族所过的生活，可能像汉族人在好汉厅里的聚会一样吧，大碗喝酒，大块吃肉，不用说，肉是羊肉和牦牛肉。我们体验普通藏民的生活也有牦牛肉吃，不过，我们吃饭的地方在大厅。

进到藏民饭厅之前,藏民先向我们献哈达,然后让我们在一个铜盆里洗手。说是洗手,实际上是藏民拿一把笤帚蘸水后洒到我们手上,再让我们到他们生起的烟炉上烤一烤,据说是为了驱邪,祛晦气,之后,我们才能进到他们的餐厅。

一提起藏民,我总觉得,他们离佛很近,所以连他们吃饭的地方都显得庄重严肃——饭厅墙壁上全是一色高贵的金黄,墙壁是黄色,柜子是黄色,连长条饭桌也是一例的金黄,金黄的墙上、桌上到处是云、龙和佛教图案。

既然藏民的生活起居都跟佛这么近,那么,他们的生活应该很富裕呀,为什么我们所见,却略显寒酸呢?哦,我忽然想起,佛是禁欲的,佛主张不杀生,素食,普度众生,所以,藏民的生活就不能趋向奢华。

现在,摆在我们面前的饮料食品如此之简单:一杯青稞酒,一碗酥油茶,一碟炒熟的青稞,一碟烤熟的土豆,还有一小盘牦牛肉,这牦牛肉也是烤熟的。饭厅里,灯光有些暗淡,如果在普通藏区,在散居的高山牧场,怕是连暗淡的灯光都难见吧,蜡烛是有的,高原的烈风把烛火吹得狂乱地摇曳。

在藏民家做客,有青稞酒,有酥油茶,算是不错的。很早,我就在藏族歌曲里熟悉了青稞酒和酥油茶。听,韩红在《天路》中这样唱道:"那是一条神奇的天路哎,带我们走进人间天堂。青稞酒酥油茶会更加香甜,幸福的歌声传遍四方……"再听听由才旦卓玛演唱的这首歌:"不敬青稞酒呀,不打酥油茶呀,也不献哈达,唱上一支心中的歌儿,献给亲人金珠玛。"农奴翻身了,他们拿来献给亲人解放军的东西就是青稞酒和酥油茶，这么说来，到了藏区，如果不饮青稞酒，不喝酥油茶，能算到过西藏吗？

饭厅中央，藏民的女儿还在跟游客逗乐呢，下边，不少游客已经耐不住辘辘饥肠，开始进餐了。藏民的女儿在逗乐间隙没忘记提醒大家："请大家一定要品尝一下我们的青稞酒，这是我们用青稞酿造出来的纯粮食酒，味道很醇厚。"我端起酒杯呷了一口，呀，度数不低，一进喉咙，火辣辣的，跟湖北的高粱酒相近。

记忆中，好像还有糌粑，也是青稞做成的。我们的餐桌上还有一碟干菜，一碟木耳，藏民的女儿特意说，这木耳是从高原上采摘的岩耳，有极高的营养价值。

最值得一提的当然是牦牛肉。牦牛肉是最后端上来的，在昏暗的灯光下，看上去黑黢黢的，不过，能闻到一股肉香，可惜的是，没有熟透，尤其是遇到有筋的肉块，根本咬不动，拉不断。我不禁佩服起藏民强大的肠胃功能来，这么费劲的牦牛肉，他们却能吃下去，真不是一般的肠胃。

最后说说他们的碗碟。藏民的碗碟比较讲究，盛青稞酒的碗是细瓷的，碗内白净，碗外，中间有一圈红色的花纹，花纹里渗透了佛教的教义，是变形的云龙图案，碗的边沿则是镀金镀银的花纹，也跟佛教有密切联系。盛酥油茶的碗就粗糙些，陶瓷的，上着土黄色的釉，跟白瓷碗一样，碗外边有暗色的花纹，不外乎变形的云龙图案。

为什么藏民的用品都离不开云龙图案呢？我没有仔细考证，只是凭猜想：一是他们信佛，他们认为，佛来自天上，天上肯定得有云。仔细观察藏民使用的其他物品，几乎都有精美的装饰图案。另一个原因是不是因为他们觉得自己离天近的缘故呢？青藏高原平均海拔四千多米，就连我们下榻的友根客栈也在海拔三千米以上。离天近了，自然伸手就能揽到云彩……但是不管怎样，藏民喜欢用云和龙来装饰他们的器物，是追求美的行为了。

这时，我的耳边又响起才旦卓玛演唱的歌曲："不敬青稞酒呀，不打酥油茶呀，也不献哈达，唱上一支心中的歌儿，献给亲人金珠玛。"我们去了一趟九寨沟，品尝了藏民的青稞酒，喝了藏民的酥油茶，吃了藏民引以为傲的牦牛肉，还带回一条金黄的哈达。藏民的哈达分为白、蓝、黄三种颜色，白哈达献给一般游人，蓝哈达献给长辈或地位高的人，黄哈达则是喇嘛献礼用的。按说，黄色象征黄土，应该是最高贵的。哈达本来是一种丝织品，但是我们带回来的哈达好像是化纤原料做的，如果是丝绸，给每个游人送一条，那可是一笔不小的开销呢。

但愿改革开放的春风吹遍青藏高原，带给藏民幸福美满的生活。但愿我有朝一日再到藏区时，能喜欢上那里的生活。

我由衷地为藏族人民祈福！

·西北游诗歌小辑（4首）·

河西走廊赞

河西走廊长，一去达新疆。
遥想张骞行，汉使出西凉。
雪山皑皑白，杨柳枝枝黄。
黄河九曲折，炊烟绕牛羊。
汉武征匈奴，封侯霍去病。
逐奴天山北，卫青建奇功。
唐皇友西域，派使持节行。
丝绸输送西，珠宝流向东。
我今进西域，不曾见苍凉。
村寨鸡犬鸣，人民幸福长。

交河古遗址

交河古遗址，王城千余年。
掘地为宫室，小巷互通连。
南北通衢街，土崖当城垣。
想象当年景，肥马卷狼烟。
说是高昌郡，又曰车师前。

丝路当要冲，劫走无数绢。
元朝祸萧墙，故都城池乱。
王室遭掳掠，商旅避灾远。
而今交河城，寒鸦翅羽颤。
夕阳废墟里，只遗作观瞻。

奇妙鸣沙山

库姆沙漠边，绵延鸣沙山。
沙粒晶莹亮，纯净尘不染。
山形似月牙，山山紧相连。
忽如金字塔，旋似鱼鳞片。
山势多陡峭，鸣声如响泉。
突然隆隆响，音乐如管弦。
蹋蹋脚印深，次日痕无全。
惊觇大风里，虬龙正蜿蜒。
迤逦沙海中，驼铃声声颤。
日光辉映里，只只渡海船。

壶口瀑布雄

久闻壶口名，今始见真容。
一潭黄河水，排空达天庭。

柔软黄金缎，从陕扯到晋。
雄浑交响乐，撞击我心扉。
满滩黄河水，排闼向东流。
一到铜壶口，九霄下层楼。
亦有小黄缎，参差挂岩壁。
北风悄然至，绸缎飞锦绣。
弥勒肚量大，吞尽浑黄酒。
任你几多弯，弯弯留笑声。

02 东南掠影

·夜游黄浦江的惊喜·

到上海去旅游,人们首先想到的是城隍庙、外滩和南京路,现在再加上世博园,可是我跟你说:你没"搞到板"(弄明白)!我郑重地告诉你,到上海去旅游,要是不登上"三件套"中的某一栋大楼,再乘游船夜游黄浦江,就白来了上海!

当大巴车穿行在陆家嘴林立的高楼之间时,我还在想,旅游就一定要登金茂大厦嘛,不过是一座高楼罢了,又能如何?可是,当登上金茂大厦,在圆形观景大厅一览上海市区夜景时,我这个年过花甲的半吊子文人竟然激动得语无伦次起来,忍不住连连感叹道:"噢,不虚此行,不虚此行!"

上海早就有"东方巴黎"之美誉,黄浦江夜景也被人们誉为"东方夜巴黎"。我自是不知道夜色下的巴黎如何美丽,只能从金茂大厦上看到的美丽夜景来推演夜巴黎的风采!常自诩笔下能生花的,可此时,我这支生花妙笔却瞬间成了秃头，我这张吃了四十多年"粉笔灰"的嘴巴，早就讷讷难言。上海傍晚的景色之美，岂是我这个才疏学浅的拙劣文人所能形容出来的？

此刻，我们站在金茂大厦88层，离地面约400米，整个上海市区都被收入眼底。原先最著名的东方明珠塔萎缩在金茂大厦脚下，像个胆怯的小媳妇一般畏葸不前。向西望去，晚霞阵阵，有绚丽的红光映射到市区，给许多高大的建筑物涂抹上一层淡淡的金色。市区的灯光渐次明亮起来，那亮色按秒的推移改变着光亮的程度。如果是土生土长的上海人，他一定能如数家珍般说出一条条街道和著名建筑物的名称，我们这些外地人只感觉，上海市区无边无际，明亮的灯光从脚下开始，向天边铺去，有如跌落的银河。伴随着晚霞的消失，灯光在城市上空织出一幅色彩斑斓的锦绣……

噢，金茂大厦上看到的上海夜景太美丽了，我只能用这些词语描述，我真的江郎才尽。然而，登上金茂大厦观赏市区还只是今晚的序幕，更精彩的，还在后面呢！

当我们从金茂大厦下来，来到陆家嘴黄浦江东岸的码头，一艘满载游客的轮船刚刚离岸，朝黄浦江上游驶去，我们等候了一个多小时才登上游轮。这时，江面上刮起一阵阵寒风，我们把带着的厚衣服全都裹在身上，还一个劲儿打冷战，可是，气温再低，我们的那颗心仍在狂跳。身边不远处是上海的高楼群，对岸是上海最豪华的市区，外滩近在咫尺，两岸建筑物的灯光和游船上的灯光交相辉映，让人觉得恍如仙境，似在梦中。

游船鸣响喇叭缓缓驶离码头，江水翻起的波浪发出哗哗的声音，如游客呵呵的笑声，船头犁开金色的水波，江面立刻撒下一片片碎金。

游轮继续向前行驶，两岸不断变幻着风景，我们的眼睛应接不暇，简直不知道先看哪里，只听见这里爆发出一阵欢呼，那里又爆发出一片尖叫。景色随游轮的前行不断变换，本以为眼前的景色是最美的，不料继续向上游航行，岸边景色随着游船的移动显得更加美丽。远处的背景转换得慢些，近处的景物则稍不留意就让人捶胸顿足。刚才看到的还是"瑞丰国际大厦"，转眼就到了"上海银行"，一栋高大建筑上用霓虹灯制成巨大的"震旦"二字。"震旦"是古代印度人对中国的称呼，把"震旦"二字放在高楼之巅，应该是"东方中国"的雅称吧。很快，我们又遇到原先在金茂大厦上看见的"小媳妇"——东方明珠电视塔，不过，这会儿，"东方明珠"已经把胸挺起来，俯视着黄浦江上的游客，大有颐指气使的神情！

哪里听得导游的解说呀，只觉得江波一会儿明亮，一会儿黯淡，两岸的建筑物不断变化，我们现在到底在哪栋建筑物前，像我这样的上海盲怎么说得清啊，只有外滩公园后面的大楼能大致说得出名字，那也是后来查过资料才弄明白的，比如"上海总会""浦发银行大楼""麦加利银行大楼""和平饭店"和"中国银行大楼"等等，这些建筑物都装饰着绚丽的霓虹灯，在中外游客欣赏它们的时候，这些大楼一个挨着一个，像雍容华贵的少妇般优雅地站在那，谁会错失向外人展示自己美丽的机会呢？于是，她们极尽机巧，刻意炫耀，使出十八般武艺，尽显自身之妖娆，就连外白渡桥也不例外。外白渡桥既不高大，也算不上美丽，但是因为所处的位置特殊，也能从不同角度，把灯光映射到桥栏上，从游船上看去，显得那般金碧辉煌。

游轮到外白渡桥掉头，回程便是"故地重游"，即便如此，游轮上的欢呼声一点都没减弱。建筑物上的灯光在装扮自己的同时，也把黄浦江装饰得绚烂夺目。我听一旁的游客说，许多西方人都慕名来上海夜游黄浦江。另一位游客说："都说'夜巴黎'美得不得了，'夜巴黎'算什么？'夜上海'才真叫美！"

这时候，刚从欧洲旅游归来的一位游客说："在巴黎夜游，塞纳河两岸远不及黄浦江的风景美，河两岸的楼房也没有黄浦江两岸的高大，更不用说建筑物装饰的灯光。"

如果那位游客所说是真的，那么，我很荣幸了，我在世界上最大最豪华的都市，游览过最美丽最绚烂的黄浦江夜景，还有什么不知足的呢？唯一遗憾的是，我不能用语言，如实地把所见所闻一一记录下来，我大脑里储存的词汇很不够用。

借用一位伟人的名言："要知道梨子的滋味，你最好亲口尝一尝。"我活用这位伟人的话：要知道夜上海的景色有多美，你最好亲自登上金茂大厦或者上海环球金融中心、上海中心大厦，然后乘游船夜游黄浦江，那时候，你一定会收获到如我今天一般的惊喜——夜游黄浦江，你不可能不开心快乐、手舞足蹈、载歌载舞！

·两逛南京路·

南京路是一条步行街,它东起外滩、西到延安西路,横跨静安、黄浦两区,全长5.5公里,以西藏中路为界分为东西两段。1997年3月,我横穿南京路全线;今年3月,我们却连南京东路都没走完,但是我领着妻子领略了南京路的豪华,也算没白来一趟上海。

大多数人来南京路都为购物,只要看一眼南京路步行街起点的那座雕塑就知道了。南京路步行街碑座前,塑着一位丰腴的年轻女性,女人穿着时髦的长裙,左手提着两个购物袋,右手牵着一个小男孩,母子俩购物回家,脸上洋溢着幸福和满足。

我们在上午九点多钟拐进南京路,闲逛了一个多小时,此时的南京路还睡眼惺忪,许多大商店都没开门,行人也不多,我们得以在街上大踏步前行,从容不迫地拍照。南京路上分外洁净,洁净得可以用手帕去检验。毫无疑问,大街两旁的楼房既体面又整洁,跟讲究的上海人一样,打扮得分外得体。

"上海新世界大丸百货"门前几乎没有顾客,要不是三三两两跟我一样闲逛的外地游客,很难想象,这里就是屹立在大上海南京路上的著名百货商店。我站在马路边上,以惠罗公司为背景拍了一张照片,被框进镜头的还不足十人。

前行不远,是老凤祥银楼。我在不少以上海为背景的电视剧中熟悉了它的名字,它至少应该是一个百年老店。一座旧楼,看上去有些年纪了,在显眼的地方挂着"七重天宾馆"几个大字,有二十来层楼,在如此繁华的南京路，应该是很高的楼房了。"七重天宾馆"旁边，"南新汇"后边的"世茂"大厦就高大得多，一看便知是新建筑。

我没想到，寸土寸金的南京路上还会有个小广场，小广场后边是一座不大的公园。

复前行，一座古老的很洋气的大厦上挂着"锦江之星"招牌，楼顶一连三座钟楼，门脸墙上镶嵌着两面大钟，过去它是不是卖钟表的呢，或者竟是一座教堂？那座挂着"新世界"招牌的大楼上挂着许多醒目的广告以招徕顾客，"好乐迪KTV"是唱歌的，"巴西烤肉"是吃烧烤的，"三人行骨头王"是煨骨头汤的，"阿米迩餐厅"显然是为回民或西北其他民族开的餐馆……可见，大上海在饮食娱乐方面真的是兼收并蓄，海纳百川的。

当我们因为时间关系不得不折回南京东路外滩方向时，妻子在"朵云轩"前站住，诸多商店中，只有"朵云轩"开了门，妻子想，来一趟上海，总要买点什么吧，于是我们走进"朵云轩"。店里的营业员十分热情，见我们进去，不时有人走过来打招呼，一走近柜台，他们就热情地向我们介绍各种货品，妻子看中一款鱼片，于是称了大半斤，算是我们这两个上海的匆匆过客自由消费的一笔小钱。

我没法一一列举见到的商店了，南京路上尽是店铺和饭店，这不，刚从"朵云轩"出来，就看见路边"和平饭店"的金字招牌，这幢坐落在黄浦江畔的和平饭店，其浓墨重彩的辉煌历史足以让其他酒店黯然失色。在过去的几十年里，这座备受瞩目的地标性建筑一直是上海滩的社交中心和各界名流的游乐中心，来自世界各地的名流政客在这里粉墨登场，演绎出一段又一段精彩的传奇故事。

本来我知道，真正奢华的南京路在静安区南京西路，豪华酒店和顶级商店都集中在那里，可是我们这些囊中羞涩的内地游客，只是来长长见识，能在南京东路走走、看看、转转就心满意足了，何必再去西路呢？当然，没逛完南京路，遗憾是有的，但是，何处能不留遗憾？全国近14亿同胞，能来上海走走看看的，最多也不过十分之一二吧，像我，二十年间两次闲逛南京路，已是最大的欣慰。在稍稍有点遗憾的同时，我更多的还是为大上海的繁华而赞美。

　　上海在国际大都市排名中虽然还不能名列前三，位居第七已相当不错。其实在我心里，上海早就排在第一的位置——我们的祖国正在蒸蒸日上，我们有什么理由不相信，上海必将名列第一呢？说不定，等我第三次踏上南京路的时候，上海就会名副其实位列天下第一了！

·上海外滩的非凡影响力·

　　我两次到上海外滩，绝不能熟视无睹，无动于衷！外滩太有料、太值得写了，可是我写了《夜游黄浦江》和《两逛南京路》之后才下笔，实在是因为不知道从何处写起。唉，要不是中国人民不懈的斗争，要不是中国逐渐强大，我即使到上海一百次，也踏不进公园。要知道，旧中国上海黄浦公园门口曾挂过这样一个警示牌："华人与狗不得入内！"

外滩闻名于世，并不是因为公园景色有多美，而在于它南起延安东路、北至外白渡桥，1.5公里长的外滩西侧，矗立着50多幢风格迥异的古典复兴大楼，这群楼房素有"万国建筑博览群"之称，是旧上海金融中心、外贸机构的集中带，也是旧上海资本主义的写照，一直以来，被视为上海的标志性建筑，是上海城市历史的象征。

这么说来，外滩的闻名，与上海的屈辱史紧密联系在一起。这个地段，自从英帝国主义用坚船利炮轰开我国国门以后，就成了英国殖民者的租界，几百亩华夏土地一夜之间改姓英吉利，接着他们在这片土地上建楼房，办银行，开商埠，为了丰富这些外国公民的业余生活，他们在紧靠黄浦江的滩涂上修建了这座公园，再挂起"华人与狗不得入内"的警示牌，哪里把中国人放在眼里！

与其说外滩著名，倒不如说是毗邻外滩的这群建筑抬高了外滩的身价。假如这些建筑现在还没回归中国，我真不愿意在这里提到它们的名字，老上海人也只有在这些建筑回到上海人民的怀抱之后，才对这群建筑如数家珍——

亚细亚大楼，现为中国太平洋保险公司总部，建于1913年，史称"外滩第一高楼"，底段与上段为巴洛克式造型，中段为现代主义建筑风格。

汇丰银行大楼的姊妹楼，现为海关大厦，建于1927年，按照英国议会大厦的大本钟仿造的大钟，位列亚洲第一，也是世界最著名的大钟之一。

麦加利银行，曾是英国渣打银行驻中国的总部，建于1923年。进门四根古希腊式大理石柱为原装货，来自两百年前的意大利教堂。

和平饭店的南楼，原为汇中饭店，北楼原为华懋饭店。汇中饭店是上海现存最古老的饭店之一，1854年建造，是上海最豪华的旅馆，1956年改为和平饭店南楼；华懋饭店由地产大亨沙逊投资，又名沙逊大厦，被誉为"远东第一楼"，1956年改为和平饭店北楼……

这些建筑被誉为"万国建筑博览"一点都不为过。它们北起苏州河口的外白渡桥，南至金陵东路，全长约1700米，无论是极目远眺还是贴近仰视，无论从建筑风格，还是从装饰装潢上，都能感受到一种刚健、雄浑、雍容与华贵的气势。

今年3月16日上午，我偕妻子逛完南京东路，便直奔外滩，想让妻子在这个举世闻名的外滩公园感受一下高贵与典雅。一到外滩，我们简直目不暇接，在我的印象中，20年前的外滩没有现在这般开阔，隔江的浦东更没有高耸入云的摩天大楼。而现在，不仅外滩西侧的外国建筑群翻修装饰一新，更有浦东的大楼一幢接一幢，它们豪华、气派、现代、新潮，与公园西侧的古典建筑相映生辉。我一边走，一边拍照，还不时为妻子解说。那会儿，真有一种刘姥姥进大观园的局促与彷徨。这里的每一幢楼都各具特色，都值得拍照留念，我感慨自己为什么不多生出几只眼睛，好把这些建筑欣赏个够！

拍了一会儿建筑群，我忽然觉得，应该带妻子去看看外白渡桥。妻子不理解我为何如此行色匆匆，我跟她解释，来到外滩，不去看看外白渡桥，会非常遗憾的。

妻子说："这么重要的地方，你为什么不一开始就带我去看？"

我如何解释？只能推托时间的匆忙，上海有太多太多必须得去的地方。我不能不带她逛南京路吧？我不能不带她逛外滩吧？可是，我也不能不带她看外白渡桥，还得尽我所知，向她介绍那些异彩纷呈的外国风格的建筑。

早上八点多钟从南京路开始，我们已经马不停蹄地跑了两个多小时，现在，妻子已经精疲力竭，一听说外白渡桥那么值得看，也像注射了兴奋剂似的，两只脚啪嗒啪嗒地直倒腾，不一会儿，我们终于来到外白渡桥上。

我问妻子："回忆一下，这座桥，有没有些印象——在关于上海的电视剧里？"

妻子连连点头："有印象，有印象。不过，电视中，这座桥很旧……"

我打断妻子："知道这座桥多少年历史了吗？"

妻子摇摇头。

我夸张地说："一百五十多年！"

"啊！"妻子一愣。

"你想想，一百五十多年了，怎能不显得破旧？"

妻子看看眼前的大桥："你看，现在这桥！"

"那是现在维修过的。"

说着，妻子已经踏上外白渡桥东侧的人行护桥上，我们从东侧护桥过去，到桥北，再从西侧护桥走回来，两侧的护桥是后来为缓解主桥压力而新建的，跟主桥的行车道一样呈拱形，用结实的木条镶嵌而成。当初，这座桥叫"威尔斯桥"，横跨在中山东一路与东大名路之间的苏州河上，最早是一座木头桥，1907年改为钢桥，当时设计的使用寿命是五十年，但历经风雨，一百多年了，还风采依旧，容颜不老。

外滩公园要写的内容太多，我只得感叹情长纸短，比如陈毅广场，比如城市雕塑群，比如情人墙和观光隧道，每一处都有非凡的影响力，可是我不得不忽略了。什么时候再到上海，我们一定要多花点时间，慢慢走，慢慢看，看个够，再从容不迫地写，写出旧上海的心酸，写出新上海的辉煌，不给自己留下太多遗憾！

·中山陵遐思·

你如果拜谒过南京中山陵，一定会被它宏大的气势所震撼。今年3月12日，我来到南京，伫立在雄伟的中山陵前，脑海里奔涌出无尽的遐思。

按说，孙中山出生在广东香山，理应归葬故里，可是，孙先生生前带领僚属视察紫金山时留下栖身紫金山下的意愿，不然，怎么会有如此宏伟壮丽的中山陵！

决定把孙先生安葬在南京时，中国刚刚收获北伐战争的胜利，四分五裂的神州基本归于一统，这时，蒋先生真乃意气风发，风流倜傥，他遍请天下著名设计师为孙中山陵墓做规划，最后，年仅30岁的中国本土设计师吕彦直中标，这位青年才俊向世人呈现出世界上无与伦比的伟大设想。

当我们被旅游大巴从南京站载向中山陵时，随行导游滔滔不绝地向我们讲述了蒋中正当年的壮举——我们行进的这条公路，就是为迎接孙先生灵柩，从下关码头专门修来的，公路两边的法国梧桐有了八九十岁高龄。我注意到公路两旁的梧桐树，它们挺拔而庄严，让人情不自禁地想起当年公路两旁肃立迎候的卫兵。

我在孙中山先生仙逝九十二年后来到南京，为的是拜谒伟大的先行者，跟我一起到南京的同游者大多慕名而来。神道上攒动的芸芸众生有的只为欣赏中山陵风景，我却在庄严肃穆的陵园抒发旷古之幽情——几千年的封建帝制全因中山先生的振臂一呼而土崩瓦解，东方雄狮的再次怒吼也发轫于中山先生的奋力一击！

呜呼，悠悠苍天也许被我的遐思所感动，忽然淅淅沥沥地下起雨来，那雨水从人们的额头滑落，顺着脸颊淌下来，即便你来自天南海北，也不能不动情。

我沿着中山陵汉白玉石阶缓缓前行，在半山腰驻足回眸，秀美的紫金山尽收眼底。可惜时令还在早春，若是金秋，南京城里，法国梧桐定会渲染出耀眼的金色，那么，天下最大的那串钻石项链又会呈现在我们眼前。

·扬州的扼腕叹息·

宋朝著名词人姜夔的一首《扬州慢·淮左名都》，不知勾起多少文人墨客对扬州的向往，我当然不例外。《淮左名都》描写的扬州虽然刚经历战乱，但词中的"过春风十里，尽荠麦青青"给人展现出一幅多么美妙的画卷！二十四桥边的红芍药，依然让人浮想联翩。我就是被这首《扬州慢》勾着魂来到扬州的，不过因为来去匆匆，烟雨空蒙的名城扬州留给我的反而是扼腕叹息。

诗仙李白是怎样诱惑我们去扬州的——"故人西辞黄鹤楼，烟花三月下扬州。孤帆远影碧空尽，唯见长江天际流。"扬州的三月，烟花靡丽，李白站在黄鹤楼下，一直目送孟浩然乘坐的船帆消失在蓝天碧水间。我也在李白的诗境里，于今年3月12日搭乘诗意中孟浩然的便船，经由黄鹤楼下，兴致勃勃地来到扬州。

我是奔着大运河去的。中国大运河，据说与万里长城一道，被誉为古代劳动人民的杰作。它始凿于5世纪，7世纪时完成第一次全线贯通，13世纪时完成第二次大沟通，历经两千余年，跨越北京、天津、河北、山东、江苏、浙江等6个省市，沟通了海河、黄河、淮河、长江、钱塘江五大水系，至今仍然发挥着重要的交通与水利功能，是世界重要文化遗产。

扬州是大运河的一个重要节点。我以为，导游会带领我们乘坐游船游览大运河，体验一下隋炀帝式的风流，但现实中，却只游了"个园"，与何园、瘦西湖和大明寺失之交臂。所幸的是，我们在乘车前往东关仿古街的途中，从车窗里瞥了一眼大运河，那座屹立在运河边上的"东关古渡"牌坊，把我们带回到一千多年前的隋朝。牌坊下面是一枚巨大的铜钱，它告诉我们，大运河曾经给扬州人带来滚滚的财富。尽管东关的城楼属于仿古建筑，东关古渡也是近年的仿造，但是，牌坊那飞檐翘角的浓厚隋唐风格、古老牌坊外的河埠头、河埠头下浩渺的河水以及河边依依的杨柳，还是让我顿生思古之幽情，只可惜，河畔的房屋太新，太现代，不然，我一定能看见运河上豪华的游船和船上美艳动人的歌女。

扬州东关街让我耳目一新。青砖铺就的甬道两边，是错落有致的亭台楼阁，两堵青砖砌成的高墙隔出一条幽深的巷子，让人觉得，巷子尽头很可能是古代歌伎的红楼。大街上，每一个铺面都能说出一大串精彩的故事。瞧这个铺子，悬了一块"老鼎丰"牌匾，旁边挂着的另一个牌匾上写着"中华老字号"，由"中华人民共和国商务部"授予。

下一家商铺，门脸上大书"扬八怪姜糖"，让人立刻想到清朝中期活动在扬州地区的八位书画家郑板桥、金农、黄慎等人。我仿佛看见，当年郑板桥在"个园"画完竹子之后，慢慢地踱到这家店铺，细细咀嚼着店家奉上的姜糖，他会不会在姜糖上也画上几片竹叶呢？

往前走几步，一家店铺匾额上大书"吴勾酒坊"四个字，让人想起春秋时代的武士，武士佩着青铜铸成的弯刀，许是即将出征，在这里喝酒以壮行色吧。

再往前走，一家商铺屋山头的招牌更显得大气，名曰"江南一品·烟雨楼"，下面一行小字，写着"淮扬小吃"。被炒得沸沸扬扬的《舌尖上的中国》里说，扬州有一位大厨，会用菜刀把豆腐切成头发丝那样的细条，挑在筷子头上，任意晃来晃去，也绝不断裂。于是，我们不再留恋仿古街，快速朝"馥园"走去。

一个不大的庭院，深红色的油漆已经老化成深紫，正厅摆着几张八仙桌，我们进去时，早有游客捷足先登，坐在八仙桌四周大快朵颐了。八仙桌正中有四五个笼屉，笼屉里热气腾腾，最上面那一格是"烧卖"，一溜儿八个，静卧在蒸成深褐色的松针上，是典型的江淮小吃。"烧卖"的皮擀得很薄，浸过油，看上去像半透明的羊脂玉，里面包着糯米和肉末。我们六点多钟就起床，在东关街转悠了一两个小时，肚子实在饿了，一坐到八仙桌边，个个都像饿牢里放出来的囚徒，一口等不得一口。

下面的笼屉里有蒸饺，有肉包子，还有米糕，米糕上黏几粒黑芝麻，或者红豆、绿豆，再不就是一星半点果脯，一丝儿甜味，很爽口。

我往肚子里填了几块米糕和几个蒸饺之后，就从容不迫地专门品尝起豆腐丝来。我知道，"馥园"肯定请不来那位闻名天下的大厨，盘中的豆腐丝也不会如头发丝那般细，不过在我看来，已经刀功非凡了，一根根豆腐丝细得像农村妇女纳鞋底的棉线索子，韧性自不必说，味道呢，有如湖北的千张，口感像嫩豆腐，厨师浇了点陈醋，便有一丝酸味。同桌旅客的注意力只在肉包子和蒸饺上，我却一而再，再而三地把筷子伸向盛豆腐丝的盘子。记得桌上有四五盘小菜，时隔三个多月，其他小菜我已记不得了，唯有挑在筷子上欢快闪跳的豆腐丝，还在味觉的记忆里。说实在的，这次五天的华东五市游，除了南京中山陵给我的震撼，上海金茂大厦欣赏到的迷人夜景之外，扬州小吃是留在我心中的最难以磨灭的印象！

是啊，我们没有游瘦西湖，没有去姜夔笔下的二十四桥边看红芍药，但是，能到"馥园"品尝到正宗的淮扬小吃，不能不说是一种慰藉。而且，在品尝淮扬小吃的同时，我们还观看了著名的歌舞表演《千秋粉黛》，温婉的扬州美女轻舒玉指，一曲悠扬的苏州评弹把我们一下就带到遥远的春秋时代，是不是也能抵消一点没游瘦西湖的遗憾呢？

为了不让扬州失望，也为了自己不再遗憾，写到这篇游记的末尾时，我认真地对自己说：扬州，我一定会再来！

·夜奔杭州看西湖·

上大学时，有幸读到明代散文家张岱的《湖心亭看雪》，当我读到大雪中的杭州西湖"湖上影子，惟长堤一痕、湖心亭一点、与余舟一芥，舟中人两三粒而已"时，不禁拍案叫绝：张岱真乃丹青妙手，把大雪后的西湖画绝了！看，长堤只留下一些痕迹，从远处看去，湖心亭就那么一点点，而舟中的赏雪人，像两三颗米粒儿！不是大手笔，怎能画得如此传神！于是，我日思夜想着前往杭州，要去看看众多画家诗人笔下的西湖。

1997年3月的一天傍晚，我来到杭州，那一刻，我无法形容当时的激动心情。古人不是说"上有天堂，下有苏杭"嘛，杭州之名能与天堂齐名，自然是能撼人心魄的；古人又云："桂林山水甲天下，杭州山水甲桂林。"总之，怎么形容杭州的美都不为过！想想看，我来到杭州，怎么能不去西湖看看呢？

　　我是偷偷请假出来到宁波一所私立学校去应聘的，单位的一把手并不知情，现在应聘结束，我得赶紧回家，不能在杭州滞留过多时间。下午六七点钟，我到达杭州，等到买好回宜昌的火车票，天色渐渐变暗。我不管，我要游杭州，我要游西湖。我所乘坐的火车夜里十一点之后才开，我有四个小时的时间游杭州，我要好好用这四个小时！

　　那天是多云天气，晚霞已经褪成棕红色，不一会儿蜕变成暗红，再过一会儿，就跟城市的雾霭融成一片。在车上，我甚为迷惑。杭州不是在西湖边上吗？怎么沿途都是山呢？山色朦胧，山的轮廓里隐藏着许多楼房的暗影，灯光从楼窗里射出来，也带着些许暗红，像我疲惫奔波的眼睛。唉，美丽的杭州在我眼里怎么这样颓败呢？路两边的房子并不高，也不华丽，偶尔路过一片水域，灯光倒映在水里，把水面映成一片片金黄。

　　我在西湖边上下了车。傍晚的西湖显得那样寂静，是人们正在忙着晚餐吧，他们还没来得及融入夜色中的西湖来。不管是喧闹，还是寂静，我只像一个战士，不顾一切地向西湖冲去，我要冲到西湖的水中去，我要感受千百年来被文人雅士用尽华美辞藻赞美过的西湖，看看她到底怎样诱惑我，感动我。

　　沿湖的街道给西湖留出足够的空间，湖边矗立着高大的垂柳，街道上的灯光映在水里，近岸的湖水被映得通亮。

　　我不留恋湖岸，直接朝湖心奔去。我感觉是走在一个半岛上，是不是白居易修建的白堤呢，抑或苏轼修建的苏堤，否则，西湖里不应该出现这样的半岛。离岸不远有个呈扇面型的小岛，岛上是一座游乐城，供孩子们游玩，好像还有碰碰车，还有摩天轮。我当然不是奔游乐城去的，我要感受西湖！于是我跑到湖边，把手伸进湖水里。我要亲近一下西湖，我要感受一下西湖的温柔和盛情。

四月里，浙江的气温还有些微寒，但是，西湖的水却有点微温，手一伸进去，她就轻轻地握过来，温润而湿滑。灯影下，西湖的水呈绿色，深绿，不透明，是水里微生物太多的缘故吗？在这样的水里，水草一定很丰茂吧。我知道，西湖近岸是很难有水草的，荷花和荷叶也不会长到岸边来。

一想到荷花，我就想起南宋诗人杨万里那首七言绝句《晓出净慈寺送林子方》："毕竟西湖六月中，风光不与四时同。接天莲叶无穷碧，映日荷花别样红。"杨万里写的是六月的西湖，那时候，西湖上已经碧叶万顷，红色的荷花与太阳交映生辉。只可惜我游西湖在四月，也无人为我送行。在四月的时光里，西湖的莲叶还刚刚在淤泥里打苞吧？水面上也不见她的倩影。

我知道，历代文人雅士描摹起西湖来，是从来不吝笔墨的。当年，苏轼跟朋友们在西湖上饮酒时，正赶上初晴后雨，雨中的西湖便显得格外明丽，所以才有那首著名的《饮湖上初晴后雨》(其二)："水光潋滟晴方好，山色空蒙雨亦奇。欲把西湖比西子，淡妆浓抹总相宜。"

西湖的传说太多，留给西湖的优美辞章太多，多得你无暇一一鉴赏。连古代的四大美女西施都被搬出来了，看谁还能使出更多的高招！此刻，我只恨自己不是在六月份来西湖，更不曾在初晴后雨之时来西湖。总之，晴也好，雨也罢，西湖都是极其迷人的，就连我这个匆匆的过客来到西湖，我依然觉得自己是幸福的，尽管时间那样短暂，尽管只是把手放到水里去探了一下，世界上该有多少人连西湖的夜色也不曾看过一眼，更不用说在晴天丽日之下，或者烟雨朦胧之中，把西湖看个够。

湖的那一边，依稀有座高塔，应该是六和塔，那么，湖中那几点暗影就该是三潭印月的标志。我知道，三潭印月是杭州西湖十景之一，被誉为"西湖第一胜境"，那里有西湖中最大的岛屿，可看的风景有"开网亭""闲放台""先贤祠""迎翠轩""花鸟厅""我心相印亭""曲桥"和"九狮石"等等。岸上是婆娑的金桂，与雕栏画栋的建筑相映成趣。可是今天，我只能在夜幕中匆匆地看一眼，我不能在西湖久留。

湖中的游人渐渐多起来，有手挽着手在树影里相拥的，有带着小孩在灯光下散步的，也有跟我一样，只是匆匆地看西湖一眼。他们脚步急急的，既看西湖的垂柳，又看西湖的游人；既看西湖的山色，也想看西湖的湖光，可惜的是，西湖被笼罩在夜色里，只能隐隐约约地看几眼。不过，朦胧有朦胧的意趣，有些美的东西，看得太清楚，反而没有韵味了。

等我再踏上公共汽车离开西湖时，已经是夜里九点多，刚来时，我用的动词是"奔"，现在只能用"离"，一个"离"字，写尽多少悲欢离合，写尽多少离情哟！

唉，我梦中的西湖！

·重谒"西子"意未央·

上大学时,听老师讲柳永的词《望海潮》,眼前立刻浮现出西湖边上的"烟柳画桥,风帘翠幕,参差十万人家",那时的杭州是何等繁华!西湖岸边到处是飘香的桂子,湖面上是一望无际的荷花;游人乘画舫,弄羌管,采菱角,摘莲蓬,垂钓欢歌,舟车来往如穿梭……这等美景,我若是金主完颜亮,也会萌动饮马西湖的"贼心"!

终于,在又一个烟花三月,我再次来到杭州。

这一天是3月14日,我们随旅行团去杭州,到杭州已经很晚,旅行社安排我们住在东郊。15日一大早,我们5点多就起床,6点多动身,旅游大巴载着我们穿过城区,在西湖国宾馆附近下车,之后,便随着涌动的人潮向花港公园走去。

3月中旬是旅游淡季,没想到,淡季的游客还人山人海,我们下车时还不到八点,停车场就快找不到车位了,一支支旅游团队都想赶在客流高峰之前到达景区。我们沿着湖岸走了许久,导游才带着我们进入花港公园。

我记得,著名作家宗璞在杭州生活过很长时间,她在《西湖漫笔》里写过花港观鱼,我对花港的印象也来自宗璞,我觉得,此生能来到众多名家游历过的地方,实在是件幸事。导游告诉我们,花港公园内有一座别致的纪念碑——上面镂刻着中国的一代才女、著名建筑学家、学者和诗人林徽因的人物像和记述文字。因为林徽因,又让我想起一代建筑大师梁思成，一代风流倜傥的诗人徐志摩和另一位学界泰斗、为林徽因终身不娶的金岳霖，他们都曾轰动中国文坛，这些大知识分子游览过的西湖，谁不想来看看！

参天的古木，幽静的小院，平坦的草地，波光潋滟的港湾，让我们一下子远离喧闹的尘世。早起的小鸟用婉转的啼鸣迎接我们，许是觉得我们没注意它吧，小鸟忽然从树梢上俯冲下来，在我们头顶盘旋两圈，掠过闪耀着晨光的湖面，回到高高的枝头，再引吭高歌："嘀嘀啾，嘀嘀啾——"同行的一位老者开玩笑说："嘿，西湖的小鸟真好客，这么早，就招呼我们滴滴酒，滴滴酒呢！"老者的话引起一阵善意的哂笑。

这时，太阳还赖在钱塘江那边的海上，城市的高楼和湖边的树木遮住了朝霞，林中还一片灰暗，但是，霞光把云层渲染得一片金，一片银，一片紫，映在被树林环绕的湖汊里，往湖里看去，湖水就像在沸腾、在翻涌，沸腾翻涌的湖水盛情地迎接一轮红日的莅临。

不一会儿，从倒映在碧波的树杈间升起一轮金色的太阳，水鸟掠过湖面，惊起鱼群，把镜子般的湖面搅成一圈一圈的，一圈一圈的湖水把太阳弄出一些波纹，湖中的太阳也成了凹凸有致的镜面。一艘巡湖的小艇驶出湖汊，把近处的树影拨弄得稀碎，把远处的树影描出些波纹，给人的感觉是，湖水很浓很稠，一圈圈波纹漾开去，小船刚刚驶过，水波还凝固在湖面上。

湖汊上横着一座小桥，小桥曲里拐弯，游人从小桥上走过，桥下的鱼群见到游人，不约而同结队而来，有个游客朝湖里丢下一撮面包屑，立刻，水面便涌出一眼鱼泉，大鱼小鱼青鱼红鱼黄鱼一起游来，水面翻起一阵阵浪花。二十年前，我与西湖有过短暂的幽会，那时遗憾的是，没有欣赏到十里风荷的景致，今天在西湖，能在花港观鱼，在湖水里欣赏到日出的绮丽景色，也算是一种慰藉。

穿过花港公园，旅行团队来到苏堤游船码头，我终于可以泛舟西湖啦！脑海里不禁浮现出明代散文家张岱的《西湖七月半》。张岱写一般杭州人游湖，都在上午八九点钟出发，看的是湖上风光，我们正是在这个时间段到达码头的。码头上停泊着一艘楼船，金黄的屋檐翘起在晴空，朱红的轩槛熠熠生辉。对呀，明代人游西湖也乘坐楼船，他们"楼船箫鼓，峨冠盛筵，灯火优傒，声光相乱"，显然是官宦人家；"亦船亦楼，名娃闺秀，携及童娈，笑啼杂之，环坐露台，左右盼望"，当然是一群大家闺秀；而"亦船亦声歌，名妓闲僧，浅斟低唱，弱管轻丝，竹肉相发"，不用说，是几个风流倜傥的知识分子游西湖了……

这金碧辉煌的楼船是仿制南宋皇家游船吧？三月中旬，西湖上有点凉，船舱里开着暖气，湖面吹来一阵阵风，冷飕飕的。我可管不了这些，一忽儿站到船头，一忽儿挤到船尾。楼船从锁缆桥缓缓前行，导游指着右舷的远山说："那是夕照山，山顶上缠绕着云雾的，是著名的雷峰塔。"我们连忙把相机对准夕照山，可是，夕照山离得远了些，取景框中的雷峰塔显得太小。

不一会儿，楼船在小瀛洲与柳浪闻莺之间的湖面上穿过，一拐弯，导游指着前方的两个小岛说："那是阮公墩和湖心亭，阮公墩和湖心亭那边就是孤山，孤山下那片古色古香的楼房便是驰名中外的楼外楼。"

我感叹这座"楼外楼"的命名，他们居然把林升的"山外青山楼外楼"信手拈来，让人立刻想到西湖的歌舞、醉醺醺的游客！

楼船附近有许多小游船，一片箬篷，用来挡风雨、遮烈日，老化成灰赭色的木桨咿咿呀呀地摇着，若坐在那样的小船上，一定别有风味的。设若再放上几张洁净的小板凳，摆一只暖炉，用茶壶舀了湖中水，茶几上搁一把宜兴壶，壶的四周一圈儿秘色小茶杯，有美女侍侧，几个诗友吟哦不已，或写字，或作画，岂不又是一处绝佳的风景？

呵呵，总算圆了我泛舟西湖的梦，总算让我领略到张岱笔下旖旎的西湖风光。我当然知道，三月的西湖是看不到雪的，可是，我却偏偏要发思雪之幽情！我对西湖的幽情当然不只是雪景，刚才，我们在苏堤上行进了一千多米，我知道，苏堤北端有玉带桥，有岳坟！我还想到白堤上去走走，白堤上有锦带桥，还有平湖秋月和断桥残雪等景点，可是，旅行社只给我们在西湖安排了两三个小时，尽管我们极不情愿，还是依依不舍地走了，后面还有龙井茶庄和《宋城千古情》行程等着我们。

谁不知道杭州龙井闻名天下呢？谁不知道《宋城千古情》是文化大餐呢？可是怎敌得过美丽西子姑娘的诱惑？即使旅游大巴把我们载到宋城，我的心却依然魂系梦绕着西湖。

唉，两次游西湖都没能尽兴，我甚至起了一种逆反心理：要么就不游西湖，游而不能尽兴，比不游更难受！不来西湖，我会把美好的希望寄托在下一次来杭州，我已经来杭州两次了，谁知道，还会不会有第三次？

三谒"西子"

我在宋城前的广场上徘徊，脑海里浮现的尽是西湖的湖光山色。和暖的阳光照耀着宋城广场上那几根古色古香的立柱上，由立柱，我立刻想到西湖边上茂密的树林。不行，美丽的西湖，我还没有欣赏够，我得再去看看你！

跟妻子简短商量之后，我们决定再去西湖。

离《宋城千古情》散场还有两三个小时，我们租了一辆车，从宋城去西湖大约半小时，我们可以在西湖再缠绵一两个钟头。我们请出租车绕湖一周，至少让我把西湖的几个主要景点浏览一遍，即便是蜻蜓点水也行。

汽车载着我们返回西湖，正是"暖风吹得游人醉"的中午，但是，游览西湖的人的热情丝毫也没有减退，公路上，汽车一辆接一辆像抽不完的线，湖边到处是熙来攘往的游人。

我们从长桥公园附近进入环湖的南山路，经由夕照山，在雷峰夕照和净慈寺之间穿过，一边按顺时针方向沿湖前行，一边欣赏西湖风景。在苏堤和南山路交会处，我从车窗里再次瞻仰了苏轼塑像，老先生右手垂前，左手背后，仰望天空，是在寻觅天堂的王弗，欲再吟一句"十年生死两茫茫"？还是想请出远去的西子夫人，陪大家在湖上一起泛舟？先生或许更喜欢空蒙的山色吧，就在昨天，西湖才下过雨，今天的西湖正赶上晴天，潋滟的水光中，想必正是西子出行之时。

汽车在花港饭店附近北折拐向西山路，这是我们从未涉足的线路，我们的车紧贴着西湖西岸前行，在翻过杨公堤时，汽车快速冲向一座山冈，再跌下一个陡坡，感觉五脏六腑都被抛向空中，司机饶舌道："是杨公在跟我们开玩笑吧！"

再往前，汽车在岳坟那里向东折，拐向北山路，这一带是西湖景区最集中的地方，我忽然明白，香格里拉饭店附近那座小岛不就是我20

年前到过的中山公园吗，遗憾的是，我们依然飞速掠过。再往前，路左是葛岭和宝石山，山上有保俶塔，路右是里西湖，里西湖外是白堤，我们看见保俶塔的同时，也看见里西湖白堤上的断桥。过桥不远，拐一个弯，车入湖滨路，在市政府附近折向湖南路。昔日，孟郊考取进士后，曾写下"春风得意马蹄疾，一日看尽长安花"的名句来抒发自己的喜悦心情，此刻，我也借孟郊的诗来形容一下车游西湖的感受。

车虽是飞驰而过，但毕竟载着我和妻子，把该到的地方都到过，我们从清波门左近环湖前行，绕湖一周，再在柳浪闻莺处回归原路，在西湖上画了一个大大的圆圈。

期盼再谒

唐朝时，长安的花当然不是一日能观尽的，而今，西湖美景也不可能在一个多小时里阅尽，只给我们留下些肤浅的印象，让我在脑海里画出一幅模糊的游览图。

这幅游览图越模糊，我对西湖越有不尽的依恋，就如东坡先生之于王弗，王弗走了十年，在东坡先生脑海里依旧活着，我虽然要跟西子湖说再见了，西子在我脑海中留下的印象却一天比一天清晰，我在心里一遍一遍地说：西子姑娘，你等着，我会再来的，再来时，我绝不留下遗憾。

西湖并不仅仅以它的美色诱惑人，更以它厚重的文化底蕴缠绵人。要说到风景，四川的九寨沟、湖南的张家界，哪一处都不比西湖差，可是，哪一个景区的历史文化含量能媲美西子湖呢？正如一位美女，如若只是容颜出众，没有超凡的气质，怎么能长久地留住一颗乐美之心呢？我心如此，我想，别的游客也怕是跟我一样，尽管一游再游而三游，想一点遗憾都不留，太难了！除非在西子湖边租一间小屋，在西湖之四时频频光顾，天天把美丽的现代西子揽在怀中，那时的心情，大约是可以平复的。可是……或许又缺少了新婚小别的渴念。

唉，美丽的西子哟，我到底该怎样，才会心满意足呢？

·维多利亚港湾的清波·

现在，我们就站在维多利亚港湾边上。今天，老天很赏脸，天上有薄云，风却不大，阳光下，海水呈湛蓝色，风吹动海水，海水在港湾里掀起一阵阵波涛，发出接连不断的啵啵声，像美丽的香港少女的温柔亲吻，没想到，香港用这样热情的方式来欢迎我们。

我们对香港的第一印象是——维多利亚港湾真干净，不管是陆地上，还是海里，几乎一尘不染，海水的那个清澈哟，如果它不是咸的，简直可以掬起来喝。

站在维多利亚湾，不可能看不见香港会展中心，它是香港的主要大型会议及展览场地，因为建在海边，还因为它有展开像鸟翼一样的屋顶，使人很容易想起澳大利亚悉尼歌剧院。当悠悠的海风吹来，拂动海边的树枝，把轻轻的絮语送进打开的窗户时，想想看，站在窗前看海的人会涌起何等的情怀！

我脑海里立刻映现出1997年7月1日香港回归祖国那激动人心的时刻，那一天，英国的米字旗无可奈何地降下，五星红旗冉冉升起，末代港督彭定康在会展中心附近登上维多利亚号邮轮，灰溜溜地回到他的大不列颠。离去者心里的哀叹跟我们脸上洋溢的喜悦形成鲜明对比。瞧，那只独特的飞鸟正在展翅飞翔，它是香港人的骄傲，也是所有中国人的骄傲！

金紫荆

我不得不说说那朵金色的紫荆花。这朵金紫荆，是香港回归那天，中央人民政府送给香港人的特别礼物，此刻，它就坐落在会展中心的广场上，背后是高高飘扬的五星红旗和香港特别行政区旗帜。这是一幅多么绚丽的图画——白色的会展中心大厦、荡漾着的蓝色海水、熠熠生辉的紫荆花、飘扬着的鲜艳红旗……当然不能孤立地看待这些构图要素，得把它们联系成一个整体，它们向世人昭示：香港是中国的，中国的香港，明天更辉煌！

我站在维多利亚港湾前，被四周的高楼大厦眩晕了。它们一座挨着一座，一座比一座高大。我知道，环绕维多利亚海湾的还有许多著名建筑，比如中银大厦、汇丰银行、终审法院、中环广场、驻港部队总部大楼和国际金融中心等，这些建筑都是我后来查阅资料才了解的，而香港会展中心，就矗立在金紫荆花座前。

我记得，当时从会展中心广场出来，我到海边的椅子上坐了一会儿，那里有个不高的观景台，靠在栏杆上，蔚蓝的海水轻轻地荡漾着，海风把岸边的紫荆花吹得沙啦沙啦响。一霎时我觉得，好像到了人间天堂。假如从楼房的高大和密集看，北京、上海、重庆、武汉都可以比一比的，可是，北京、上海、重庆和武汉都是内陆城市；上海滩本来可以跟香港一决雌雄的，可是，面对外滩的只是黄浦江，哪能跟维多利亚海湾相比呢？

从香港旅游归来，很久之后，只要一提起香港，我的脑海里就浮现出碧波荡漾的维多利亚海湾，还有那美丽端庄的金紫荆。它们以香港会展中心为背景，五星红旗和紫金花旗是守卫港湾的哨兵，这样一幅绚丽的图画，哪个中国人看了不荡气回肠！

·与海洋动物的亲密接触·

请让我为你设计一个情景：现在，你漂游在海水里，许许多多的海洋生物环绕在周围⋯⋯

这时，一条鲸鱼把肚皮朝向你，在海水里缓缓游动，像一个山村的懒汉，吃饱了，喝足了，因为无事可做，便在屋子里伸伸懒腰，打打哈欠，你见它慢腾腾地游动，知道是个懒散的家伙。这时，鲸鱼的一个伙伴正慢慢地朝你游来,同样一副慢悠悠的懒散样子。也许,它们是这个王国的首领,你看那些小鱼,正成群结队游来,一副众星捧月的架势,又像臣子们朝拜皇上……

假如你处在这样的水域里,是不是觉得自己刹那间成了这个王国的国王?

说句不谦虚的话,我并不乏见闻,去香港海洋公园之前,我已见识过不少海洋生物,不过大多在电视上,像这次在香港海洋公园一下子看见那么多海洋生物,而且离得那样近,还是第一次。现在,就让我带你去亲近一下这个王国的臣民。

我们先去的是热带鱼水族馆。这座水族馆有上下好几层,是根据鱼类的习性来安排的,生活在浅水区的鱼当然喜欢这片水域的上层,至于深水鱼,它们肯定喜欢底层啦。

热带鱼水族馆面向游客的那一面用巨大的玻璃镶嵌而成,住在里面的全都是热带鱼,也包括海龟和海鳖,让我们大开眼界。

快看哪,现在,呈现在我们面前的,是一幅色彩斑斓的立体画,"画面"上画着一些貌似菊花的海洋生物,有的像大丽菊,有的像雏菊,有的像白毛菊。像雏菊和波斯菊的少些,更多的像白毛菊。我们走过去的时候,白毛菊似乎有些害羞,本来肌肤白嫩如凝脂,可是它们一害羞起来便浮起一层红晕。最可笑的是那几个狂放不羁的"疯丫头",看看她们的可笑动作吧,居然把一头卷曲的头发胡乱地披散着,一会儿散开,一会儿假装害羞似的遮住面孔……

看这个水族馆,一面墙上像镶嵌着一簇漂浮的水草,粉红色,是一种热带鱼；有一种鱼，像飘带一般，在海水里飘来飘去；另一种鱼，扁平的，当它正面游来的时候，只能看到很窄的一条细线，可是，当它们转过身来，便成了一堵墙，显得那样宽大，宽大到遮住面前的所有海水，让人以为，有一张漫天的大网正向我们罩过来。

更有意思的是镶嵌在石壁上的一个玻璃柜，里面游动着一朵朵透明而柔若无骨的小生灵。请注意我用的量词是"一朵朵"，"一朵朵"表示什么呢？小不点？圆颗粒的？像花朵儿似的？这里的海水是深蓝色的，我所描写的小生灵应该是无色的，透明如淡水，一团团，一簇簇，在深蓝色的海水里游动，有点像陆地上的蝴蝶，轻盈地扇动着翅膀，不，不能说它们扇动的是翅膀，它们的身体就像一个个透明的蘑菇，只不过，这些蘑菇的伞柄不成形，有时候，只能看到一些丝丝缕缕的经络，有时候，连丝丝缕缕的经络也看不见，呈现出来的只是一片漂浮着的伞盖。读到这里，见过这些可爱生灵的朋友一定知道我描写的是什么了——

对，它们是水母！

这是一种非常漂亮的水生动物，它的身体外形就像一把透明的伞，伞状体的水母直径有大有小，大水母的伞状体直径可达两米。伞状体边缘长着一些须状触手，有的触手长达二三十米。

知道吗，水母是一种非常古老的生物哟，早在六亿五千万年前就生活在我们可爱的地球上，比恐龙的资格还老呢。据统计，全世界的水域中有超过250种水母，它们分布在全球各地的水域里，主要以透明或半透明形态出现，可爱的水母们在明亮光线的辉映下呈现出千姿百态，煞是迷人。

唉，海洋公园里的生物太多了，我们在那里参观的时间只有大半天，光是那个热带鱼水族馆，若要仔细看，怕也得半天，可是，我们还有太多的景点要看，都只能走马观花啦。那边，海豚馆和海狮馆的欢呼声不断，都是我们的朋友嘛，总不能厚此薄彼吧，我们只好跟热带鱼依依不舍地说："再见了，可爱的热带鱼！"

·疯狂的"海盗"——维多利亚湾历险记·

听说过索马里海盗吗？索马里海盗非常猖狂，不管哪个国家的船，也不管运的什么货物，只要从亚丁湾经过，就得留下买路钱。这些年，索马里战乱频繁，国家机构一度失控，不法分子便拿起武器，做起堵截船只，杀人越货的勾当。

海盗都很残忍。小时候读西方国家的小说时了解到，海盗几乎都是杀人不眨眼的恶魔。船只一旦遇到海盗，便注定是船毁人亡的结局。

海盗们的船都不大，但经得起狂风暴雨，过去，我们在西方电影里看见的海盗船，总是在狂风暴雨中飘摇，不管多大的风浪，海盗们在船上却如履平地，由此可见，海盗都是最优秀的海员。

嗨，我终于憋不住了，我要告诉你一个秘密——我也当过一次海盗。

嘘——你千万别声张出去！

我当海盗，是在香港维多利亚海湾，并且已经是好几年前的事情。

你问我，是不是偷渡？

当然不是！我是在香港海洋公园游玩时，一不小心，上了一条海盗船。

那么，你是被胁迫当了一回海盗？

不，我没有被胁迫，倒是我妻子，是被我诱骗上船的，之后每每提起上贼船，她都要骂我，说我险些害她丢了性命。

——那，我就讲讲这次遇险的经历吧，告诉朋友们，挺刺激的啊！

那是2009年腊月二十八，在维多利亚海湾附近的香港海洋公园，毗邻海湾的半山坡上，一个粗大的三脚架下，吊着一艘海盗船。把粗大的三脚架想象成一辆大吊车的悬臂，海盗船正整装待发。一旦水手到齐，这艘海盗船就会立即驶出港口。船长也许得到线人的密报，某海域有某国开过来的商船，要是做下这一单，他和他的手下，这辈子就可以金盆洗手，过他们富裕逍遥的日子去了。

我就是在这个时候来到海盗船旁边的。

还是在1995年，我带女儿上北京，在北京儿童游乐园，女儿就险些被人"劫持"到海盗船上去了，幸亏我机警，海盗的阴谋没得逞，没想到，今年在香港，人家还没怎么甜言蜜语地哄我们呢，我们竟迫不及待地上了船。

海盗船甲板上安装着八排座位，从那个巨大的三脚架顶端伸出一根支柱，算作这艘船的桅杆，桅杆立在船的中部，前后各有四排座位。老练的水手在一旁帮我们系好安全带，无论船体怎么倾斜摇晃，我们都不会被摔到"海"里去，让我们稍稍放了点心。

不一会儿，站在船头的水手吹响口哨，接着，领航员把小红旗一举，锚链咔嚓咔嚓响起来，有人小声说："海盗船起航喽！"

船体先是轻微地左右晃动了几下，接着由小到大，有节奏地前后晃动。只听得耳边响起呼呼的风声，船员们由低声到高声地呐喊起来："啊——啊——啊——啊——"有女孩在惊骇地叫喊："哎哟妈呀——噢——噢——噢——"有人在急切地喊叫："快停船，快停船！我要下去，我要下……哦——哦——"

我听到海盗头目在狞笑："啊哈哈哈哈——啊哈哈哈哈——啊哈哈哈哈——"

有海盗的声音狡黠地说："上了贼船，你想下来就能下来？"

我突然感觉自己太荒唐，都多大年纪了？早过了知天命之年，竟敢跟年轻人学，上海盗船寻刺激？

读到这里，朋友们应该知道，我上的是游乐设备海盗船。那年在北京，女儿看见其他小朋友坐海盗船，非要拉我上去玩一玩，可惜我当时囊中羞涩，孔方兄不多了，便故意吓唬女儿说，海盗船太危险，等你长大了再坐。

妻子胆儿小，本来不想上海盗船的，禁不住我几句诱惑，半推半就地上了船。在船上坐定，看看周围，都是些小年青，那种只有年轻人才有的豪情一下子涌上心头。我偷偷地瞥一眼妻子，妻子脸上既有不安，也有兴奋，腮上一坨潮红。

……这么想着时，海盗船正在拼命地摇荡，一前一后，船中心那根桅杆的摆幅从15度，到30度，再到45度、60度、90度，很快就飞升到120度、150度、180度……啊，它像一个巨大的钟摆，摆动的幅度越来越大，速度越来越快；又像施加过外力的秋千，在空中加速度摆动，可是，秋千再怎么荡，也不会有这么大的速度呀。起初，坐在船上的乘客还嘻嘻哈哈笑个不停，很快就变成大声尖叫，那尖叫声越来越急，越来越恐怖，甚至凄厉。

我只觉得，我的内脏被不停地搅动，像两只大手有节奏地用力捋着，一会儿把脏腑推向脊背，一会儿把脏腑推向肚皮，这种两边推的动作越来越快，动作力度越来越大。我觉得，我的内脏被压成了一张薄纸，如果不是脊骨和肚皮的拦挡，这张纸怕是早就飞出腹腔，在空中恣意飘舞了。

我早就不敢睁开眼睛，偶尔张开一道缝，船两边的人影、树木和建筑物都被拉成条状，变成一丝丝，一缕缕。稍远些是蔚蓝的大海，我觉得，这艘船如果真是海盗船，它就应该消失在那片海洋里。

妻子一手握着扶手，一只手狂乱地扑抓。当抓住我的手时，像抓住一根救命稻草，她惊恐地说："我不玩了，我要下去！"

我断断续续地说："我也……不想玩了，可是，怎么停得……下来——啊——"

船上人的尖叫一声比一声大，大多数人因为快乐而叫喊，少数人则因为恐怖。船下的人跟着呐喊，我知道，他们是看戏不怕台高。

我脑海里突然冒出"死亡"二字，我想，我可能下不了海盗船了，我可能要把这条小命丢在海盗船上了！我忽然想起曾经在一本书上看到的"过载"一词。"过载"的本意是负荷过大，超过了设备本身的额定负载，产生的现象是电流过大，用电设备发热，线路长期过载会降低线路绝缘水平，甚至烧毁设备或线路。

人体在运动中也是有过载极限的，比如人坐在飞行器里，受过训练的人在短时间内可以承受九个过载。战斗机飞行员可以承受十个以上的过载。

我和妻子都没经过专门训练，海盗船的高速摆动，不知道产生了多少重力。我知道的是，我早就承受不了啦！一旦突破过载极限，我的五脏六腑就会破腹而出，在空中飞舞，如同秋风扫残叶。

幸好，这个巨大的"钟摆"终于开始减速，摆幅渐渐变小。它摆得最高时，我和妻子坐在中间位置，在摆幅到达180度时，我们正好处在180度上，坐在船头和船尾的年轻人，一端高于180度，一端低于180度。现在回想起来，还很有些胆寒。

我们终于从海盗船上下来了，妻赶忙快走几步，等离海盗船远些了，才抚着胸口瞪着我，说："我再也不会上你的当了，这辈子都不会再上海盗船了。"

我虽然心有余悸，可是，到底体验过海盗船，跟年轻人一样，体会到当海盗的疯狂，检验了自己的身体极限。现在我明白，我的身体状况还不算太糟糕，哈哈，有时候，人还是要冒一下险的哟！宋代大文学家王安石说："世之奇伟、瑰怪、非常之观常在于险远，而人之所罕至焉……"大家都不敢尝试的，你若是能去尝试，就必有所得！

·梦幻动画城·

我就知道，这些颜色鲜艳、造型奇特的建筑里，一定蕴藏着丰富的宝藏。看那些古堡，分明把安徒生和格林兄弟们的构思全都搬来了。毫无疑问，每一个尖顶的古堡里都有一串童话，尖顶的古堡一座挨一座，便把全世界少年儿童的梦幻都带到这里来了。得走进去，才知道里面究竟藏了些什么，而这一进去，怕是这辈子也不想再出来喽！

这就是香港迪士尼乐园梦幻动画城的魅力所在。

还记得《一千零一夜》里的阿里巴巴是怎样打开宝库之门的吗？他是从祈祷芝麻开始的："芝麻开门，芝麻开门，芝麻开门……"于是，宝库的大门咯吱一声洞开……现在，请跟着我，也像阿里巴巴一样向芝麻祈求吧，不过，我们祈祷的是："动画城开门，动画城开门，动画城快开门……"

绚烂的灯光下，一只巨大的充气米老鼠摇摇晃晃地走出来，一只变形的唐老鸭在为米老鼠开路，旁边站着一位穿着讲究的绅士。这位绅士仰起头来吹响长号，是欢迎米老鼠出行吧，绅士把腮帮子都吹得鼓起来了，嘹亮的号声在梦幻动画城里回荡。由于我是跟着大名鼎鼎的米老鼠一路前行，几乎没费什么劲就进到梦幻的城堡里。

我记得，我好像坐在一条小船上，在一条小河里巡游。

夜幕下，灯火是那样的辉煌！

即便灯火那样辉煌，即便天空被染成深紫色，我们仍然能看见太空中闪烁着的星星。

欢迎的号子依旧那么嘹亮，不过，随着小船在小河上渐渐远去，号声也渐渐变得低回。但是，小河两岸的城堡却愈来愈清晰，分不清是古代丹麦的哥本哈根，还是年代久远的柏林。这些城堡不是尖顶的就是圆顶的。城堡窗口射出强烈的灯光，把小河两岸辉映得一片金黄，城堡的尖顶倒映在小河里，河水里也有了梦幻的城堡。

小船不知把我们带到哪个国度。

这时，只见高高的舞台上站着四位衣着华丽的公主，她们戴着高高的绒帽，伴随着优美的舞曲，公主们两手把裙摆轻轻一拈，跳起欢乐的舞蹈，是欢迎我们来到她们的城堡吧？

小河曲曲折折，小船轻轻摇荡，我们随着小船迤逦前行。

梦幻般的城堡一座接一座，站在城堡前的童话人物如走马灯一般变幻，我知道，他们都是著名童话中的角色，大多似曾相识，又都记不清是在哪部童话里出现过。我简直没法用语言来描述这出乎意料的艳遇，它们全都是冷不丁突然冒出来的呀！

如果我索性一无所知也还罢了，可是我却读过几本童话书，那种明明知道一些却一下子想不起在哪里见过的郁闷，常常让我陷入迷离彷徨之中。但是不管怎样，我总算饱尝了一顿精神大餐，也算是对我少年时代童话荒漠的一种补偿吧。

唉，像我们这些出生在20世纪50年代的人，童年时代的生活何等单调乏味！那时候，我们除了看小人书，也就是偶尔看一场皮影戏，当然，有时候还能看到走乡串户的民间艺人要一要猴把戏，那时候我们怎么知道，这世界上还有动画一说？我的动画片启蒙是在进入90年代之后，从日本动画片《聪明的一休》开始的，哦，在这之前，好像还看过电影动画《葫芦娃》和《大闹天宫》等等。没想到进入新世纪之后，我居然有机会来到香港迪士尼乐园，到动画王国去走了一遭，我的童心一下子被唤醒啦！

别以为我们的精神盛宴到此为止，不，不，不！从动画城出来，我们还去3D影院看了一场《米老鼠和唐老鸭》。走出电影院，我本想在乐园里随意遛遛，没想到又遇到一场声势浩大的游行。

那会儿，我正在一条宽阔的大道上漫步，不知下一站前往哪里，忽听得鼓乐喧天，游人全都朝鼓乐喧天的方向跑去，不一会儿，就见蜿蜒的大道尽头推出几辆高大的彩车。音乐声一阵接一阵，鼓号声一阵接一阵，欢呼声一阵接一阵。我根本没想到，乐园里会举行如此规模的游行。一辆彩车上站着唐老鸭，一辆彩车上站着米老鼠，一辆彩车上站着匹诺曹……哎呀，我已经应接不暇了。

吸引游客的不仅是那些动画人物，更有环绕在彩车四周的青年男女演员，他们那么年轻漂亮，他们的服装那么鲜艳，他们的笑容那么灿烂，他们的舞蹈那么优美。乐园嘛，顾名思义，是快乐之园呀，这个彩车形成的队伍把我们今天的游乐推向了高潮。游行的彩车那样高大，在乐园里到处都看得见；游行队伍的音乐声那样响亮，几乎在乐园的各个角落都听得到，完全可以想象到队伍膨胀的速度。这几辆彩车就像一个五彩斑斓的雪球一样，在乐园里不断滚动，每向前滚动一步，它的厚度就增加几分，滚动的路线越长，这个特殊的雪球就滚得越大，不一会儿，乐园的主干道上便被堵得水泄不通。

然而，游乐的浪潮还没有达到峰值。

入夜，当夕阳收起最后一束金色的光线，乐园里燃放起五彩的焰火，把天空装扮得金碧辉煌。这时，音乐声和燃放焰火的噼啪声一道响起，更有游客一阵高过一阵的欢呼。这时候，真的分不清，是乐园把我带到梦幻中，还是这本身就是一座梦幻之城！

·徒步穿越，体验原汁原味的澳门·

我们去澳门，是在农历庚寅年大年初三。那天，天阴沉沉的，凛冽的北风呜呜地刮着，昔日温暖的岭南也变得如同北国的冬天，我甚至穿上了两件毛衣加一件厚背心，外面还穿上了薄棉袄，即使这样，我们还觉得像在湖北过春节。

早在年前，我们在珠海板樟山上就眺望过澳门，那座高大的新葡京酒店，早就收入我们眼底。

从拱北口岸进到澳门，便徒步穿越澳门的街道。

在拱北口岸附近，澳门的街道显得有些破旧，让我们想起三十多年前的宜昌老城，临街的楼房，有些墙壁真像是几百多年前装修过的，很有沧桑感。那一带的街道都比较窄，大多数楼房只有两三层。街上的卫生状况跟香港比起来，简直不可同日而语，可能是刮大风的缘故吧，我们到澳门时，街上到处是飞舞的树叶，各色塑料袋和碎纸屑正随风飘卷。

不过，越往南走，街道越宽阔，建筑越气派。在澳门的大街小巷穿越了一个多小时，我们终于到达新葡京赌城。那是一座高大的楼房，从楼下向上望去，简直像一顶巨大的金冠，因为是赌城，我们姑且把它看成一个摇色子的盒子吧。

酒店大厅里也有一顶金冠，据说是真金打造的，上面镶嵌着许多宝石。那顶金冠如果送给一个普通人家，只要他不挥霍，怕是三代人的衣食住行都不成问题。

从新葡京酒店出来，我们计划前往大三巴牌坊，不过，大家都想看看澳门著名的商业区，便依旧徒步前行。澳门的商业街不像香港那样豪华，基本上没有宽阔的大街。这所谓的商业街，可能跟上海的南京路、汉口的江汉路、宜昌的解放路相似，从商店的规模看，澳门的商业街当然不能跟汉口的江汉路、上海的南京路相比，游人的密集程度也只能跟宜昌解放路相仿，也许因为是老商业区，改造起来特别麻烦，要看澳门的气派，只有到新区去，而我们时间有限，只能在老区转转。

老商业街里有一条街是专门卖小吃的，各种各样的点心，可以尽情品尝。走在这样的大街上，根本就不用担心饿肚子，来澳门前，听人家说，到澳门一日游，是可以不吃午餐的，只要到老商业街去兜一圈，尝尝各种点心，包你混个肚儿圆。

今天，我们穿行的是澳门老城区，还没有见识到澳门的蓬勃兴起之面，是不能对澳门妄下评定的。我们体验了原汁原味的澳门，等到将来澳门换上更多新装之后，两相对比时，我们就会知道，澳门的回归和发展多么可贵！

·澳门的名片——大三巴·

大三巴牌坊真是名不虚传!

我们从新葡京酒店一出来,就直奔大三巴牌坊。说实在的,去新葡京赌场,对我来说,只是想长点见识,而去大三巴牌坊,几乎一直是我的心结。我不知多少次从电视上、书报上见过它,只觉得它非常雄伟,非常有气势,非常有艺术性,它经常萦绕在我脑海里,而我,成了它的铁杆粉丝。

从新葡京到大三巴有很长一段路,这段路穿过的街区很豪华,一扫从拱北口岸过来到新葡京的冷落荒凉。我们前面所穿越的澳门街道都不宽阔,除了几栋高大建筑,几乎以为自己走进了一座略有西方特色的小镇。不过一到大三巴,这种印象就彻底改观了。

我们是从澳门最著名的那条小吃街拐过来的,虽然那条小吃街摆满五花八门的零食供人品尝,虽然那些零食滋味很美,但是我一心惦记着大三巴,老是朝街的尽头看,可是一看不见大三巴,两看还不见大三巴,于是,零食的滋味再美,我也觉得味同嚼蜡。

我第一眼看见大三巴牌坊时的激动,是无法用言语来形容的。只记得越接近大三巴,人越多,我差不多是被游人挟裹着朝大三巴牌坊拥去的,我们费力地向前挤,而欣赏过大三巴的人潮向这边涌,使得本来并不宽敞的街道成了一条游人涌动的河流。

我们终于挤出街口。嘿,大三巴牌坊前的广场顿时变得开阔起来,这让人很容易想起钱塘江的入海口,刚才我们走过的那条零食街便是钱塘江，而大三巴广场则是浙江海宁的钱塘江口，不过，现在这钱塘江口的潮水全都是从那条零食街上涌过来的。

牌坊广场前挤满了人，我立刻想起那句"张袂成阴，挥汗成雨"的名句，还想起一个"摩肩接踵"的成语。不是吗，我想给妻子单独照张相，拿着相机守候半天也没捞到机会，有时候刚好有机会了，还没按快门呢，身边就又挤来一堆人。

既然照不成相，我就只好专心欣赏大三巴牌坊了。

这会儿，天刚放晴，午后的阳光斜射过来，照在高大的大三巴牌坊上，把大三巴牌坊渲染得金碧辉煌。大三巴显得那样的气派！它呈品字形耸立着，一共五层，三开间，牌坊正面墙上有三排突出的廊柱，墙面上雕刻着许多浮雕。这些浮雕，很容易让人想起欧洲的艺术品。据说它本来是1580年竣工的圣保罗大教堂的前壁，那座教堂糅合了欧洲文艺复兴时期建筑与东方传统建筑的风格，体现出中西艺术的交融。要是仔细观察，你会发现它的雕刻是那样的精美，整体看上去却又那样的巍峨壮观。

这巍峨壮观的大三巴牌坊既见证了中国的屈辱史，也见证了欧洲文艺复兴时期建筑与东方传统建筑风格的融合。现在我们看见的三角金字塔形，无论是牌坊顶端高耸的十字架，还是铜鸽下面的圣婴雕像和圣母塑像，都充满浓郁的宗教气氛，让人在庄严肃穆中享受到中西方艺术之美。

大三巴牌坊还是西方文明进入中国历史的见证。当年，著名的传教士利玛窦在这里把世界地图改绘成《万国图》，加上中文标志，送给中国地方政府，中国从此了解了世界版图。后来，大三巴附近建起了圣加扎西医院，从此，西医、西药在这里开始流入中国。葡萄牙医生戈梅斯还在这里将"种牛痘"的方法引入中国，医治好当时的不治之症"天花"。大三巴附近的"圣保罗学院"是东亚最早的一所西式大学，它在实施西方教育的同时，还在这里对即将进入东方的传教士进行东方文化培训。

如果不是遭遇大火，这座牌坊就会跟那座著名的教堂以及那所圣保罗大学一起成为中西方文化结合的招牌。

现在，澳门已经回归祖国，巍峨挺拔的大三巴牌坊广场上，每天都有澳门各界人士和海内外游客到这里集会、观光。历经四百多年沧桑的大三巴，终于迎来她辉煌的新生。

2005年，中国政府成功地把大三巴牌坊向联合国教科文组织申报世界文化遗产。大三巴牌坊从此成为澳门历史中不可或缺的一部分，成为澳门一张出色的名片。稍稍有点历史文化常识的人，只要看见大三巴牌坊的图片，就知道它是中国澳门的代表性建筑，换句话说，人们一提起澳门，马上就会想起大三巴牌坊，从某种意义上讲，大三巴牌坊几乎成了澳门的代名词。

以前，我只在书本上或者电视上看到过大三巴牌坊，现在，我终于来到它跟前，与它零距离亲近，如果我把跟它的合影放到网上，我是不是也成了这张澳门名片的一部分？既然我成了这张名片的一部分，我当然会引以为豪。有人认为不到新葡京赌场，就不算到过澳门。我却要说，要是不到大三巴，就真的不算到过澳门！

·大炮台上的硝烟·

与厦门胡里山炮台那尊德国钢炮相比，澳门炮台山上的那些大炮当然是小巫见大巫了。厦门炮台山上的"克虏伯"大炮口径280毫米，射角为360度，威力巨大，在1937年与日军的交战中，一举击沉日军"箬竹"号军舰，为中国人民的抗日战争立下赫赫战功！不过，那只是比块头，若要论资排辈起来，厦门胡里山炮台就不敢做大了，它太年轻，不知道是澳门炮台山的第几代孙子呢！知道吗，厦门炮台建于清光绪年间，离现在才一百多年，而澳门的炮台却比厦门的早了近三个世纪！

现在，我将登上澳门炮台山，在古城垛口去凭吊悠远的历史。很可惜，澳门古炮台上的那些大炮当时并不是为了保卫中国领土，它保卫的是葡萄牙的殖民领地。

1557年，葡萄牙人开始租借澳门，这可真应了中国那句古话：刘备借荆州，一借永不还。人家一借就借了300年，到19世纪末，中国被列强欺负，葡萄牙人也跟着起哄，索性将澳门据为己有。如果中国想把本属于自己的东西要回去时，嘿嘿，人家的炮台可不是吃素的！所以，澳门炮台最开始是保卫葡萄牙利益的，而不是捍卫中国主权！

好在，现在澳门已经回到祖国的怀抱。

我突然想起1999年12月20日澳门回归时，年仅9岁的澳门女孩容韵琳演唱的那首《七子之歌》：

你可知"macau"不是我真姓？

我离开你太久了，母亲！
但是他们掠去的是我的肉体，
你依然保管我内心的灵魂。
那三百年来梦寐不忘的生母啊！
请叫儿的乳名，叫我一声"澳门"！
母亲！母亲！我要回来，母亲！

这首歌在1999年回归之夜被那个可爱的小女孩唱响，唱得13亿华夏儿女热泪盈眶。

此刻，我就站在这座被澳门居民称之为"大炮台"的山顶上。四百来年，大炮台多次改建，它的大门是朝南的，门口是火药库，上层中央是一座三层高的塔楼，每一层都装备着火炮；旁边有几排平房，是澳门总督和官兵的营房，宿舍两侧有台阶与下层入口处相连。

我在炮台塔楼里上上下下跑了几趟，见证了炮台构造之坚固。据说即使在平时，军需库里的储备也很充足，能应付长达两年的围困。澳门以这座炮台为核心，构成一个覆盖东西海岸的强大炮火防卫网。荷兰殖民者占据台湾时，曾经派兵来攻占过，被炮台山上的大炮轰走，所以从局部利益来看，大炮台真可以算得上澳门的坚强后盾。即便现在，我从城垛口大炮所指的方向看去，依然能看出炮筒前方的开阔视野。我用手抚摸着黑色的炮管，还似乎能感受到炮管的余热，我的耳边还能依稀听见炮火的轰鸣。

1965年，炮台上原来的军营改建成气象台，1966年，气象台迁入后，炮台山开辟为游览区。1999年澳门回归后，它成了西方殖民者欺凌中国的最好见证。我们知道，在澳门的好些山头上，一定悄悄地隐蔽着好些门大炮，这些大炮中一定不乏如同厦门"克虏伯"威力的大炮。

现在，除了中国人民解放军驻澳部队外，珠海的许多军事设施都是可以保卫澳门的，还有强大的南海舰队呢！现在的澳门早就不像四百多年前，谁想租借就能租借，更不是一百多年前，谁想巧取豪夺就能如愿的了。

此刻，我站在澳门炮台山上，只是凭吊一下古人。它的存在能提醒国人，没有强大的国防，就只有被动挨打的份！

·宁静的三亚湾·

来过三亚的人，谁不知道三亚有天涯海角，谁不知道三亚有鹿回头和亚龙湾？可是你未必知道，三亚还有个凤凰岛，未必知道凤凰岛上有五座贝壳状高档商住楼，更不知道，凤凰岛被宁静的三亚湾亲切地围拥着。

前天，我第三次来三亚，就住在三亚湾畔海事局旁边一座五层的小楼里。

清晨，我拉开阳台上的玻璃门，凤凰岛上的五座楼房立刻突兀地呈现在眼前，面前隔着一湾浅浅的海水，海水拥着一片绿色的椰林，五座高楼便矗立在这片椰林里。清晨,海湾那么宁静,小岛那么宁静,海岸那么宁静,静得不敢大口地深呼吸。

凤凰岛是一座人工岛,假若没有这座人工岛,站在宿舍的阳台上,我就能越过眼前的海湾,看到遥远的南海。我知道,南海不时掀起滔天巨浪,我眼前的海湾却如处子般文静,她虽然有过太不寻常的阅历,但是,现在是清晨,马路上还少有行人,海湾里没有行驶的船,天上还没有一层又一层的云。碧蓝的天和蔚蓝的海在颜色层次上几乎倒了个个儿,海水由近处的发白发亮朝远方铺展开去,愈远,颜色愈深;蓝天呢,则从远处的海面上由浅而深地扑过来,到得头顶,干净得不带一丝杂色,说它像一块巨大的蓝宝石一点都不为过,蓝色的宝石上纤尘不染。它离得很近,近到伸出手去就能触摸到。它就在头顶上,就在马路边的树梢上,就在停泊在海湾的轮船桅杆上。

隔了凤凰岛,远处的海岛呈黛青色,近处,海湾边上的半岛却绿树环合,愈近,颜色愈鲜亮。鳞次栉比的楼房在山的衬托下显得更加白,白得晃人的眼。这些楼房很有层次,全都按几何图形排列;远处正在建设的楼房后,几座高高的塔架耸立着。早上,施工的工人还留恋在温柔的梦乡里,几座塔架像在为这些工人站岗似的,它们把长长的手臂使劲地往下压,对海浪和海鸟说:"朋友们,轻些,再轻些,别惊扰了劳动者的好梦。"

海鸟轻轻地拍动翅膀,在海面上盘旋一阵,再拍拍翅膀,朝海洋深处飞去;北风压着海浪赶到凤凰岛的脚下,变成细碎的絮语,再不就是轻轻的"啵啵……啵啵……啵啵……"一声比一声轻,一声比一声细。

我都不忍心再看下去了,我怕再看下去,会情不自禁地大发感慨,打破了海湾的宁静，于是我轻轻地合上阳台玻璃。在三亚，我还有许多日子，让我把三亚湾的宁静暂时存放在温馨的记忆里。每天早上，我都会把她翻出来，细细地鉴赏和品味，像鉴赏一幅清新隽永的名画，像唖摸一段魂牵梦萦的情谊。

·绚丽的彩虹·

很多年没见到彩虹了。直到傍晚，在三亚湾沙滩上，我邂逅了绚丽的彩虹。

彩虹出现时，美丽得不得了，想见到她，却很难，她出现至少得具备三种条件：一是有光线斜射，二是空气中有小水珠，三是观察者背向光源。所以，人们在空中看彩虹常常在早上和傍晚，且是雨过天晴之时。毛泽东在一首词里写道："赤橙黄绿青蓝紫，谁持彩练当空舞？雨后复斜阳，关山阵阵苍。"雨后斜阳之时，才会出现彩虹，正好验证了彩虹出现的主要要素。

大约晚上七点半，我和妻子正在三亚湾海滩上散步，天上忽然下起一阵小雨，此时夕阳虽然落到西边的山下去了，但是还有强烈的余光，夕阳的余光把海滩照得分外明亮，能看清一条条奔向海里的光溜溜的脊背，也能看清一张张面向夕阳的笑脸。海岸边上是马路，马路对面，不少楼房里，霓虹灯肆意地闪耀。我们是三亚湾的常客，不会因为下雨而停止散步，这会儿，妻子也游兴正浓。

不一会儿，雨小了，我拍了几张夕阳下的海滩，猛回头，看见凤凰岛方向的天空突然架起一道彩虹。我连忙把雨伞丢给妻子，朝东边的天空举起了相机。妻子有些不解，说："天天来玩的，有什么拍头。"

我说："你知道什么，回头看看我在拍什么！"

妻子回头一看："耶——彩虹！"

妻子不常惊讶的，从她脸上，我看见了少有的笑容，让我立刻想起妻年轻时如花的笑脸。

美丽的彩虹起初只跨在三亚湾一侧，很像是从海事局楼顶升起来的，标准的彩色弧线由浓而淡地延伸到三亚湾仙居府，再延伸向喜来登酒店上空，渐渐地，它跨过喜来登酒店，把喜来登酒店和海边的椰林全都括在了圆拱里。接近地平线的云层很厚，呈暗灰色，越往上，云层越薄，变薄的云被夕阳的余晖辉映着，呈现出淡淡的橙红。这会儿，天还有些蓝，是深蓝，橙色的云铺在深蓝色的天幕上，使天幕带点儿紫色。不过，不管云彩是橙红还是淡紫，都比不上彩虹的颜色。

一般人看彩虹，都只能看见红、黄、蓝三原色，可是书上说，彩虹有"赤橙黄绿青蓝紫"七色。现在，我看到的彩虹也只有红色、黄色和蓝色。不过，只有这三种颜色也足够了，它们很热情，纷纷使出绝招，把三亚湾装饰得分外美丽。

天色渐渐暗下来，彩虹却还顽强地架在天上，用她高贵的紫色涂抹天空，涂抹云彩，涂抹海湾，涂抹海湾下的楼房和椰林。椰林本该是暗绿的，被彩虹的大手笔一抹，像蒙上一层紫色的轻纱，成了影影绰绰的紫色幻影，又像一个紫色的梦。

在我童年的记忆里，彩虹常常出现在我家门前的山冈上，把门前的水塘映得色彩缤纷；要不就飞架在屋后竹林的上空，晚归的鸟儿在彩虹搭成的拱门里飞来飞去，它们一定产生了错觉——嘿，我们怎么一下住进了豪华的宫殿？而今，是雨水稀少的缘故呢，还是因为我们太忙？忽略了彩虹的存在。

许久没看见彩虹了，我对彩虹便格外留恋，以至于拍了一张又一张还不想罢手。此刻，我在海滩上踯躅，看一看晚霞，看一眼海滩上的游人，再看看跨越海湾的彩虹，心里想，世界上本来存在许许多多美好的东西，只是我们一忙，就把它们忽略了。

·夕阳的诱惑·

没在三亚湾看过夕阳，就无法想象三亚湾的夕阳有多美。

这些天，我们几乎天天去三亚湾散步，天天去看那里的夕阳。有时候去得早了，太阳还悬在高高的天空，天上没有云，那会儿的夕阳，多半没看头。有时候去迟了，太阳早就躲进西边的地平线，只留下一点儿黄黄的尾巴。

风微微的，海水轻微地波动着。从海岸那儿伸出一条栈道，钢铁的，形销骨立，朝前斜伸向海里。栈道尽头像是拐了几个弯，每道拐弯处修了一座凉亭。夕阳里，栈道的栏杆上现出一线白色，矩形的凉亭屋顶是蓝色的。越过栈道，凤凰岛上那几座高大的"贝壳"突兀地矗立着，西边那一面贝壳上，闪耀着熠熠的金光，不用说，是夕阳所赐予的。

　　也许这是一罐炽热的钢水，由于罐子太大了，如果不去请二郎神，谁也提不动。这时候，只见二郎神提起装满钢水的大罐，用手在后面轻轻一兜，一罐炽热的钢水倾倒在海水里，海水立刻沸腾起来。沸腾的海水先是融化了附近的海面，但马上凝固了。钢水没地方去，便四下流淌，它不往别的方向流，反倒直接朝人站立的方向漫过来，在面前不远的海面上逐渐放慢流泻的速度，偶尔把几朵钢花溅到海水里。

　　这时候，天上的钢水由一团炽热的溶液慢慢地朝四周漫溢，因为受云层的影响，遇到厚重的云，便陡地暗下来，愈远，光线愈暗；再看看海里的情况，就不大一样了。海面因为平坦，钢水由远而近，爬到面前时，只给了海面一线亮色，那耀眼的钢水，便在海天相接处，跟天上的钢水结合在一起，形成一个不太规则的燃烧的火球。从色彩的对比度看，天上的颜色更厚些，而海面上的颜色则更加匀称。

　　天色愈来愈暗，也许，二郎神提着的那罐钢水倾泻完了吧，现在，只有海平线上还留着一小片亮色，海面上，光线均匀地洒着，这时候，游人如果站在海边，便在柔和的海面上形成一幅清晰的剪影——人群那样的密集，人们的姿态各不相同，有泡在水里的，有在沙滩上溜达的，有用沙做雕塑的，更多的人是站在沙滩上看夕阳，看海水，看游泳的人，也把自己和其他游人当作风景来互相欣赏。

若隔近些，便会发现，夕阳在大家身上勾勒出一条清晰而明亮的线条。这根线条当然不是二郎神画出的，二郎神只会把钢水倾倒在海水里；但若是神笔马良，只有他那支画笔，才能把成千上万个游客的剪影清晰地勾勒出来，而且一个一个形神毕肖，绝不雷同。

这样看夕阳，画面富丽，场面壮阔，人物众多，色彩绚丽，能给人很强的震撼。

不过我最看好的倒是另一幅图画：依然在三亚湾，岸边一簇时而密集时而疏朗的椰树，椰树下有绿色的矮墙，矮墙下摆着几张石凳，稍稍宽绰点的空地上停着一辆摩托车，骑摩托车的人不见踪影，一定是跑到海里去了。他跑到海里干什么去了？当然是去搏击风浪……

这会儿，在那簇椰树的半中腰，几棵椰树的空隙里闪耀着一团刺眼的火球。从我们站立的地方看去，火球像一个巨大的成熟的椰子，平日里，它接受了太多的阳光，想报答一下太阳吧，便在这时从树上滚落而下，本来打算给人们一个惊喜，可是落到一半，突然停在半空，把耀眼的金光肆意地释放出来，让人看到了夕阳最灿烂的一面。

若是一个酷爱椰子的人，一定是会跑到树丛里去托住椰子吧；结果自然是托不住的，跑到树丛里，才会发现那个耀眼的椰子并没有挂在树上，仍旧悬在西边的天空。不过，它已经分了一部分耀眼的色彩给海水。如果是一个爱游泳的人，或许也会像那个骑摩托车的人一样，跟灿烂的夕阳融在一起，也成了夕阳的一部分！

哦，那就是夕阳的诱惑！

·三亚湾的海浪·

一提起海浪,脑海里总会浮现出雄壮和辽阔,还有汹涌澎湃、排山倒海等成语。试问,有多少人见过排山倒海?如果山真的如多米诺骨牌那样一座接一座倒下来,海水真的突然竖起一堵堵高墙,然后在一瞬间轰然倒塌,这个时候,谁还有闲情逸致去观赏海浪吗?喂——赶快逃命吧!

不过现在,我要以闲适的心情去描述一下我见到的海水,它静静地依偎在三亚湾,在凤凰岛附近踯躅徘徊,流连忘返。若是不信,请看看凤凰岛上,那里是不是有五座造型别致的酷似贝壳的高档住宅楼?再看看凤凰岛附近的海面,在海天相接的地方,是不是有几艘轮船的剪影?

那艘在三亚湾停泊了半个多月的大轮船,是不是来自遥远的异国呢?如果它满载货物,那吃水线以下的棕红色也就看不见了,现在,这艘货轮就泊在凤凰岛外的海面上,吃水线以上是蓝色的船体,甲板以上是白色的舱房和栏杆。轮船就像悬浮在海平面上似的,靠近海平线的地方呈现出深蓝,愈到跟前,颜色愈浅,海面那么平坦,像天空平铺在海面上,颜色也跟天空差不多。不同的是,天上有些薄云,海面呢,便用波纹替代了流云。

海上没有风,可是,海面上还是有波浪。波浪缓缓地、悄悄地涌起来。由远而近的大波浪,间距比平时大了许多,前一波跟后一波总要相隔几十米上百米。它们的波浪线长长的,如果不是海湾的距离有限,那么,海浪的线条就会向左右两边无限地延伸。此时的海面那么平静,如一面镜子,照得见天上的云,还把凤凰岛上的"贝壳"倒映在镜面上。

这样的景象常常出现在傍晚的海湾。那时候,从外海吹来一阵阵轻风,海浪一阵赶一阵奔向海岸。它们像赶集的人群似的,一听到哪里生意好,便朝哪儿蜂拥而去,一边涌,一边呵呵地笑着、闹着。听,海浪不断发出呵呵的笑声,一边呵呵呵呵,一边哗哗哗哗,又像一群刚放学的孩子,一起推挤着、簇拥着,朝学校大门口跑去,发出的声音盖过了丁零零的铃声。

傍晚,潮水正在退去,把大片的沙滩留给看海的游客,于是大家一起奔向海滩。瞧,这是几个很少看见大海的小不点,现在见了海,发一声喊,一边跑,一边甩掉鞋子,迎着海浪冲去。突然,一排海浪猛扑过来,在孩子们面前立起一堵矮墙,几个孩子立刻愣住了,他们向前奔跑的姿势马上在夕阳里凝固起来,是被海浪的气势吓住的,还是心理准备不足呢?不过,只是稍稍犹豫片刻,之后,几个孩子又摆开阵势,向海浪冲去,只留下一个女孩,站在稍远些的沙滩上,提着裤脚,她还没做出决定,到底是向前,还是后退。

有些人是早就做好准备的,他们穿着游泳衣,戴着防水镜,有的人胳膊上还挎着个游泳圈。这些人一来到海滩,便直奔主题,他们跨过扑到沙滩上的浪头,很快就泡到海水里,海浪一会儿把他们送上浪尖,一会儿把他们摔到波谷。眼见一个大浪打来,把他们全身都淹没了,可是,当海浪平复下来的时候,几个黧黑的脊背立刻拱了出来。

夜里,当海风把街上的小叶桢吹得呜呜直叫时,当猛烈的海风越过树梢,钻过阳台玻璃的缝隙,发出凄厉尖叫的时候,这会儿,要是去海边，见到的大海就完全变成了另一副模样。

首先，海浪在远处的天边跟乌云和蓝天搏斗了一阵，把乌云和蓝天打败了，蓝天哭丧着脸，乌云板着面孔。蓝天和乌云的放纵助长了海浪的气势，便汹涌地、肆无忌惮地朝海湾奔来，它们猛烈地摇撼着伸向海里的栈道，把钢铁结构的栈道摇撼得嘎吱嘎吱响。它们奈何不了钢铁的架子，就怂恿狂风去掀栈道凉亭的屋顶，无奈，屋顶也是用钢铁焊上去的，许多铆钉联合起来，挫败了狂风的阴谋。于是，狂风挟裹着海浪，向海岸冲去，掀起几米高的浪头，把海浪恶狠狠地摔到石岸上，在倾斜的石岸拍起冲天的浪花。先撞上去的浪花还没有落下来，后面的浪花又紧跟着追上去，让人立刻想起排炮在敌人阵地上炸开的烟尘，又让人联想到飞机对地面的俯冲扫射，啪啪啪啪啪……啪啪啪啪啪……

当海浪猛烈撞击石岸的时候，站在离海岸十几米远的地方，还能感受到海浪的威力，地在颤动，空气也在震动。浪花冲向空中，不一会儿落到岸边，岸上立刻积起一片海水。海风派了他的喽啰，把一些咸腥的飞沫送过来，一不小心，就会吸进去一些咸腥的水雾。

如果退远一点朝海里看，就会看见海面在剧烈地颠簸，就像底下躲藏着一个魔术师，一会儿，它把海湾倾向外海，一会儿，它把海湾倾向海岸，再不就像发了神经的病人，把海湾端在手里，一个劲儿地乱颤，颤得海湾分不清东南西北。

隔一会儿，刮来一阵大风，跟过来一阵巨浪，巨浪的后面还跟着一串巨浪。前一波巨浪打到石岸上，兵败后撤退，跟第二波巨浪相撞，两波浪头谁也不服谁似的，像两排打红了眼的雄狮，它们互相猛扑，立起前腿，竖起满头暴怒的毛发，怒吼着，咆哮着，掀起一米多高的排浪。

但是，朝回扑的浪头终究敌不过向前扑去的巨浪，前浪终于被打败、压低，粉碎在汹涌的后面的浪花里。

这就是三亚湾的海浪，它们从南海的深处出发，兴风作浪，一浪赶一浪，狂奔到三亚湾，给不远万里慕名而来的游人留下撼人心魄的印象。就算你对任何都无动于衷，也绝不可能对三亚湾的海浪视而不见。为什么呢？一是因为三亚湾太美了；再则，南海在三亚湾外形成一个喇叭口，当海上只有一丝丝风时，三亚湾里也会弄出不小的动静，美丽的景色加上波浪的壮阔，自然给人强烈的震撼。

·凤凰岛的眼睛·

来三亚湾旅游的人，谁不知道凤凰岛呢？可是，有几个游客能到凤凰岛上去，一睹凤凰岛的风采呢？大家只能在傍晚时分站在三亚湾畔，遥望岛上那五座贝壳造型的大楼和它们表面富于变幻的图案。不过，不必太遗憾，如果来到凤凰桥头，围着桥头那座小公园转一转，也不虚此行的。

来到光明街口，迎接我的是一座小巧别致的公园。

这座公园被一圈本色木栅栏围着，从正面看去，木栅栏里有一片开阔的草坪，草坪上是一片倾斜的坡地，坡地尽头，横卧着几块造型独特的巨石，石头大体呈乳黄色，好似并排躺在一起的夫妇俩。朝着光明街口的那块巨石表面很光滑，上面用朱红颜料镌刻着"凤凰岛"三个大字，"凤凰岛"三个字左边是纠缠在一起的两只凤凰，右边是抽象线条的一大五小六只贝壳，用来表现凤凰岛上那几座楼房，还用来暗示凤凰岛与海里的贝壳密不可分。

早上，当太阳照在这片倾斜的草坪上，草坪便涂抹上鲜亮的色彩，乳黄色的石头、朱红色的字和鲜绿色的草坪交相辉映，构成一幅色彩明丽的图画，让人觉得，即使别的景致都没看，只要到了这里，也算没白来三亚。

这个公园是凤凰岛的门脸呀，凤凰岛的门脸，也便是三亚的门脸。在三亚市区随便走走，能看到到处都有这样点缀式的街景，或者是一棵树，或者是一簇花，或者是一片草地，再不就是一座栈桥……

眼睛顺着石头上方看一看，五棵凤凰树，立在乳黄色的石头后边，像一座屏风，做了石头的坚强后盾，它们排列在大石头后面，茂密的枝叶形成一个绿色的圆弧，圆弧两头，像长者伸出的两只手，时刻护卫着凤凰岛的招牌。

看到这几棵凤凰树的亲切姿态，我的眼前不禁浮现出附近的另一棵凤凰树，从树冠展开的形状上看，它神似一只展翅飞翔的凤凰。是飞倦了呢，还是特意落下来，打算欣赏一下凤凰岛的美丽景色？我们看见的凤凰是滑翔着下落的，凤凰的两条腿渐渐收拢，并在一起，它的爪子落到地上，轻轻地落在地上。我忽然想，那只凤凰，本来是跟这五只一起飞来的，也许落地早了点，也许是个迟到者，或者它是故意落到远些的地方，以便跟这五只凤凰形成掎角之势的。

凤凰岛附近是一个渔港，清晨，渔民出海时点燃鞭炮，噼噼啪啪的鞭炮声是不是凤凰的鸣叫？鞭炮炸开后升腾起来的青烟是不是伴随着神鸟的祥云？这样的凤凰，也算得上一处小小的风景吧。

沿着栅栏遛一圈，等转到公园另一面，惊喜被木栅栏围着的，先是一丛万年青，接着是一簇女贞，这些女贞没有被修剪成绿墙，而是放任它生长，可是看上去，却像被园艺工剪平了似的，原因是，它们之上罩着几棵大树，大树截取了它们的阳光和雨露，生长便受到些限制。

稍稍留意一下，你能看见，万年青抽出许多花苞，一根花枝上突出四五个，如美女的兰花指，那伸得长的，毫无疑问是食指，最短的那根毫无疑问是小拇指，大拇指本来应该成为"大姐大"的，然而，在美女的兰花指中，大拇指不处在最显要的位置，只得委屈它一些，中指和无名指吧，也要随时看看食指和小拇指的眼色。不过，那支伸得最高而且直立向上的花苞，一定是美女的食指。

可别小看了这些兰花指，它们绽开时，是别有一番韵致的。瞧旁边的一枝花，其中的一个花苞已经开了，斜伸着向上开放的花朵，犹如一个伸展的喇叭，喇叭管由深渐浅，伸出两三寸之后突然裂开，先是裂开一圈儿短裙，再伸出五六片花瓣，短裙和花瓣都是白色的，白得耀眼，有牛乳那般白，色泽也如牛乳一般，看得到润泽的光晕。从细长的喇叭管里伸出七八根青翠的花蕊，每根花蕊顶端顶着一个花柱，花柱呈深黄色，仿佛青翠的花柱上停歇着一只黄色的小虫子，几根花柱上的小虫子飞走了，便露出光秃秃的柱头，颜色有点淡，是浅绿色。

这是盛开的花朵，它的姿态、颜色和韵致都处在最盛的花期，有如二十七八岁的女子，在美色、花香和神韵方面，都处在巅峰状态，再过些日子，这时期，也许是三两天，也许只要大半天，它就会成为"明日黄花"。可是现在，当我欣赏它的时候，它还处在鼎盛期，展示给我们的，是它一生中最辉煌的时刻！

这种白色而带点儿青翠色彩的花实在太高雅，高雅得我都不敢伸手去摸她，我怕亵渎了这位美丽的仙子。

仿佛是有意与万年青的白花映衬似的，万年青旁，编成篱墙的灌木，却挺起密集的花苞。它们显得纤细，刚从植株上长出来，活像纠结在一起的柳树芽苞，不过比柳树的芽苞密集。它们一绺绺地攒在一起，那些稍稍饱满些的芽苞有些像害羞的少女，脸上露出些许粉红。等到它们长成大姑娘时，就会变成一群亭亭玉立的美女。许多花直立向上，从植株上伸出来的柄大多寸把长，颜色为浅红，它们的花苞还没打开，却已经透出很艳的红色，再经过几次雨露和阳光，便大红大紫起来，艳得让人心跳。

当然，不是所有的花苞都能直立起来的，它们是不是也跟动物一样，约定俗成地划出各自的生存空间，于是，那些不能直立起来的花苞便往左边斜几支，再往右边斜几支。让我想起一群少女，其中有文静的，便在那儿静静地站着，那些活泼的呢，有的会伸出手臂去挑逗别人，更有那调皮的，悄悄地把一条腿伸出去，向行进着的姐妹使绊子！

除了这种万年青的花和女贞树的花，我还注意到，被万年青和女贞包围着的，还有一种红叶植物，这种红叶植物的叶片很肥硕，叶片上有条纹，颜色深红，红得发紫，可惜我不知道它的名称。

有个著名的典故叫画龙点睛，点了睛，蛟龙才能腾飞，街头的这座小公园既然是凤凰岛的眼睛，那么，你已经能期待她一鸣惊人，腾飞九天了。

让我们记住这双美丽的眼睛！

·飞进太阳的金凤凰·

在三亚，经常能看见一些让人震撼的画面。瞧，这一幅就是——从脚下开始，一片动荡的海水里簸动着耀眼的碎金子，好像有位神秘的人物，从夕阳底下的海面，把金子往我们这边屑。也许，夕阳底下真的有一座巨大的金库吧！那里蕴藏着无尽的宝藏，你想要多少，就能给你多少。

如果只是簸动金子便罢了，这幅图画里还蕴含着一个非常切合三亚旅游的主题——金凤凰飞进耀眼的太阳。瞧，这只凤凰昂起头，扇动着翅膀，不顾一切地向太阳飞去，它的一只翅膀已经融进火红的夕阳里。此刻，太阳正在向海平线坠落下去，海水托住它，想让它在空中多待一会儿,是想让它迎接飞来的凤凰吧。它把海平线上的天空渲染成一片金红,还在凤凰的冠和喙那儿镶上一道耀眼的金边。

看得出,这是一只成年的凤凰,许是一位母亲吧,她体型丰满,姿态妖娆,看她微微张开的喙,是不是还在轻声地哼唱着什么呢?或者在招引她的伴侣,或者在呼唤她的孩子?那不是吗,在这只成年凤凰不远的空中,有一只稚气的小凤凰正蹒跚着飞来,小凤凰的脖子细长细长的,上面顶着一颗毛茸茸的小脑袋,他身子还很孱弱,羽翼还不丰满,但是,他在奋力地扇动翅膀,翅膀展开在空中,羽毛沐浴着晚霞,把脖子上、翼尖上和尾羽上都抹上一层淡淡的金色。要是再飞得近些,我估计,晚霞会把它那颗怦怦跳动的心脏都透视出来。

天色渐渐地暗下来,成年凤凰的喙和脖子上的羽毛反而变得更加鲜亮,是太阳给涂抹的呢,还是因她身上融进了太多的阳光而迸射出来的金辉?或许是前者,或许是后者,或许二者兼而有之。总之,这会儿的凤凰变得更加鲜亮,更加精神,更具有魅力。

由凤凰飞进太阳,我不由得想起西方火凤凰的传说。为了救她的爱人阿波罗,凤凰答应宙斯,只要能救活她的爱人,她宁愿死去。宙斯让她的爱人活过来了,可是,凤凰却孤独地衰老,忍受着疾病的折磨,最后投入熊熊的烈火。她永远生活在寂寞和痛苦中,因为相爱的人永远不能在一起,这是怎样的悲哀!这个故事被称为"凤凰涅槃"。"涅槃",是太阳神阿波罗点燃太阳的地方,所以,凤凰永远向太阳飞去。

看来,凤凰飞向太阳,是一个悲壮的爱情故事。好在那是西方的凤凰故事,在我们东方,故事的结局却总是相反的。你看,在三亚湾畔,多少对情侣相偎在一起,漫步在海滩上,那喃喃的絮语,述说了他们多么深厚的情感。

不，在我们东方，凤凰并不只代表深挚的爱情，它代表的是民族的兴盛和繁荣。

在中国古代传说中，凤凰是鸟中之王，据《尔雅·释鸟》记载，凤凰的形体为"鸡头、燕颔、蛇颈、龟背、鱼尾、五彩色，高六尺许"。是一个集众多动物于一身的神鸟，象征吉祥和永生。在中华民族的文化中，它与龙并驾齐驱，是中华民族的图腾。凤凰出现在哪里，哪里就兴旺发达、繁荣昌盛。今天傍晚，三亚湾上空的夕阳里飞进一只凤凰，看来，三亚从此要兴旺发达了。

让我们祝福三亚！

·蓝海银滩，美不胜收·

知道我来三亚，在海口读大学的学生许睿跟我说："老师，三亚湾太脏了，您去了会后悔的。"来三亚后，连续几天傍晚，我和妻子每天到三亚湾散步，觉得许睿说得不错，三亚湾的确有点脏，三亚的城市生活污水和众多游客带来的废弃物，把三亚湾污染得不轻，大浪打过来时，掀动沙滩上的污泥，走在岸边马路上，就能闻到一股刺鼻的气味。

二十多年前，我第一次来三亚，去过另一个海湾，那里给我的印象不太好，水有些脏，也有漂浮物；十多年前，我第二次来三亚，去过亚龙湾，那里的海水又清又蓝，让人心醉，从那时起，我觉得，天下的海水，唯有亚龙湾最洁净。可惜，过去两次来三亚，我都没到过三亚湾。现在，我们几乎每天晚上都从凤凰岛走到海月广场，对三亚湾的海水，实在不敢恭维。

那一天，我们坐公交车去南山寺游玩，半道上瞥见海月广场以西的海湾，有一段海岸，基本上没什么建筑，从车上能清晰地看见的海岸线、海平线和蓝色的海水。海浪从南海深处涌来，拍打着海岸，一条条白色的浪线清晰地呈现在我们眼前。我们情不自禁地说："哦，这才是真正的三亚湾，这才是美丽的三亚湾。"我们发誓，一定要找个时间，专程到这段海岸游玩，欣赏一下美丽而清洁的三亚湾。

这一等就等了个把月，要不就是有事，要不就是天气太热，直到一个星期六，我终于下决心，跟妻子一道，前往我们心仪已久的海湾。

原来以为，三亚湾只是从凤凰岛到海月广场呢，其实，三亚湾如果从三亚港算起，总长度是22公里，光是滨海大道就有10公里长，这里椰树成林，向西一直延伸到天涯湾。这一带，有著名的十里银滩，今天，我们要去的就是这里。乘坐26路公共汽车，一直坐到蓝海银滩站，一下车，就直奔海边，一望无际的大海和平坦的沙滩立即展现在眼前。

上午已退潮，从岸边到有海浪冲击的地方，一百多米宽的沙滩是那样的平坦，脚下的沙子呈浅黄色，从远处看去一片灰白，那天是阴天，如果是晴天，那一定是银白。不过阴天有阴天的好处，没有太阳，便于我们玩个痛快，任由海风扑面而来，抚摸脸颊，掀动衣襟，还推波助澜，用浪花溅湿裤腿。

见了这么美丽的海滩，妻子也像个小孩子似的轻快地跑到海滩上。她向前跑几步，回过头来朝我笑笑，再向前跑几步，脸上绽放出儿童一般的笑容。你看，她居然笑得连脖子都往里缩回去了，连我都觉得，这与她的年龄不太相称。

我们背向天涯海角，面朝海月广场，左手是高大的椰树林，椰林组成一道高大的绿墙，绿墙下，一座座用于观赏海浪的茅草亭子显得那么低矮和简陋。这些茅草亭子建在沙滩上，沙子很厚实，很柔软，很洁净，亭子里并排放着两张木制的躺椅。我们试着在躺椅上躺下，上身呈45度角倾斜，正好看见汹涌的海浪。

因为地势特别平坦，便有摩托车和沙滩车开过来，沙滩上到处是车辙印。

放眼望向海面，有东西二岛浮于海上，据说东岛上有部队驻守，属军事禁区；西岛则是一座渔港，渔民能自由进出。几艘渔船正在海面上作业，在蓝天和碧海之间，也算得上一种点缀。

回过头来看岸上，岸上的椰树像一条绿色的带子，漫过树梢，能看到十分华丽的宾馆的屋檐，这些绿树和华丽的宾馆，组成三亚海滨美丽动人的风景线。

瞧这片草坪，绿莹莹的，从脚下平铺过去，是一种鲜绿，像一张大地毯。我真想躺上去打几个滚，放开嗓门吼几声。靠海边的草坪上有三棵椰子树，成不规则的三角形，树干那样高大，给人玉树临风的美感。一看到它们，第一感觉便是，这是三位临海远眺的君子。靠宾馆这边，有一座古色古香的亭子，亭子上覆盖着密实的藤条，你在亭子里面走，能享受藤条覆盖下的阴凉……

大海是蓝色的，沙滩是银色的，银色的沙滩上点缀着密密麻麻的红男绿女。要让三亚给你留下深刻的印象，你必须到海滩上去，到海滩上奔跑，到海水里去激起一阵阵浪花，还要在沙滩边上的茅草亭子里去拍几张照片……

·秀美的三亚河·

　　早就有同事去看过三亚河，回来说起三亚河如何如何秀美，把我的心撩拨得颤动起来，不得不放下手头的事情，急切地奔向三亚河。

　　早上去河边，刚下过小雨，河岸湿漉漉的，河水文静地流向三亚湾，泛起一轮一轮的波纹。河水的漩涡不大，如秀气的女孩画出的一个个圆圈，线条轻轻的，细细的，一眨眼，便没了踪影。

　　我看看河水，河水还算清亮，如温润的碧玉里掺了些杂质。河坎底下有渗漏出来的水，是不是从小食店里流出来的呢，一群群小鱼游过来，是来吃水里的漂浮物吧。

　　我小心翼翼地走在河边的梅花桩上，梅花桩高悬在河面上，它的下面是一根根柱头，柱头上顶着一块块彩色的水泥板，有如山里的蘑菇。不过这些蘑菇太大了些，伞面一撑开，就形成直径半米左右的小花伞。这些小花伞错落有致地分布在河边，大致呈一条直线向前延伸，连接到另一头有护栏的栈桥。梅花桩两边没有护栏，走在彩色蘑菇的伞面上，让心一阵阵发紧。

好在河滩上有异样的风景——不知道是些什么虫子，在河滩上打出直径一两厘米的小洞，这些虫子把一条条黄色的蟹腿使劲往洞里拖，有的蟹腿被拖到洞口，可是蟹腿呈之字形拐了弯儿，无法被拖进去，使得蟹腿在洞口晃来晃去，初看，我还以为是洞里的螃蟹想爬出来，先把一条腿伸出洞口来探探虚实呢。

沿着三亚河堤，人们架设起许多栈道，这些栈道一会儿伸向河面，一会儿爬上河坡，跟河岸上的人行道连接在一起。

早上八点多钟，晚睡的三亚人还赖在床上，只有些许勤快的人在早点铺里过早，但他们的眼睛像是没睁开似的，有的人还一个呵欠接着一个呵欠。这时候，三亚河上船只还不多，船老板怕是还沉醉在睡梦里吧。

傍晚，我偕妻子到河边去，此时的三亚河就大不一样了。河边人流如织，有匆匆赶往家里的，有匆匆地从家里跑出来的，河边到处是游人，还有本地的居民，他们沿着河岸一边看河，一边说说笑笑，不少人用相机在拍摄三亚河的美丽风景。

三亚河上架着一座步行桥，桥头用铁栏杆拦着，连自行车都不许通行，人们上桥只能步行。步行桥大致成拱形，大拱之外有好几个小拱，那些桥拱的大小和曲线不大有规律，很像初学画画的顽童在河面上随意画出的几条曲线。托起桥梁的无疑是钢筋水泥，桥面上却铺着木板，木板呈棕红色，看上去很沉稳，很有风度。

走上桥去，河水正哗啦啦地流向海湾。白天，三亚一带下过大雨，河水很浑浊，河面上有许多漂浮物，一些水浮莲被冲到河湾里，搁浅在红树林脚下，乍一看，还以为是被冲倒的红树林呢。

从河东走下步行桥，沿河是一条古旧而不乏新式建筑的大街。大街面向三亚河，河边有茂密的植被，河岸靠马路，是一排古老的榕树，榕树的枝丫伸出去，在马路边上形成一带浓荫。榕树下，每隔二十米左右放一条石凳，石凳长不过一米，上面有两个凹下去的座位，使石凳看起来像一座山势平缓的远山，又如三亚河水截取了一段波浪，以便让远道而来的游客体会一下波浪的柔和。

石凳下面是平展的甬道，全都用石块铺成，石块被无数人的脚板摩擦过，平滑如镜，照得见茂密的榕树和树下的行人。

最有意思的是三亚河东的河岸。茂密的植被护卫着堤岸，河水那边，树枝上挂着许多荧光串儿，枝条那样柔弱，不知道是怎样挂上去的。入夜，这些荧光串亮起来，展现出万种风情。风一来，树枝摇曳，荧光串便跟着摇曳，于是，河边摇晃起千万条闪亮的荧光。树上的荧光串映到河里，波浪把河里的荧光弄得细碎，像洒落满河星星。

河岸植被稀疏的地方，人们把台阶延伸下去，在河边建成或宽阔或狭窄的栈道，有的栈道建成一座供人休闲的船坞，有的栈道上搭成造型别致的花篷。走在栈道上，河水在脚下一米多深的地方发出啵啵的絮语，似是向游人问候，又似在挽留游客：再待一会儿吧，再待一会儿吧……

我端着照相机，在河边的栈道与马路下的林荫之间跑来跑去，不想漏掉任何一处美丽的景致。我不仅拍河边的绿化带，还拍没有绿树围拥的栈道，也拍浓荫覆盖着的林荫道，偶尔还把妻子的倩影和其他游客收到镜头里。

三亚河渐渐沉入夜色里，两岸的灯光把渐渐暗淡下去的河面照得明亮起来。渔船都靠岸了，除了港口那儿的游艇，其他的船也都泊在码头，还有的就斜靠在岸边。河口那座山腰上是鹿回头公园，山顶上的激光灯把一束束强光射向夜空，还有几束映在河水的柔波里。

我在想，那头神鹿为什么要回头呢，是不是眷恋着秀美的三亚河？不下暴雨的时候，三亚河里的水一定又甜又清亮。这只神鹿是不是想趁着夜色，到河边来喝水呢？我不知道，它如果下来了，还会不会回到山上去？河水那样清亮，那样甜，河上的景色那样美，我怕它跑回半山腰，会再来一次回头，那会儿，它的眼里一定尽是三亚河秀美的夜色。

·幽静的白鹭公园·

听朋友说，三亚市河东区的商业街很繁华，我和妻子决定去逛逛。星期六下午，趁着休息，我们前往河东区。

从步行桥越过三亚河，钻进一条条狭窄的小巷。这里一定是三亚市的老城区，巷子深，街道窄，店铺都很小，跟河西的大商场比，简直就是蚂蚁之于大象，黄鱼之于蓝鲸。由于商铺多，货物充盈，价格便很便宜，在河西区卖到八块钱一斤的香蕉，在河东区只卖到两块五。

巷子窄了，行人车辆密集，常常把个街道堵得水泄不通。忽然，从一条曲折的街道出口，我们看见一片盎然的绿色，盎然绿色的背后，还有黛色的远山。我惊喜地叫道："嘿，那边又有河！"

妻子不屑地说："我们才跨过三亚河，这里哪会有河？"

"你不信？我们走过去，那里一定有条河！"我一边说，一边向绿意盎然的街道口走去。

走出街道口，满眼的绿色立刻向我们扑过来。嗬——立在我们面前的，简直就是一堵密不透风的绿墙，绿墙立在马路边上，挡住了我们的视线，让我们看不清绿墙之外的世界，我以为，绿墙和远山之间全是原始森林般的榛莽。但是，尽管绿墙很密，我还是从绿墙的罅隙里看见了闪动的水波。看着那些从水那边伸过来的枝条，我脱口而出："这不是红树林吗？谁说这里不是河呢？"后面这句话，我是对妻子说的。这会儿，妻也看见了林中的水波。

沿着河岸，我们向东北方向走去，在绿墙矮下去的地方，看见了河水。河面不宽，才下过雨，河水显得浑浊，跟这边一样，河那边也有茂密的植被。

有一座栈桥，呈曲线，斜插到茂盛的红树林里去，让我误以为，绿树深处有一座庭院，此处庭院幽深得不得了，仿佛是神仙居住的府邸。

终于走到绿墙断开处。绿墙尽头又出现一座桥。我紧走几步，看见绿树影里依稀露出"临春河大桥"几个字。三亚市的桥多了去了，我们并不太青睐临春河大桥，是河那边蓊郁的绿色，把我们急急忙忙招引了去。

这又是一个幽静的去处。我们走下临春河东边的桥堍，立刻被深深浅浅的绿色团团围住。

这个幽静的去处很平坦，比临春河堤低得多。绿地上的行人不多，林中的小道曲曲折折，蜿蜒着向前延伸而去。我们的视线顺着小道向前延伸，只看见小道没入密林的深处。路边有一片椰林，十几棵椰树潇洒地站立在草坪上，它们占据了约半亩地，草坪边上是一片密林，给人的印象是，这片椰林很像一座大房子的前厅，前厅的尽头连接着正房，主人在半掩的房门后边，正在策划一件大事。离前厅不远，空地上种着一片鸡冠花，还没到开花季节，只能看见鸡冠花植株旺盛地生长着。当鸡冠花怒放的时候，大概就是主人谋划成功的日子。

继续前行，红砖铺地的甬道左侧是一片榕树林。说它是树林，其实不太恰当，因为林子里只有三棵榕树，不过它们的树冠很大，三棵榕树差不多覆盖了两亩大的草坪。看得出，这是几棵小叶榕，茂密的枝叶把天空遮蔽得严严实实，它们承接了阳光，拦截了雨露，使得榕树下的野草无法生长，树下便露出很大一片泥地。榕树的主要枝干上垂下许多褐色的气根，像老寿星垂下的胡须，树干上攀附的虬枝也在默默地诉说着它们的年轮。

前方的草坪上生长着一簇植物，我以为是一些微型的椰树，正在纳闷椰树何以长成这样一簇一簇。忽然，从身后的小道上走来一位清癯的老人，老人从我脸上看出了迷惑，连忙告诉我："这是一丛凤尾竹。"

我疑惑不解："是凤尾竹吗？我觉得像椰树，是不是栽在一起的小椰树呢？"

老人连忙否定："不，这不是椰树，是凤尾竹。"

我看看老人，老人快七十岁年纪，从言谈举止看得出，他应该是个知识分子，见识广，也许，老人家说得没错，这就是一丛凤尾竹。

我举目四望，偌大的园子里，除了我和妻子，便只有老爷子和他身后跟着的老太太，两位老人应该是一家子。

我问："您是三亚人？"

"不，"老人说，"我是浙江人，退休了，在这里养老。"

"哦，三亚好，是个养老的好地方。"我想，两位老人是不是天天都来这里溜达呢，这里的环境如此幽静，植被如此茂密，空气如此清新，每天到这里走一圈，一定会感到神清气爽，怎能不延年益寿呢？

前面的一片草坪很空旷，稀稀拉拉地种着几棵树，树还小，枝叶不多，草便长得茂密。云隙里漏出一丝阳光，使草坪变得格外亮丽，整块草坪都被涂上一抹鲜亮的色彩。靠甬道这边有一棵大树，像湖北那边的大叶女贞，但是叶子比湖北的大叶女贞肥厚。离这棵树不远的地方种着一片花，花是红色的，在草坪上镶嵌成一弯月牙，像书法家在绿色草坪上留下的一笔朱红，笔力圆润而雄浑，下笔重的地方，便格外粗些，落笔轻轻一收，便有些弧度，书法家一撇一捺地写着，就形成绿色草坪簇拥着红花的格局。你在这样的草坪边上散步，怎么能不感到精神愉悦！

园里的甬道都呈曲线，许多地方干脆绕成大S形，设计者在甬道两边布置下不同的树种，不同的树种展示着不同的身姿，点染着不同的色彩，以绿色为主，深深浅浅，间或着点儿红色和黄色，再不就在路边竖几个造型别致的凉棚，如展翅的飞鸟，颜色却是浅黄的。若在园中行进时遇到点小雨，不妨到凉棚下去避一避，如果觉得阳光太强烈了，又觉得树下光线太暗，也可以到凉棚下去站几分钟，会有别样的感受。

更让人开心的是，前行不远，草坪尽头出现一个湖泊。看上去不像是人工湖，不过，有明显的修饰，湖边砌着石头，岸边点缀着几座凉亭。

离湖岸不远处，在几棵枝叶繁密的大树下，有一座小巧的建筑，这座建筑很有艺术性，雪白的墙，盖着鲜亮的蓝色琉璃瓦，廊柱的门窗显然是特意设计的，如果不走到跟前，大概会以为是一栋别墅吧。

公共卫生间大门左侧，有一棵变形的芭蕉树，像是被力大无穷的外星人用手掌挤压了一下，把一棵芭蕉树轧扁了，可是它们的叶柄却还一支一支的，呈V字形，沿树干向上伸展。你还会想起《西游记》里孙悟空在云空中背着的那把大扇子，他刚从铁扇公主那里借来，得意忘形地按照铁扇公主所教的口诀，把扇子变大，再变大，大到他都背不动……现在，你在湖边的公共卫生间前面看见的那棵变形的芭蕉树就是这个样子。

湖边又出现一座拱桥，桥下有潺潺的流水，流水似乎没有声音，等你趴在栏杆上，才听到河水细碎的哗啦声，间或有一两声轻微的啵啵……啵啵……

有几个孩子，是女孩，正站在桥边钓鱼，手里的钓鱼竿不过一米多长，线却垂下三四米，河水清洌，可以看到流水中窜来窜去的小鱼。当一个女孩钓起一条鱼的时候，桥上桥下立刻响起一片欢呼。

另一座桥边的垂钓者好像很专业，是一伙男孩，钓鱼竿长四到五米，右手一扬鱼竿，左手抛出鱼线，一招一式多潇洒！是不是这里的鱼多些？不然，他们怎么会一钓一条，一钓一条呢？

我和妻子绕湖走了半圈，走累了，才坐在湖边的石头上歇息。雨后，太阳没出来，天上有一层薄云，不时有一块蓝天映在水里，水里便一会儿灰，一会儿白，一会儿蓝。湖面上倒映着树林，也把倾斜到湖边的草坪映在水里，湖水里还有远山和远山下的高楼。汽车在附近的马路上奔驰，映不到水里，却映在我们眼里。不时有白鹭飞过来，先在湖面上盘旋，发现了鱼，便一下子俯冲到水里，剩余的白鹭，盘旋了一阵，停歇在树上，在葱茏的绿意里点缀出抢眼的白色。

就要结束在园中的游览了，忽然，在草坪边的树丛后，我们又发现一座木桥，从桥头竖起的游览图上我们得知，这座园子叫白鹭公园。对呀，刚才，我们一直注意到，湖面上盘旋着那么多白鹭呢，只是没想到，白鹭公园会这么幽静。我知道，既幽静又有美景的地方，才会藏龙卧虎，古代隐逸之士不都喜欢居住在这样的环境里吗？不知道白鹭公园附近有没有隐士。

·遥望凤凰岛·

在我寓所的阳台上遥望凤凰岛，凤凰岛被一片绿色的椰林包围着，那六座造型别致的高档住宅楼像六只贝壳，错落地分布在凤凰岛上。有一座楼，仿佛要彰显自己高贵的身份，故意矜持地躲到一边去，高傲地站在岛东的海边，以显示自己的鹤立鸡群，傲慢地斜睨着自己的五个姊妹，另五个姊妹则抱成团，不给高傲的公主显摆的机会。只有到了夜里，当贝壳表面亮起霓虹灯，组成五光十色的图案，向游人尽情展示的时候，站在三亚湾中部看去，六个姊妹便再也分不出高下。

由于隔着一道浅浅的海湾，我站在阳台上，只能看到四只贝壳的外表。去凤凰岛，只有一座大桥相通。桥修得很漂亮，有如颐和园里的玉带桥，但是这座玉带桥被拉长了许多，从三亚湾畔那棵高大的凤凰树下开始延伸，一直伸向凤凰岛，有一千五百多米的跨度。入夜，桥上的路灯亮起来，浅浅的海湾上便腾起一条辉煌的火龙。有人说，那是凤凰树上的凤凰飞到岛上去的时候，用尾羽在夜空划出来的。

好几次，我们试图走上桥去，都被桥北的保安拦住。

来到三亚的第三天傍晚，我和妻子散步到凤凰桥头，在浓荫覆盖的桥头堡下驻足不前，既而，我们朝桥上跨去，却遇到一声温和的阻拦："大叔，请留步。"

我愣怔片刻，接着，晃了晃手中的照相机，说："我们想到桥上去，拍几张海湾的夜景……"

穿着白色制服的保安依旧客气地阻拦道："前面是高档住宅楼，不是业主，是不能上去的。"

我的脸涨得通红，很想发一通脾气，但是，这与保安有什么关系呢，他们几位如果不得到特许，大约也是上不了岛的，或许，他们最大的活动半径，也只能止于桥头堡。

我在桥头伫立片刻，望着一辆辆驶到桥上的汽车，还看见几位衣冠楚楚的行人步上桥头，心里很有些不舒服。妻指着那几位走上桥去的行人，对保安说："他们不也上去了吗？"

保安客气地回答："他们是业主。"

过了几天，妻子不知道从哪里听说，桥北有一辆游览观光车，出五块钱，可以到岛上一游。那天傍晚，我们揣了钱，想坐上观光车去看看岛上风光，依旧被拒绝，原来，那辆"观光车"是供没开车的业主代步过桥用的。

我猜想，想到岛上去看看的，绝不只我和妻子。任何一个到三亚旅游的人，无论是走到海港，还是走到喜来登大酒店，无论是走到亚洲会议中心，还是走到天涯海角风景区或者南山寺风景区，都能或远或近地望见凤凰岛上那五座"贝壳"，每到夜里，当"贝壳"外表辉映出绚丽夺目的花纹图案时，谁不想到岛上去瞧一瞧呢？应该有不少人，受到我和妻子一样的"款待"，于是，那几座在夜里灯火辉煌、白天静默矗立的楼房，更给人增添了几分神秘。

我知道，还是有游客去窥探过大"贝壳"的秘密，当然，他们不是通过大桥，而是走的海上通道。

前天早上，我又到海湾去散步。海水涨潮了，达到了最高点。海边游弋着几艘快艇，船主穿着当地人的服装，一看就知道是当地的渔民。他们把快艇一会儿开到海里，一会儿徐徐靠到岸边，快艇的尾翼在海面画出一条拉长的A字形波浪。很快，有游客凑上去，是在跟主人谈价钱吧，不一会儿，两位游客坐上快艇，飞快地朝凤凰岛附近的海湾驶去。我以为快艇要驶向停在海里的远洋货轮呢，谁知它在海湾附近划出一条优美的弧线之后，就直奔凤凰岛而去，当快艇接近岛的西岸时，忽然放慢速度，之后，便不见了踪影。

我凝视片刻，忽然明白，在快艇消失的地方，大约另有一座桥，快艇便是从桥孔里钻进去的，那么，在被圈住的岛上，一定有一座海水构成的湖。哦，不是说，凤凰岛是一座人工岛吗？它有那么大的面积，因为人文景观的需要，他们是不必把那片海都填满填实的呀。瞧，那座矜持的楼房和她的五位姊妹之间，很可能就是一座圈起来的天然湖泊，那里面的水，当然是咸的。

如此一来，是更想到岛上去看看了！只要租一条快艇，就可以从桥孔里钻进去，一睹岛内的绮丽风光。或许看过一眼，回去之后，就会拼命地工作，拼命挣钱，为的是有朝一日到凤凰岛去买一套豪宅，这样，便可以经常潇洒地坐着游览观光车；还可以把大桥当作一处景观，每天来回几十分钟的闲庭信步，到那时，就不必像现在这样，站在一幢简陋居民楼的阳台上遥望凤凰岛啦！

·天涯海角·

在三亚待了近两个月，却没能再去天涯海角景区，等到离开三亚后，才觉得有点儿遗憾。虽然之前已经去过两次。

如果要较真儿的话，其实，三亚湾畔的"天涯海角"根本算不上中国最偏远的地方，假如谁在南沙群岛找到这样一块石头，并将这块石头从海里挺起来，直戳到蓝天里，这样的地方，才真正称得上"天之涯，海之角"。

20世纪90年代初，我第一次到三亚，就去了著名的天涯海角风景区，那时候，景区好像不收门票，我跟妹妹一道去，正赶上退潮，我们得以涉水到了清代崖州知府程哲所题词书写的"天涯"那块礁石下。站在礁石前面，背后是海岸，海岸之后是巍峨的群山；放眼望去，海那么浩渺，无边无际，天那么高迥，神秘莫测，那一刻，我们真以为是到了天之涯，海之角！

第二次去天涯海角是1998年，那一年，长江发洪水，我却跑到天涯海角来了，是弟弟祖沛亲自驾车送我们来游玩的。到达天涯海角景区时，正赶上涨潮，我们只能站在岸边遥望一下海水里的两块石头，不能近距离去亲近"天涯海角"。

时隔八年，天涯海角景区已经发生巨大的变化，景区内有了许多人文景观。我记得，当年，我们在海边的一座树林里休憩了一会儿，那座树林不大，以热带树木为主，阔大的树叶遮住了毒辣的太阳，林子里斜拉着一张塑料绳吊床。我看见别人躺在吊床上摇来晃去，觉得很惬意，等他一走，我也躺上去，不料立刻被摔到地下，原来吊床那玩意儿，看人家躺上去挺舒服，自己躺上去后怎样去把握平衡，却是不太容易的事情。几次失败之后，我终于稳稳地躺到吊床上。我轻轻地摇晃着，任树缝里漏过来的海风轻轻地抚摸着我的身体，那一刻，我才找到神仙似的感觉。

除了摇床和丛林，让我震撼的还有湛蓝的天空和海水。我们去的那一天，天气格外晴朗，天上没有一丝云，那天空便成了无边无际的瓦蓝。天一蓝，海水也跟着蓝起来。天涯海角景区附近的海比较深，没有受到什么污染，那海水便特别的蓝。不但天蓝水蓝，就连人的心情也变成一碧万顷的大海，随着海水的波动而波动。直到今天，天涯海角还给我留下很深的印象，第一个印象是绿——海滨丛林之绿，绿得像翡翠，仿佛随时都能滴下绿色的汁液；第二个印象是蓝，天之蓝，海之蓝，连翩翩飞舞的海鸥也像是染了一身浅蓝似的。再有的便是海水里的那两块礁石，一块礁石上刻着程哲题词书写的"天涯"，另一块礁石上好像刻着"南天一柱"，应该还有块礁石上刻着"海角"二字，谁题的，记不清了。

人们通常用"天涯海角"来形容距离遥远，天各一方，殊不知"天涯海角"其实是海南省三亚市的一个著名景点，你要是问真正的天涯海角到底在哪里，我只能这样回答：天涯海角在天涯，一个很远很远的地方。

·小鹿回头的惊鸿一瞥·

1990年夏天，我第一次去三亚，"鹿回头"是我们去的第一站。我们是清早去的，那时的"鹿回头"还没有开发，说它是一座荒芜的山坡也不为过，山下没有围墙，也好像不收门票，如果收，也就是一两毛钱的事儿。

早上,山上还弥漫着雾气。我和妹妹祖芝一道爬到半山腰,就看见树丛中隐隐露出一座塑像,晨雾中,我们看清那是一头鹿。看它的神态,应该是一只小鹿,按个头看,算得上高大,是一种艺术的夸张。小鹿回过头来,看见身旁一位俊俏的少女,据传说,这位少女是一位红军游击队员,也可能是当地民间传说中的一位英雄。只记得那时,整座山头就这么一座塑像,好像有施工人员在修建什么,他们想把"鹿回头"打造成一个著名的景点,让这只小鹿重新焕发出青春的光彩。

1998年,我第二次去三亚,再会那只小鹿,小鹿被养得油光水滑,人们在它周围围了一圈漂亮的围墙,身边种上鲜艳的花草树木,小鹿居住的院子成了一座漂亮宽敞的别墅,更重要的是,人们为它请来一群活蹦乱跳的梅花鹿,从此,它不再孤独。石头小鹿跟活的小鹿杂居一处,给慕名而来的游客一种人与自然和谐相处的和平与宁静。

那一年,我弟弟祖沛的儿子胡杰才两岁多,有些怕小鹿,但是禁不起小鹿身上那点点梅花的诱惑,见别的游客拿一把青草逗小鹿,他也拈着几根草,迟迟疑疑地走过去,试探着把青草往小鹿嘴边送。小鹿正看着别处呢,想是嗅到了青草的香气,突然回过头来,那张毛茸茸的嘴巴立即叼住胡杰手里的几根青草。祖沛站在胡杰身后,看见小鹿回过头来,立刻按下快门,记录下小鹿的惊鸿一瞥。

是小鹿听到祖沛按下快门的声音呢,还是胡杰害怕小鹿,手里的青草抖动了一下,只见小鹿伸直脖子,竖起耳朵,然后四只蹄子轻轻一跳,挪开几步,隔远了,再次回过头来,注视着胡杰手中未全叼走的青草。现在我们注意力集中了些,能看见小鹿清亮的眸子在阳光下闪着熠熠的光，很有青春少女深情回眸的神态。

　　我知道，"鹿回头"公园是有说道的，它有民间传说作基础，又有现代传奇相附会，还有翁翁郁郁的热带树木作背景，这样的公园，来到三亚，能不来光顾一下吗？赶快到那座鹿苑去，在那里等着的，一定是深情小鹿的惊鸿一瞥！至于那头小鹿是谁，相信每个人的心里都是最清楚的。

·探访龙王的宫殿·

　　来三亚旅游的人，如果来之前了解过三亚的旅游景点，一定知道三亚既有个大东海，还有个小东海。当我把大东海和小东海跟儿时的幻想结合起来时，便觉得有些不可思议——龙王怎么把他的宫殿建在了南海？

　　小东海我只去过一次，那是在1990年我第一次去三亚时。我记得，去小东海时是在晚上，应该是我们找到住宿的地方之后，觉得离休息还早，才去了小东海，因为那里离市区近些。现在我还不能确定，当时是不是把三亚的小东海跟北戴河的一个小海湾记混了，只觉得这个海湾因为靠市区近，到了傍晚，涨潮的海滩上到处是游人，人一多，水质就不太好。

这次，因为住在三亚湾畔，晚上去海边散步，经常把脚泡在海水里，便没想再去小东海，离开三亚后，我上网查了一下，方知我的记忆可能岔了道，离市区近的应该是大东海，而小东海，至今还没有通公共汽车。小东海和大东海的海水都不脏，小东海是个潜水胜地，能潜水的海湾，水质一定好得不得了。那么，没能再去一趟小东海，实在是件遗憾的事情。

不遗憾的是，我又去了一趟大东海。记忆里的大东海，平淡无波，不料这次去，却给了我很强的震撼。

原来大东海离海军某基地很近。大家知道，海军基地都停泊着军舰，要停泊军舰得有什么条件？自然是水位很深，而大东海恰恰是以海深浪大著称，更别提造化还留给游人一个金黄色的沙滩。

进入大东海景区前，我们经过一个广场，广场上几根高大的石柱一下子就把人震慑住。在浓荫覆盖的热带密林里留出这么一块隙地，竖起那么大的几根石柱，是用来支撑渐渐矮下来的天穹的吧。

还别说，从广场再往前，地下真的像放着一块掉下来的天，或者，这片天，就是当初女娲补天时最后放上去的一块石头，由于衔接得不紧，一遇雷鸣闪电，便震落下来。瞧，那片掉落的天，被搁置在一片空旷的地上，离这不远处，几位美女正在飘飞，是女娲派来的吧，可惜，几位仙女动作慢了点，天已经掉在地上。但是，她们毕竟努力过，精神可嘉。人们为了表彰这几位仙女，便在掉落的那片天附近为她们塑了雕像。而今，这雕像成了大东海的一个亮点。

这一切还都是游览大东海的前奏，大东海最吸引人的还是那片海湾。

大东海是很有气势的，它的气势全在金黄色的松软的沙滩上，还有那一碧万顷的波涛。在这里我要特意说一下大东海的波涛。它那样碧蓝，看了很养眼，你会以为那是大自然调制出来的一湾碧蓝的颜料。大自然把这湾碧蓝的颜料调制好之后，再在脚下铺上一堆金黄色的沙粒，让你以为那是调过蓝色颜料之后的下脚料，由于把蓝色提取出来了，剩下的只是黄色。但是它干净、柔软，踩上去有轻微的沙沙声。

之后，大自然还在海湾边上点下一坨坨绿色和星星点点的黄色、蓝色和红色，不用说，绿色的是树，是灌木，是草坪，星星点点的便是五颜六色的花。哦，大自然是一位极具创造力的画家，他除了布置海湾边上的景物，还在远远近近的海面上这里点一堆褐色，那里点一坨灰色——这些褐色和灰色的点缀无疑是些礁石，除此之外，他还在遥远的天边画上一些轮船的剪影。然后，再配上一些音乐的片段，这些片段，有些是悠扬的汽笛，有些是海鸟断断续续的叫声，更多的是海浪的激情演奏：哗哗哗——哗哗哗——哗哗哗——是音乐吗？听来怎么像笑声呢！

听出来的是笑声，那就是笑声呗，大东海那么美丽，它能不笑吗？不，想笑的不只是海浪，还有我们这群游人，我们的笑声是哈哈、呵呵，再加上由衷的赞叹声："啊，大东海，你原来这么美丽。你根本就不需要所谓的龙王来撑面子，就凭你广场上的点缀，就凭你一碧万顷的蔚蓝，就凭你哗哗呵呵的笑声，就足够迷倒慕名而来的游客。"

哦，美丽的大东海海湾，假如有机会，我会再来眷顾你，或者，我会从小东海穿一身潜水衣，从海里绕几个弯，来一段长距离潜泳，在你一碧万顷的蔚蓝里学蓝鲸摆一下尾巴，在海湾里留下一个巨大的惊叹号。

·天下第一湾——亚龙湾·

一说起亚龙湾，人们总是说，亚龙湾气候温和、风景如画。其实，无论哪位画家，都不能真正画出亚龙湾的美来。因为，亚龙湾的美是全方位的，画家的画笔所及之面太有限，哪能真实地画出天空的湛蓝、阳光的明媚和温暖、空气的清新和湿润、青山的连绵和起伏、岩石的千姿和百态、红树林的原始和幽静、海湾的波平与浪静、海水的清澈和透明，以及沙滩的洁白细腻和海底景观的五彩缤纷！你瞧，近8公里长的海岸线上椰影婆娑，像不像一群婀娜多姿的黎族少女在翩翩起舞？路旁生长的奇花异草，是不是专为远道的游客而点缀？那一座座各具特色的度假酒店错落有致地分布在海滩附近，只要看一眼酒店周围的树木，看一眼酒店前绿茵茵的草地，也会有强烈的住下来的欲望。

在内地，我们一看见哪座湖泊的水很清澈，就快乐得不得了，总要赞叹几句："哇，水真清。"想描写时，脑海里总会浮现出柳宗元在《小石潭记》里的那两句著名的话："潭中鱼可百许头，皆若空游无所依。"为什么像是在空中游呢，因为潭水太清，根本就看不见水呀。日光照到潭里，把游鱼的影子印在水底的石头上，也把潭水给忽略了。可是，柳宗元描写的小石潭能见度是3米深，而亚龙湾海水的能见度是多少？7~9米！

同去的几个人年纪都不小了，可是一到海滩上，大伙儿居然快乐得像一群小青年，撒欢似的在沙滩上奔跑。大家跑到海边，一看海，才真正明白，作家们为什么把海水说成是蔚蓝，又为什么总是说海天一色，现在，眼前的海真的叫海天一色啊，除了海浪拍击沙滩激起的浪花是白色的以外，再往前一点，海水就是蔚蓝。在没有这么近距离地欣赏亚龙湾海水之前，我真的不相信，海水的颜色会这么美，它真的纤尘不染，如果它不是咸的，我大概会舀起一瓢蔚蓝，来个痛快的"牛饮"吧！

来亚龙湾之前，听人说，三亚湾号称天下第一湾。假如论长度，三亚湾应该是当之无愧的，可是三亚湾紧邻市区，千百年来的城市污水根本就没法排出去，久而久之，三亚湾的海水不变脏才怪呢。所以，论水的清澈，亚龙湾一定属第一。当然，三亚湾的西段，海水的清澈度也是很不错的，我在南山寺前的礁石上拍过那里的海水，完全可以跟亚龙湾的海水相媲美，可是，南山寺前的海水缺了海滩的陪衬，使得它根本就硬气不起来。三亚湾中段的蓝海银滩是不错的，可是，那里的海水却又远比不上亚龙湾的湛蓝。我知道，小东海和大东海都有很抢眼的沙滩和海水，不过，小东海和大东海的沙滩和海水见了亚龙湾的沙滩和海水，也只能是小巫见大巫了。

你若是有闲暇，不妨到亚龙湾森林公园去看看，一登上公园的山坡，远近高低、峰回路转中的亚龙湾立刻向你呈现出千姿百媚。登临红霞岭，极目亚龙湾，仰望蓝天白云、日月星辰，俯瞰长林远树、碧波万顷，那无垠的海湾连着无际的太平洋，那洁白如练的长滩，那星罗棋布的五星级酒店群，那绿草如茵的高尔夫球场，那椰风稻浪相连接的田野，组成一幅巨大的美轮美奂的山水画卷，令人神清气爽而又心胸开阔。

亚龙湾中心广场上有高达27米的图腾柱，围绕图腾柱的是三圈反映中国古代神话传说和文化的雕塑群。广场上，四个白色风帆式的尖顶帐篷，给具有古老文化意蕴的广场增添了现代气息。有一幢五星级酒店，坐落在亚龙湾景区大门斜对面，是什么名称已经记不得了，只记得建在一座山下，山下有一块十分空旷的平地，房子很现代化，房屋前面有很大一片草坪，草坪边上是高大的澳洲棕榈，让人心驰神往，很想住进去享受一下尽善尽美的服务！

从三亚市区到亚龙湾，道路的宽敞自不必说，我要说的是马路两边的绿化，那全是经过精心设计的，既显得美丽，又十分大方，一路前去，会有一种在花园里穿行的感觉。

我真后悔为什么第一次来亚龙湾时，没在亚龙湾附近买一套房子，20世纪90年代初，房价还那么低，要是买了一套，或许就能长久地与亚龙湾相伴了。现在有买房子的意识了，却又买不起喽，在国际旅游城市三亚，在秀美的亚龙湾一带，房子已经寸土寸金，早就不是我这个工薪阶层所能买得起的了。那么，就让我留一份强烈的念想在这里，就让我在心里经常默默地回顾一下亚龙湾留给我的倩影，这种回顾，还是挺有韵味的。

·三亚人的文明进餐·

8月10日晚上,几个朋友在三亚市友谊路叙福酒楼吃饭,以三亚人为主,外加两三个内地人。虽说是筵席,我们几个内地人却根本没吃好,但是,我们对三亚人进餐的形式,却赞赏有加。

瞧,他们的进餐仪式多隆重!

客人还没来齐呢,餐桌上已经摆满酒杯筷子和盘盏,一个人面前摆着一大套:一个托盘,一个饭碗,饭碗放在托盘上,旁边是一个装作料的碗,这个碗比饭碗小一些,外加一个喝茶的杯子,当然,还有一双筷子。算算看,已经是五件套了!

餐桌中间放一个大火锅,火锅烧燃气。环绕着火锅,用大碗装着作料:两碗蒜泥,两碗蒜瓣,两碗芝麻酱,一碗酸藠头。这样,进餐的作料已达到七碗,加上醋和酱,他们不像内地,在桌上摆着酱油瓶和醋瓶,而是把酱油和醋倒在碗里,摆到桌上——算算看,是不是九碗了!

酱油和醋倒在碗里,吃客随意舀,顺便说明一下,三亚人吃饭,酱油和醋的消耗量比较大,尤其是醋。

三亚人吃火锅,火锅里不兴放作料,他们在火锅里煮一只鸡,是那种海南岛最著名的文昌鸡,清蒸的,里面除了生姜,没有其他的作料。开席前,东道主请酒楼服务员把火锅端出去,把整只白斩鸡剁成小块,再放到火锅里加温。快开席时,服务员又端来一盘葱花和香菜,跟前面已经摆上的作料,构成十一碗。在我们内地,像大蒜葱花之类的作料,都要放到火锅里去的,以便作料和鸡肉的滋味互相渗透,三亚这边则随客人的便,想放什么作料就放什么作料,想放多少就放多少,这些作料,都舀到每个人面前的碗里去,大家从火锅里舀出主菜,就着作料往嘴里送,吃得有滋有味。

不一会儿,火锅咕咕地响起来,从火锅盖缝隙里窜出一阵阵热气。

三亚的宴席是从主人给客人布菜开始的。当火锅里面的鸡煮熟时,东道主就会站起身来,拿起勺子给客人布菜。公用的勺子放在盘里,两套,每套三把,大些的,既可用来舀菜,又可用来舀汤,漏勺专门用来舀菜,从不拖泥带水;那把小些的,显然成了"帮凶",比如,勺子上的菜舀多了,摇摇欲坠,小勺子跟上去,能起到稳定帮扶的作用。

这时,只见东道主面带笑容,拿勺子先给坐在主席上的客人舀一勺鸡肉,一边把鸡肉送过去,一边笑嘻嘻地说:"您请啦,谢谢赏光!"

之后,东道主再依次舀过去,等大家碗里都有了主菜,才端起酒杯敬酒。三亚人喝酒,也颇有古风,酒瓶里的酒是不直接倒到酒杯里去的,得先倒在陶瓷的酒壶里,那种酒壶,我们只在古装电视剧里见到过,从侧面看,是一个拉长的梯形,上方焊接着裙边,用来酾酒。只见东道主端起特殊的酒壶,开言道:"各位朋友,一杯薄酒,不成敬意。劝君更进一杯酒,南下三亚有故人!"嘿嘿,东道主很有才气呀,化用了唐代诗人王维的《送元二使安西》诗句。

客人也不俗,一边举起酒杯,一般作答说:"人生有酒须当醉,一滴何曾到九泉。喝!"化用的是高翥的《清明日对酒》。

旁边的二东道附和着:"喝,我有美酒,来燕嘉宾!"活用了《小雅·鹿鸣》中的诗句。

客人高举酒杯，一副天不怕地不怕的神态："朋友满酌酒，听我唱醉歌。"活用的是杜荀鹤《与友人对酒吟》中的诗句。

这些人，大多有这么深的古文功底。要是在特定环境下，他们怕是要吟"开轩面场圃，把酒话桑麻"了吧。在我的印象中，古代诗人，只有苏东坡在海南做过官，几百年过去了，当年苏东坡饮酒的豪气居然还回荡在琼州！

别以为，三亚人喝酒只是这些程序，还早呢。不一会儿，服务员从旁边的柜子上端来几大摞盘子，那些盘子挺大的，呈腰子形，每个一尺多长，六七寸宽，盘底很浅，盘兜里堆着鱼——当然是海鱼，在三亚吃饭，是不能缺少海鱼的，缺了海鱼，那就不能称之为吃桌席。

说盘里堆着鱼，其实这说法不太准确，因为服务员端来的几大摞盘子中，只有一个盘子里的鱼是堆起来了，而且堆的是鱼骨头，其他盘里的鱼，则一片片贴着盘底。这些鱼被刀功极精的厨师削得如纸一般薄，如果盘子里有字，大约是可以透过半透明的鱼肉，看清盘底写了些什么的。海鱼，大约就一条，这条鱼不超过二斤，除去鱼头、鱼尾和主刺，剩下的鱼肉应该不到一斤，可是，这不到一斤的鱼肉，被优秀的厨师加工成薄片，然后被精心地摆在十来个盘子里，算得上一种视觉艺术！

需要补充说明的是，除了鸡和鱼之外，餐桌上还放着几个小碗，跟先前摆在桌上的作料算在一起，有十四五碗了，这些后摆出来的小碗里装着油炸花生米，花生米上面覆盖着一层小鱼，也是油炸的，如我们内地的"千年花子"。在我们内地，通常放一两小碟"郎母子"鱼。

回过头来再说三亚人喝酒，他们的规矩是先干掉三小杯，也是他们说的"三个",干掉"三个"酒前,是不兴吃菜的,属于你的主菜,人家已经给你分到面前的小碗里。"三个"酒之后,不再大面积劝酒,大家随意。如我,不善饮酒,喝完三个,便没人找你死缠烂打,比内地宽松许多,是不是也可算作一种文明呢?

　　海鱼放到火锅之后,火锅便香起来了,等主菜吃得差不多的时候,便往里面下青菜,绿莹莹的青菜下到锅里,很抢眼,也很吊人胃口。我以为,青菜之后还会有其他东西往火锅里加,可是等到快下席,也没等来。

　　对了,服务员上了两盘馒头,馒头旁边放两碟奶油,跟内地的吃法一致,其他的,如果单从菜肴的量来说,真不值得恭维。值得恭维的是喝酒的复杂程序和隆重形式,还有他们的"公筷"——那六把勺子。

　　在内地,你请客时,如果让客人用公筷吃饭,有些客人是不屑的,以为你嫌弃他,以为你怀疑他有传染病。我觉得,三亚人用勺子舀菜,比起我们内地每个人把筷子都伸到火锅里去捞菜,不知文明多少。你想想,一大桌客人,十几双筷子捞了菜往嘴里送,抽出筷子时,不就沾了各自的唾液吗?遇到吃火锅还好点,大家把筷子伸到火锅里,火锅能帮筷子消毒,那些装在盘子里的菜,十多个人,无数次往盘子里伸,不说有得传染病的,起码,互相吃到他人的唾液,总不能算作卫生的。

　　筵席结束,餐桌上杯盘狼藉。我们以10人进餐粗略计算一下,一个客人一个托盘,一个菜碗,一个作料碗,一双筷子加一个茶杯,共5样,10个人,共50件!公用的火锅加各类作料用具等12件;装海鱼的不锈钢菜盘,算10个,再加两套勺子共6件,还有酒壶呢,七七八八一算,不下80件,可苦了后厨洗碗碟的杂工们。

餐具多，程序复杂，内容却不敢恭维。

是的，我记得很清楚，8月10日晚上，在叙福酒楼吃饭，的确没怎么吃好，值得庆幸的是，我没有被别人灌酒，算得上幸事吧，更重要的是，我体会到三亚人的文明进餐习惯，这在内地，怕是十年二十年时间都没法子改进的。真希望这种进餐习惯能传到内地去啊！

03 山水珠海

·我来了，山环水绕的珠海·

从机场到市区，一路走来，印象最深的是，珠海的道路很宽，路两边的植被很茂密，离车道最近的是修剪整齐的灌木，杂以花草，再远一点，是排列整齐的浓绿的树。这些南国的树，绝大部分都叫不出名字，只认得大叶榕和小叶榕，还有高大的椰树和澳洲棕榈。

乍一看，椰子树跟澳洲棕榈很相似，其实它们的差别很大，一个像不受拘束的少女，打扮得很随意，头发披散着，大多扭着腰，又像那些魔术场上的道具演员，一个个被施了定身法，倾斜着身子，差不多跟地面形成45度夹角。可是澳洲棕榈呢，则一律规规矩矩地直立，绝不旁逸斜出。她们的身材比椰子树高大，可谓亭亭玉立。她们穿着一身豪华的绿装，衣服表面闪耀着莹润的光泽，显得珠光宝气。

小叶榕的叶子很像我们内地的香樟，不过比香樟的叶子茂密，树冠也大些，从树冠的底层挂下许多棕红色的气根，气根很细，很密，像古人下巴上垂下的胡须。大叶榕则显得大气得多，它们的树干粗壮而光滑，叶片肥厚而富有光泽，乍一看，有如内地的广玉兰。如果把它们都看成一把把伞的话，广玉兰的伞还未来得及全部撑开，而大叶榕则尽情地舒展自如，由于这些伞太大，它的主干支撑不住，这些大叶榕便像大山里的背山工，不得不随时支起一根根"打杵"。

我以为珠海热得不得了呢，没想到，它是以滂沱的大雨来迎接我。我们乘坐的飞机飞临珠海时，珠海还阳光灿烂，从奔跑的云隙里，我们能看见一湾湾明亮的海水，一片片翠绿的田野和山岭。可是刚出机场不久，天就阴沉下来，紧接着一阵狂风，然后便是啪嗒啪嗒的雨点。天也凉快起来了。

下午的雨下一下，停一停，到夜里便哗啦哗啦地下成一片，第二天早上起来，大雨还在不住点儿地下，一直持续地下了三天。只能撑着伞，在园外广场上溜达了一下。

圆明新园高大而豪华的门墙已经给了我们震撼。它的屋顶盖着金黄色琉璃瓦，大门被涂成朱红色。借助街灯，能依稀看见院子里的仿古建筑，那些古建筑在浓荫里忽明忽现，给人以皇家园林的威严和神秘。

稍微了解一点中国近代史的人，谁不知道八国联军对圆明园的掠夺呢？我知道，当年，英国侵略军曾经在珠海郊区的白石村受到过重创，人们在珠海建起这座圆明新园，一定有它的深意。

我们到达圆明新园时，雨还在淅淅沥沥地下，老天爷是不是还在为中国一百多年前的屈辱而伤感呢？我知道，这雨不会连下的，阴雨过后，必然是晴天。那么，老天爷，您不必再为圆明园悲伤，当年的英国人应该还记得珠海人的骁勇，等到大雨一停，我们见到的，一定是一个明媚的珠海！

·壮美的海湾·

如果有人问我,珠海什么地方最值得去?我的答案一定是——"九洲湾"。

"九洲湾"其实叫海滨泳场,我们是从九洲大道前往海滨泳场的,便私下里给它取名"九洲湾",它位于海边的情侣中路,在吉大路口和海洲路口之间!

在此之前,我在海南三亚待了近两个月,去了号称天下第一湾的亚龙湾,还去了久负盛名的大东海,几乎天天徜徉在三亚湾畔。毫无疑问,亚龙湾、大东海和三亚湾都曾给我震撼,然而,远没有珠海"九洲湾"给我的震撼大,我完全被"九洲湾"的壮美征服了!

如果只说海湾,只说沙滩,那么,"九洲湾"并没有什么特别的优势,但是,"九洲湾"畔矗立着一幢幢高大的楼房,它们像一群伟岸的男子,把"九洲湾"沙滩和海水的秀美衬托得无与伦比。

这是一个不大的广场,广场两边镶嵌着地板砖,它的中心是木质的地板,人一踩上去,会发出一阵阵咯吱咯吱声。广场边上有棵高大的榕树,像一把绿色的大伞,不过,我从来就没见过这么大的伞,它产生的绿荫,如果到不了一亩,也绝对不少于八分,游人站在树下,任海风一阵阵吹来,身上不知有多舒爽。刚才,曲里拐弯地走了许多路,流了许多汗,现在,站在榕树的浓荫里,眼前是一片蔚蓝的大海,大海的波涛一浪赶一浪,发出细碎的啵啵声,那当然是一首柔美的轻音乐!

先别在这里抒情了吧,前面有更让人动心的景色等着呢。

走尽台阶，来到沙滩上，嗬——这里的沙子那样黄，色彩那样纯，沙层那样厚，那样软，给人一种前所未有的感觉，怕是只有亚龙湾的沙子才可以跟这里一比高低吧。三亚湾、亚龙湾和大东海的沙子本来是可以比得上这里的，可是，大东海的沙子太小巧；三亚湾的沙子也不乏大气，就是被城市生活污水弄脏了。应该说，亚龙湾的沙子完全胜过"九洲湾"，可是我总觉得，亚龙湾似乎缺了点什么。是缺了高大的楼房吧。亚龙湾附近也有楼房的，只是那些楼房全都掩映在葱茏的树木里，而"九洲湾"的楼房却一座接一座，环绕着海湾，做了海湾的屏障，又仿佛一群高大威武的卫士，护卫着美丽的"九洲湾"。

　　瞧，离"九洲湾"最近的，是那座德翰大酒店，德翰大酒店斜对面，是国会写字楼，稍远一点，便是五月花皇朝大酒楼。这些楼房，以德翰大酒店最为气派。它那样的高大，那样的雄伟，主楼的圆塔可以跟美国的白宫媲美。酒店楼房的框架一律白色，除开框架部分外，其他的，几乎全是一例的蓝色玻璃，这些玻璃如蔚蓝的天空，护卫着高大的楼墙，假如没有那些框架，楼房的玻璃早就跟蓝天融在一起了。

　　换一个角度，站在那棵大榕树下向北望去！噢，一带黄色的沙滩迤逦而去，伸向远方，消失在浓荫深处。海边的浓荫如一条绿色的巨龙，头在那头，尾在这头，龙头的一半已经浸在海里，似乎一摆尾，会潜到海底去。浓荫的外围是一条海滨公路，沿公路栽着一排白色的电线杆，像特意为绿色巨龙围成的护栏。由沙滩形成的海湾中段有一座蘑菇状的白塔，本来是做给游泳场卫士的，因为远处的背景是绿色的龙头的缘故，这白塔便成了镶嵌在龙头上画龙点睛的一笔。这时候，头顶上，天是蓝的，跟海水的颜色很接近，让人觉得，海和天完全融在一起啦！看了这样一幅画，心底涌起来的只能是心旷神怡，只能是撼人心魄，之后还有一个感叹句——哦，这样美丽的地方，要是不来，会悔青肠子的！

我是个很喜欢旅行的人，我喜欢大海的壮阔，喜欢沙滩的一往情深，我也游历过许多海滩和海湾，但是现在，面对"九洲湾"，我还是禁不住发起感慨来："噢，'九洲湾'，你真壮丽，你，不失少女的妩媚，不失男子的伟岸。在你面前，我简直江郎才尽了，亲爱的，我拿什么来形容你呢，只能把千言万语化为一句，噢，'九洲湾'，我爱你的壮美！"

·被情侣磨蚀的海滨石板路·

晚饭后，我去海边散步，走在珠海的情侣路上，栏杆外边就是茫茫的大海，我听见海风把波涛吹得啵啵地响，还听到海风把椰子树和棕榈树的叶子吹得沙啦沙啦响，心里不禁涌起一阵阵情思。

我知道，脚下这条路叫情侣路，这条路，从拱北以南，沿着海边，一直铺到市区北郊，我所在的地方叫情侣中路，跟它平行的是凤凰北路。

开车行进在这条路上，根本就感觉不到情侣相依相偎的那种浪漫，因为这条被称作情侣的马路很宽阔，全都铺着平展的沥青，汽车在马路上行驶，车轮跟路面相摩擦产生的声音是那样轻微，不注意，根本就听不到。

但我要说的不是这条铺着沥青的马路,而是紧靠海边的石板路。它大约3米宽,铺着浅黄色的麻石,也许当初铺上时是白色的吧,历经几十年上百年风雨剥蚀和游人踩踏,便退化为浅黄。我知道,当初铺上去时,它们一定如同少女的脸蛋般光洁而润泽,现在却人老珠黄,留下的只有令人感叹的沧桑。

跟石板路平行的还有一条自行车道,也铺了沥青,表面呈红色。这条自行车道穿行在草坪和树丛中,曲曲折折的,线条很优美。它夹在海边石板路和大马路之间,许多健身的市民或漫步,或小跑,大都在这条路上活动。我是喜欢海的,也爱散步,不走自行车道,而是紧靠着栏杆,行进在被剥蚀得凸凹不平的石板路上。

路上的石板,按旧尺寸,大约一尺二,按公制应该是4分米。当初铺石板时,石板与石板之间可能是石灰浆或者糯米粉子,由于年代久远,石板之间再也黏合不住,人们修复时,用水泥沙浆勾缝,比石灰和糯米浆子牢固了许多。磨蚀石板的当然不只是情侣,倘若石板是情侣磨蚀的话,那么这座珠海城就该是专门为情侣修建的。我想,当初这条石板路一定承载着珠海相当大一部分交通负荷,从洋人的豪华马车,到外国人的军用吉普,还有中国人的人力车,都在这条石板路上来来往往,也不排除马车、吉普车和人力车上常常坐着的是一对对情侣,久而久之,这条路就成了真正的情侣路。

这条石板路随海边的地形而起伏、曲折,如果放到现在来修,施工者一定要把地面削平,比如那条行车的柏油路,比如在汽车路和石板路之间的自行车道,都是削平了的,尤其是那条汽车路,自行车路也大致平坦，唯有这条石板路，依然我行我素。

路边树荫下，隔不多远，有一些石头做成的靠背椅，靠背椅显得古朴，材质是粗糙的石头，表面打磨得很光滑，至少有30年历史了吧？没放石椅的地方便放一两个石凳，有方的，有圆的，做工大都不精。在这些石凳之间，安放着一些果皮箱，看样式，也该有些年代了，有的做成大树桩，颜色和纹理跟树桩相似；没做成树桩的果皮箱也跟树桩差不多，齐上齐下的，在果皮箱的五分之一处挖出两个洞，以便行人丢果皮，靠地面留两个半圆的孔，便于环卫工人清理垃圾。果皮箱的外面涂着绿色的油漆，估计刚涂上去时是深绿色，时间久了，渐渐变淡，淡成苹果绿。

除了石板和果皮箱有沧桑感外，海边的护栏也被刻上岁月的痕迹，它是石头做的，年代一久，栏杆上雕刻的花纹变得模糊，想当初，这些花纹是很前卫的吧。可是，社会进步得太快，过去显得前卫的石栏杆，现在除了带给人古朴之感外，留下的只有粗糙和落寞。

我才从三亚来，在三亚那个国际旅游城市，海边、河边，到处都是精美的护栏。那些护栏仪态万千，极尽现代艺术的夸张和古代艺术之典雅，不像情侣中路的石板，只给人以沧桑感和粗糙感。当然，只有沧桑感和粗糙感不见得是坏事，公共设施一旦奢华起来，古朴的东西便更显得尊贵。比如，在宽阔而平坦的柏油马路旁边，如果没有一条曲折的自行车道跟这条石板路做对比，柏油路怎么显得出气派呢？

我还要宕开一笔，写一写夹在柏油路和石板路之间的自行车道。这条自行车道总在绿荫里穿行，石板路内侧有一排高大的椰子树，在石板路之间，如果空地大点的话，就种着一排或几排澳洲棕榈。椰子树和棕桐树讲究的是高度，散落在自行车道两边的一两棵、三五棵榕树则给行人撑起一把把绿伞，站在浓荫里，任凭阵阵海风吹来，掀动衣袂，不知道有多舒坦。

可是，自行车道两边并不总是有大树，还有灌木，还有修剪得十分整齐的绿篱，再有呢，一片树林之后，总有一片开阔地，地上铺着青草，青草的绿色很养眼，用地毯来比喻也一点都不为过，可是，地毯哪有草坪好看呢，地毯是仿制品，只有草坪，全都是自然的绿色，在光合作用下，尽情地释放出氧气，它是最让人看好的天然氧吧。一般人只看见草坪绿色逼人，只觉得在它上面打滚很舒坦，哪里想到，它既能怡情悦性，还能给人活力，给人青春。

试想，一对情侣，漫步在草坪边上，悦人的绿色撩拨着他们年轻的心，大树枝叶发出的絮语掩盖了情侣的呢喃，是何等浪漫。过去，海边没有那条自行车道的时候，情侣们不都得在这条石板路上散步吗？当外国人的吉普车飞驰而来时，当黄包车摇着叮叮当当的铜铃一路张扬着跑来时，这些情侣不都得靠边站，或者靠在石头护栏上吗？

当年的情侣们在这条路上谈情说爱，他们吹海风，听海浪的歌唱，听榕树和椰子树的絮语，然后把榕树和椰子树的絮语变成自己的絮语。所以，海边的石板路就只能磨蚀得凸凹不平，大概，它还象征着情侣们情感生活的波动，象征着世俗生活的炎凉冷暖吧。

·天然氧吧板樟山·

2009年底我来珠海，曾经攀登过几次板樟山，从没觉得板樟山有多亲切。那一年年底，珠海的气温很低，我是个怕冷的人，第一次去爬山，穿着两件毛线衣，到山脚下，脱去第一件，爬到半山腰，脱去第二件，身上还汗涔涔的，快到山顶时，恨不得把另一件保暖内衣都脱下来。除了流汗，还气喘吁吁，第二天早上，腿酸得不得了，浑身都像散了架似的。但是，爬到山顶之后，可以一览珠海景色，还能远眺澳门，即使有迷茫的烟尘，澳门赌城楼顶的金冠也看得清清楚楚。于是，我们还是饶有兴致地反复去爬山，乐此不疲。

今年9月，我们第二次来珠海，第二天上午就去爬板樟山。跟上次一样，爬山的次日早上，腿酸得抬不起来，但还是坚持爬下去。几天后，我们越爬越觉得有劲，隔两天不爬，心里便像搁着什么事儿似的，从那时起，只要有空，一准儿去爬板樟山。

我们从板樟山对面的金泉花园出发。金泉花园紧挨着迎宾大道，迎宾大道上来来往往的汽车很多，汽车的尾气常常把行人呛得喘不过气来。可是，当我们进入板樟山公园的大门时，我们呼吸到的空气便逐渐变得清新起来，空气中总有丝丝缕缕的花香。

在珠海，一年四季花开不败，这一点，我在2009年就感受到了，那时候是年底，大街上、山坡上、板樟山顶，随处都能见到鲜花，难怪人们把与珠海毗邻的广州称作花城，其实，珠海也是一座花城。现在正是初秋，板樟山上的花还在到处炫耀，一会儿是红色的，一会儿是蓝色的，一会儿是黄色的，再一会儿，见到的就是花团锦簇的一堆紫色。

有花，自然有花香，花的香气一会儿如远处缥缈的歌声，一会儿像贵妇人洒下的浓郁香水。从金泉花园出发时，我就闻到一股强烈的幽香，四处查找香源，找到了几棵四季桂和几株深藏不露的米兰，把鼻子凑近去嗅过，才知道，发出强烈幽香的是米兰。我不能确定山上发出幽香的漫山遍野的都是些什么花儿，我不能一一去嗅，但我相信，无论是幽幽的香气，还是浓郁的香气，都是大自然的馈赠。我们就在浓郁的花香里攀登向前，享受着大山无私的赐予。

我们开始爬那1999级台阶了。那台阶有个很好听的名字——回归路，是1999年澳门回归祖国时修建的，1999级台阶，蕴含着澳门回归祖国的年份。

回归路起点，有一座很小的拱桥，在台阶面向山下的那一面，每隔10级，刻一个数字。台阶宽约一米，高约十厘米。石拱桥外有一个小广场，所有的汽车只能停在广场上。因为把所有汽车都拦在石拱桥外，上台阶的时候，那空气才自然变得清新起来。空气中除了花香，更多的是树叶和青草的清新气息，也有落叶腐败发出的气息。更重要的是，台阶两边的树既高大，枝叶又茂盛，它们交织在一起，搭成天然的凉棚，行人在台阶上行走，仿佛行进在绿色的隧道里，偶尔，隧道会留出一小块空隙，蓝天和阳光便乘虚而入，不过，树下常常刮来一阵轻轻的风，强烈的阳光也只是照一忽儿，片刻，浓荫又覆盖过来。我们便在这浓荫覆盖的隧道里向上攀登，一边嗅着花香，听着鸟语，一边呼吸着清新的空气，偶尔感受一下阳光的爱抚。

攀登到山腰，遇到一个观景平台，平台修建在一块向外凸出的巨石上。平台四周，树木谦逊地向后退去，阳光大大方方地朗照在平台上。游客到了这里，谁都不肯放过眺望珠海城区和澳门的机会。平台上视野那样开阔，向四周看，板樟山像一座绿色的屏风矗立在市区中心，朝前看去，从板樟山隧道钻出来的迎宾大道笔直地向南延伸，一直通向拱北口岸。珠海市区高楼林立，大多数楼房都很新，从楼房的成色上看，说珠海是一座新兴城市是很恰当的。但是我知道，珠海有着很悠久的历史，当珠江口最先出现集镇时，珠海就是其中著名的一座，它把珠江和大海联系在一起。许是过去的一段岁月里，珠海没抓住机遇，倘若抓住机遇，那座简称为"穗"的特大城市，说不定就是珠海。

好在珠海正在迎头赶上，她的建设已经吸引了国内外无数投资者，前不久，我在网上看到，外国人把珠海摆在中国最具魅力的十大城市之首，这有力地说明，珠海是很有后劲的。

当我站在板樟山腰的观景台上眺望珠海市区时，倍感亲切。我昂起头，挺起胸膛，朝珠海市区大声地叫喊："啊——啊——啊——啊——"我本是在练肺活量，但是在心底，我知道，我叫喊的词语是："啊，珠海，你将更添魅力——"

离开观景平台，我们继续向上攀登，岩石被我们甩在身后，树木被我们甩在身后，台阶被我们一级一级地甩在身后。

接近山顶时，有个99平方米的平台，专供游人向山顶冲刺前小憩。平台上方搭了藤架，原来爬满了葡萄藤，是葡萄藤太密了显得压抑呢，还是因缺少阳光，不够敞亮？现在，葡萄藤被拉掉了，游人在绿色隧道里待的时间长了，享受一下阳光的沐浴也很好。

从休息平台到百子碑还有几十级台阶，因为稍事休息过，一般游客都能一鼓作气攀登上去。

　　再往上就是百子碑。板樟山顶的百子碑是专为纪念澳门回归而修建的，碑上有100个数字，这100个数字纵十列、横十行，排列成百子回归图，每一行每一列的数字之和相加都等于505，中间镌刻着四个红色的数字为19、99，12、20，表示澳门回归的日期。

　　站在百子碑前的小广场上，我心中顿时涌起一股"一览众山小"的感慨。人们站在百子碑前，既能享受蓝天白云，又能接受清风，还能一览板樟山的绮丽风光，真叫人心旷神怡。

　　噢，板樟山，叫我怎能不亲近你！

·一幅幅精致的画·

　　步入白莲洞公园，到处都是一幅幅精致的画，常常让人叹为观止。

　　从公园的西大门向右，拐上鲤鱼山，葱郁的树林和花草之中，有一块不大的空地，空地周围，几棵高大的树把那片空地环抱起来，地上安放着一张石桌，石桌底座像一个石磙，上摞着一个扁形小石鼓，小圆鼓上连接一个石头的宝瓶，这宝瓶有点像观音菩萨的净水瓶；宝瓶之上才是石头的圆桌面。像这样的桌面，我见过木质的，那浑圆的曲线和凸出来的圆鼓，都是木匠用车床车出来的，我在想，石匠也有车石头的车床吗?

石桌周围摆着四个石凳,石凳也被车成腰鼓形。几个人累了,在石桌周围小坐片刻,谈谈天,说说地。阳光通过叶隙间照过来,把一朵大花、一朵小花……印在林中空地上,印在游人身上,那肯定是别有一番情趣的。

离开林中空地,往前走不远,高大的树林里种着一片红色叶片的植物。说是红色的植物不太确切,只是叶子背面是红色,叶子表面都是深绿色的,叶片很肥大,这些叶片的边缘大都向上翘起,翘起的边缘便露出叶片深红的背面,从一旁看去,红色占了主导,你要是不留意,一定会以为,前面是一片红色植物。阳光从林子外面照进来,先照在树冠上,再从枝叶的间隙漏下来,林子里便斜织出千万条丝缕,这些丝缕或宽或窄,或深或浅,宽的形成一幅幅绸缎,窄的成了一条条彩带,再细的,便是织女刚刚拉直的蚕丝。由于被大树罩着,加上阳光所形成的丝丝缕缕的装饰,红色植物上空便如幻如梦,要不,这个园子怎么叫白莲洞公园呢?白莲洞中,是神仙的府邸,洞外,应该是他们信步的闲庭。

更玄的是,红色植物尽头,小山之巅的平台上,还真立着一位仙女,不过这位仙女身着现代服装,上身是大红的短袖衣,下身是一条蓝色牛仔裤,头上扎一条马尾巴。正背对我们站立,轻舒四肢,哦,那不是仙女,是一位现代美女在林中打太极拳。林子里没有音乐,偶尔有小鸟喳喳的叫声,林子里反而显得更加幽静。

在路那边,林子稍密些,地下长满绿色植物,阳光把植物渲染成鲜绿色。林子里的树木很高大,一棵树就是一把撑开的大伞,无数把伞交织成一张巨大的帐幔,把阳光遮住之后,从地上看去,树叶便呈现出深深浅浅的层次，林子有疏有密，便给阳光以可乘之机，它们千方百计地钻透树冠，把一束束艳丽的光抹在地下的绿色植物上，绿色植物便有了光和色的不同层次。

快到山脚时，我们看见更加迷人的一幅画。脚下，是小山的一个缓坡，缓坡上的树木层次分明。最近的几棵，只看得见树的主干，浓密的树叶遮住了阳光，我们看见的树干和树叶便一律呈墨绿。稍远处的两棵树不大，枝叶稀疏，但是被高大些的树掠去阳光，枝叶也是暗绿的。蓝色的天空隔了树的枝叶映过来，树影便像是被镂空了似的，又像挂在空中的一幅暗绿色剪纸。缓坡边沿，情形就大不一样了，几棵小树，像几个放了假的少年，这里站三两棵，那里站四五棵，也都如少年一般，披着一身鲜绿。阳光像是格外眷顾他们似的，把树干以外的部分抹上一层金黄，再抹上一层浅黄，只在树下点染几团暗绿。

更妙的是林子外面的草坪。那片草坪很大，很开阔，从林间的空隙看去，草坪一色的浅绿，太阳普照在草坪上，草坪得了阳光，越发显得鲜艳。如果把它看成一张地毯，这张地毯的颜色就太养眼了，任你再大公无私，在这张地毯面前，你都有可能私心萌动。

下山后，我们沿着湖岸游览。站在湖的南面向湖上看去，把湖泊分成两半的堤和桥是另一幅风景画。堤由岩石垒成，桥是石拱的，名曰九龙桥，水上的桥拱和它倒映在水中的影子构成一个完整的圆，水面上的半个桥拱线条清晰，水下的半个桥拱影影绰绰，那一定是画家故意拿笔在纸上渲染过的。拱桥附近是那座白柱绿瓦的亭子，亭子里，有人在健身。

湖的北岸，葱郁的树下，四座凉亭连着一条长廊，支撑着凉亭和长廊的是一排白色的廊柱，上面装点着翠绿的琉璃瓦。又因为建在湖上，贴近水面，凉亭和长廊倒映在湖水里，被风吹皱，湖面上只剩下几条模糊的白影，翠绿的琉璃瓦早就跟碧绿的湖水融在一起了。走近些，看见凉亭里坐着三两位悠闲的游人，有的在闲聊，有的在拉二胡，还有的站在琴师身边，正扯开嗓子放声高歌。

在公园一个不起眼的角落里，一个石栏围着几块不规则的石头，当中的那块石头上，用红色油漆写着"桃花坞"三个大字，石头后面是一丛茂盛的万年青，万年青后边是两棵榕树，榕树茂密的枝叶伸展开，像一把绿色的大伞，绿色大伞遮住骄阳，留下大片绿荫，绿荫下最适合一对情侣躲着说悄悄话。

"桃花坞"对面是一片茂密的丛林，林前草地上插着一块牌子，上书三个字——相思林。原来这地方是专供那些青年男女来说情话的，它在公园的旮旯里，还别说，这个地方布置得挺温馨的。

总之，白莲洞公园到处都是一幅幅精致的画，无论是几块石头，一片草地，几棵树，还是一座凉亭，无论在哪，你都能找到作画的题材。只是大自然的许多奥妙，很难用画笔描摹，更不用说人与人之间那剪不断理还乱的情思。

·海滨公园，珠海之魂·

我知道，海滨公园有的是底气。在公共汽车上，我无数次看见它那翁翁郁郁的树林，看见树的间隙不时露出一片片绿地，还有红色的、绿色的、蓝色的亭台和屋顶。好几回，我梦中来到这片公园，深深地呼吸它吐出来的芬芳，即使在梦里，我依然能感觉到那种春兰一般的幽香。可是，我得去上班，我不能在半路上停下脚步，走进林子里，走到草坪上，去感受公园带给我的惬意。但是，它对我有着巨大的诱惑，我不能不走进它的腹地，去细细看它几眼，像看一个恬静而美丽的少女。

我终于动了去海滨公园游览的念头，不但我去，还要带着妻子和女儿。

我们在九洲城下了车，往前步行200多米，就到了海滨公园。我们踏上的，是海滨公园北部边沿。

脚下是一片缓坡的草坪，入冬了，南方的草坪依然呈现出绿色，不过绿色里有了明显的浅黄。草坪中间埋着几块石头，石头上刻着"海滨公园"几个红色的大字。草坪上栽着两行灌木，前面那排很矮，像少女拖在地上的裙边。矮灌木后边，是几棵长得稍微高些的灌木，这些灌木呈深绿色，错落有致地分布着，有两棵遮遮掩掩地躲到更高些的灌木后面，像羞涩的少女，虽然躲躲闪闪，却依旧能看出它们的风致。不过，不管它们本来就有些羞涩，还是故意卖弄风情，都只能做傲立在它们身后的澳洲棕榈的陪衬。

前些日子在三亚，我以为活得最潇洒的，是那些椰子树。我以为，那些不拘一格的椰子树站立在海边，才是风情万种的，现在看来，澳洲棕榈才潇洒，单看它们的身材，一律的苗条，还闪着墨绿色的油光，一片叶子，从叶柄算起，到叶尖，最长的可达4米。叶片排列有序，全不似椰子树般随意的旁逸斜出。现在，几排澳洲棕榈就这样大气地、洋气地站立在两排灌木后边，不露声色地看着走进公园的游人。

我想，这些澳洲棕榈也要陪衬的，如果没有后边层层叠叠的树林，它们站在那儿，便不免有些单调。澳洲棕榈跟层层叠叠的树林，如果没有更远的高楼作衬托，它们的存在，也会显得黯然失色。

再前行，遇到一片榕树，这些榕树向四周伸展着枝丫，把云隙里漏下来的暗淡日光大都遮没了，树下的草坪便呈现出暗绿，暗绿色草坪上落下许多枯叶，这些枯叶向人们昭示着秋天的到来——在北方，人们早就穿上羽绒服了，在珠海，人们还穿着短袖衣服呢，有的爱美的年轻女子甚至还穿着薄如蝉翼的连衣裙，所以，在珠海，人们还在过秋天。

在一座山的半腰，我们发现了一个小水塘。珠海已经一个多月没下过雨了，半山腰的水塘里居然还有小半池水，是死水，水呈浅褐色。水塘四周的植物长得很茂盛，是沾了水塘的光吧。可惜，这水塘小了点，不够深，只能算山坡里的一种调剂。

在一丛茂盛的灌木中间，有一座不大的凉亭，米黄色的廊柱，白色的房檐，深红色的陶瓦，立在一圈绿色植物中间，那红色很醒目。亭子前有一片平地，围着金属的栏杆，栏杆上刷了墨绿色的油漆，使得亭子像一位谦谦君子。它就那么文静地站在那，看着过往的游客。

海滨公园的南坡是最有看点的。你瞧，坡下的草坪被绿篱分割成一片片，这些绿篱有的呈半圆形，有的呈长方形，也有呈三角形和平行四边形。草坪被分割之后便起了变化，有的绿篱围着一棵正在开花的树，有的绿篱则护着一棵古木。不过，这些都还只能算些雕虫小技，园艺工人只是借助这些变化，让游人有些新鲜感。

最值得看看的是这些绿篱上的一片山坡，这片山坡，全都种了草，使得这片山坡显得十分大气。流连在这片山坡上，我忽然生出这样的感慨：哪里是这片山坡大气啊，分明是珠海市政府大气，像海滨公园这片地，应该有几百亩吧，要是用它来盖房子，定能为珠海市增加好几个亿的财政收入。可是珠海市政府很有远见，他们不在乎这点政绩，而是一直保留着这片绿地，给那些欣赏了"珠海渔女"的外地游客在爬上山坡之后再来点儿惊喜。

我是从海滨公园北坡转过来时发现这片草地的。它太大，大到在我的记忆里，足迹所到之处，从来没见过这么大面积的草地。

让我惊喜的远不止这片草地，这片草地跟另一片山坡的夹角处，在一个山坡底下，居然有一个小湖泊，青山映在湖里，绿树映在湖里，草坪也映在湖里。如果你不知道这里有一个湖泊，你一定以为，这片山坡延伸到了很深的山谷。

珠海的景致总是这样，有山的地方常常有水，山上一定有大片草坪，草坪常常铺到大树底下，大树呢，又常常一簇簇一丛丛一片片，几片大树便连成一片林子。如果说成片的林子只能算陪衬的话，那么，被草坪圈着的大树便是明星。瞧，前面那片巨大的草坪上，就这里那里地挺立着一棵棵形状奇特的大树，它们潇洒自如、风情万种，只看一眼，就让人觉得它们与众不同。

我记得，在坐公共汽车时，看见"珠海渔女"跟海滨泳场相交的山嘴那儿，有一块巨大的石头，石头上刻着"特区魂"三个大字，字体遒劲，像中学生写作文时的点题。海滨公园也应该是有主题的。上百亩地的大公园，是不是珠海之魂呢？全都种上草坪的那片山坡，算不算海滨公园之魂呢？而那个小湖泊大约就可以算作草坪的点睛之笔吧。

·梅溪花园的诱人绿色·

一走进梅溪牌坊的古堡大门，就能看见满眼高大的树木。时令已到初冬，珠海的树木还那样葱郁葱茏。澳洲棕榈是那样的挺拔，南方独有的榕树枝叶依旧繁茂。棕榈树下是整齐的绿篱，几百亩地的园子，它的绿篱是一长条一长条的，让你感受到它的阔大！

这是珠海旅游景点的特色，几乎所有旅游景区都栽上大量的树，尤以澳洲棕榈为多，也有本地的棕榈和椰子树，当然，还有许多开花的树；几乎所有景区都舍得拿出大片土地来铺草坪，那草坪可以是几十亩、上百亩，甚至整片山坡，像市内的海滨公园，便把一整片山坡都拿来种了草，树木当然也有，不过，那只是草坪的一种点缀，梅溪牌坊也是这样。

在陈芳故居的院墙下，围绕一棵灌木，种了两条绿篱，里面那圈绿篱像两道绿色的蛾眉，从中间断开了；外面那圈绿篱，像蛾眉甩出的长辫子，在空中呈抛物线荡悠了一阵，落到地上，成了一条柔和的弧线。

陈芳故居对面，除了一片废墟，剩下的地方都铺满了草坪。那是一片平坦的绿地，初冬的风虽然给这里添了一丝枯黄，但整体上依旧是让人心情舒畅的绿色。这片绿地有好几百亩，靠东的那片是未经修复的废墟。陈芳故居的正面，则是一片平坦的草地，草地中间有一座不大的古堡，是不是过去陈家家丁操练时的演武厅呢？偌大的草坪，只种着草，中间绝不种树，让人顿生开阔之意。

古堡前的草坪上，竖着一副高大的秋千架。陈芳把西方经济带到珠海的同时，也把西方文明带到了珠海，在他故居前竖立的这架秋千就是最好的证明。据说陈芳在修建现代化的住宅时，在村中空地上安装了许多体育器材，不只是秋千，还有云梯、荡船和梅花桩等等，梅花桩显然是中国特色的。

陈芳不但在村中安装体育器材，还修建了一些儿童游乐设施。瞧，离秋千架不远处，有一个水池，水池从外面引来流动的水，中央立着一尊莲花雕塑，雕塑顶端是一个小洋人，我不知道，这座雕像是不是受了布鲁塞尔小于廉雕像的启发，当年，这个雕像是不是也会有一道细长的喷泉飞出来呢？

水池旁边，有一条悠长的小水渠，水渠上贴着密密麻麻的马赛克，下面的马赛克是浅蓝色，上部的马赛克是深蓝色，是不是专供文人玩"兼传羽杯"游戏的呢？小水渠蜿蜒向前，绕过一棵棵澳洲棕榈，没入长条形绿篱里，别有一番情趣。

所有这些设施，都安装在村中的大片绿地上。绿地外围是一道道绿色篱笆，篱笆外是茂密的树林。游客在参观陈芳故居之后，再到这片草坪上走一走，享受一下满眼绿色的抚慰，是很让人开心的事情。

我要向你推荐的是村西那片绿地。那片绿地，常常被普通游客所忽略，因为那里没有集中的景点，只能算一座花园，有些特别的是，这座花园里有个占地一百多亩的陈芳墓园。墓园和公园连成一片，墓园建在公园里，其本身就是公园的一部分。

花园的另一部分就大不一样，从梅溪牌坊旅游风景区的角度看，不免有些空旷，但是，当你从一座接一座古老的宅院走出来，当你从一片片废墟旁经过，到了这里，你会陡然觉得，天地是那样的宽阔。

这座花园，算得上珠海人大手笔的又一幅风景画，它种在甬道两边的绿篱是那样笔直，有的长达几百米，绿篱内圈着一排排高大的澳洲棕榈，这些棕榈高达十多米，在空旷的花园里显得颇有风度。这里的一片草地，动不动就是十多亩几十亩，草坪被绿篱和棕榈围起来，显得很谨严。草坪上，几棵灌木疏疏朗朗，草坪便名副其实了。如果在这片草坪种上许多树，这地方就变成了树林子。而偌大的梅溪牌坊风景区，少了那几片空旷疏朗的草坪，也会显得太拥挤。

我们知道，梅溪牌坊的主人向来以大方著称，他赈济家乡的灾民，一次性就捐款7000美元，他还跟儿子一道，从梅溪村修了一条直达拱北的石板路，这条路，长达二十多里，光是修路这笔钱，就不是个小数目，现在人们纪念他，也不该小家子气吧！

换一个角度看花园另一角，除了绿篱，就是低矮的灌木，给人的感觉只是开阔。它的四周没有大树，因此，天空也显得开阔起来。走在曲折的绿篱里，就像在迷宫中穿行，忽然，看见眼前开阔的花园和花园上空的天，思绪就像是回到了一百多年前，原来，开阔的花园很容易让人产生思古的幽情。

走在这个花园里，绿篱的线条和树木的布局随时随地在变换，一会儿是个浑圆，一会儿是个半圆；一会儿是个矩形的方块，一会儿只是几条直线；一会儿那样开阔，一千多平方米的草坪里，连一棵小灌木都没有；一会儿，又像是把方方面面的头头脑脑找到一起来聚会似的，长短不起的绿篱，高低错落的乔木和灌木，都会聚在一起，其中有粗犷的"大汉"，也有妖冶的"少妇"。粗犷的大汉只是叉起腰，把眼睛望向远处，妖冶的少妇则扭动着她们水蛇一般的腰，在卖弄风骚。每当我这么想象着这些花草树木时，我就禁不住悄悄地笑出声来。

我向来喜欢自然之美，梅溪牌坊花园里的花草树木虽然是人工栽培的，但是它们汲取了自然的精华，把绿意尽情地奉献给游人，这不能不说是人们在了解梅溪牌坊的历史之后获得的额外馈赠。

·最适宜避暑的将军山·

听人说，拱北市中心的这座山，是为了纪念宋末抗金英雄文天祥而命名的。我不知道，文天祥那首著名的《过零丁洋》诗是不是在这里写下的，我所知道的是，在将军山外不远的珠江口，有一片海面，就叫伶仃洋。

我们去攀登将军山，只为了去了解它，看它有没有什么值得欣赏的风景。

几经周折，我们才找到上山的路。路口在一座广场不起眼的角落里，珠海人用大理石修建了一座宽阔的台阶，台阶右边是一处陡壁。那是一座山崖的护坡，护坡上镶嵌着五个镏金大字——"将军山公园"，护坡的一侧爬满绿色爬山虎，朝前延伸的爬山虎藤条把"将军山公园"几个字遮住了一些，使这几个字看上去影影绰绰的。护坡高达二十多米，从广场边上看护坡，很有气势，像是跟山的名字有什么联系似的，脑海里会立刻浮现出将军高大英武的形象来。

将军山的左侧是广场，广场上的大树护卫着上山的台阶，从台阶的入口处看去，尽头是翁郁的树林。爬到将军山半坡，从树缝里看市区，市区内高楼林立，阳光照在楼墙上，把楼墙照耀得十分鲜亮，远处，板樟山在蔚蓝的晴空下呈现出一派黛绿。

顺着曲折的台阶向山上攀登，从拱北这边上山的路很陡峭，最陡的地方，坡度达45度。台阶两边修有泄洪的水沟，即便下暴雨，水流也不会冲垮上山的台阶。我一边往上爬，一边对妻子和女儿说："珠海人对自然景观的保护做得真好，几乎每一座山都修有上山的台阶，给市民健身带来很大的便利！"妻子和女儿听了，连连点头，一道爬过珠海的好几座山，对这些山上的设施，妻和女儿都赞赏有加。

爬上将军山才知道，别看这座山海拔不高，面积可不小哟，它就像一只巨大的绿色章鱼，把触角伸向城区的许多角落，一只触角伸向九洲大道，一只触角伸向海滨公园，还有一只，则伸向拱北附近的海边。

将军山的特色是树林茂密，即使在山顶，树林也能把山头遮得严严实实。偶尔露出一片空地，珠海人就在空地上建一座凉亭。岭南的凉亭有它独特的造型，它们大都呈方形或者长方形，圆形的不多见，亭子顶上，通常盖着红色的瓦。从树缝里看去，一片苍翠中点缀着一点红，很中看。凉亭一般用木头建造，不加雕饰。木头本身上过油漆，风吹雨打久了，油漆脱落，木头的本色便露出来，许多木头能隐约看见年轮。凉亭基座围着一圈木凳，有靠背的那一种，供游人小憩。

有的凉亭既没有房檐，又没有座凳，只是景色的点缀。要说在凉亭里躲避太阳，不如到树林里去，树林的阴凉带着山风，凉爽得不得了。不过，爬了一阵山，眼里尽是树木花草，也不免单调，有座凉亭，能让人眼睛一亮。

无论在山脚，还是在山坡上或者山冈上，石头的或者水泥的台阶都伴随着游人。在山冈上行走，树林里吹来一阵阵风，此时正是深秋时节，那风便不只是凉爽，尤其是爬山时刚流了一身汗，把背刮得凉飕飕的。要是在盛夏时节来，该多好，树林调节温度的功用，在将军山上得到了最好的体现。

台阶两边，树的枝丫交叉地搭在一起，便形成天然的廊檐，比真正的廊檐好得多。真正的廊檐把天空遮得看不见一丝影子，而绿树枝丫搭成的廊檐一会儿浓绿，一会儿浅绿，一会儿露出花花搭搭的天光，一会儿在廊檐边上点缀几丛花，让人一阵惊喜。

沿着往南的山脊，终于走到山的尽头，眼前突然开朗起来。掠过稀疏的树梢，我们看见山下耸立的高楼，高楼外边是一望无垠的大海。这里有两条分岔的路，一条路通向海滨公园，一条路通向石花西路。向通往海滨公园的岔路看去，山连着山，似乎没有尽头；往石花西路看去，已经看得见高楼和大海，我们当然选择去石花西路了。

往石花西路去的山坡比较陡峭，最陡的地方，夏天发生过山体滑坡，很难走。没想到，等下到山脚时，却意外地发现一处栈道。栈道修建在山下，全由木头连接，栏杆与栏杆之间穿上钢缆，栏杆刷上棕红色油漆，与周围绿色的树木形成鲜明的对比。

一丛茂密树林的间隙里，栈道在这里铺成一小片方场，浓密的枝叶投影在广场上，落下大片阴凉，那些浅颜色的斑斑点点，就是从树枝空隙里漏下的阳光。栈道在山脚下迂回了一阵子，然后朝山腰拐去。木头钉成的台阶上落下许多枯叶，像是在告诉我们：秋天已经来临。

我想，在将军山里跋涉，如若一直是水泥台阶，是不是很单调呢？在茂密的树林里来一段木头铺成的栈道，让人陡添游览的兴趣，看来，公园的设计者也是煞费苦心的哟。

在将军山里转了一大圈，转着转着，又转回公园拱北的入口处。广场上那些特为景观装饰的风车并没有转动，是游人在转。高大的楼房矗立在眼前，出发时，高楼被我们甩在身后，回来时，将军山公园立在我们背后，为我们做了靠山。广场中央不再有大树，于是，广场里的小气候跟将军山上的小气候至少相差了半个季节。我想，如果在夏天到将军山，还真是个消暑的好去处！

·山水相依，构成石景山的美丽画卷·

在珠海，凡是有风景的地方，几乎都离不开水。珠海市本身处在珠江入海口，江水和海水在这里交汇，碰撞出美丽的浪花。但是，它的城市之美，却有赖于市区的山，如若没有那些绵延的山，则无论江水之美，还是海水之美、湖水之美，都不足以打动游人，更不用说打动来自异国的游客。

石景山公园也不例外。别看这座公园以"石景山"命名，它真正美丽的地方，仍然是山下的湖水。

走进公园大门，第一眼就能看见十来棵高大挺拔的澳洲棕榈，棕榈树旁是同样高大的榕树，它们护卫在棕榈树两侧。石景山公园的旗帜是葱绿的，象征着盎然的青春和旺盛的生命。

走过有如旗杆的棕榈树，一个碧绿的湖泊便映现在我们眼前，那碧绿的湖水，绿如湖边的草坪，绿如树林的绿叶。对岸的树影映在湖里，风把树影吹得皱褶，起皱的湖面映着天光，湖面便有了揉碎的天色，皱纹浅些的湖面上，树影模糊，让人生出一波波柔情。湖岸这边的树映在湖的背景上，枝枝叶叶便成了一幅幅清晰的剪影。

台阶下，向水中伸去一个木制的平台，近岸的榕树形成浓厚的绿荫，枝叶间的天光白亮亮的，像贴在天幕上的一幅精彩的剪纸。榕树下垂的气根把倒映在湖里的树影分成宽窄不一的形状，使得树影也像是一条条拼上去似的。

等我们爬到石景山半腰，香炉湾立刻展现在眼前。情侣中路环绕着香炉湾，从山上看去，青山环抱着大海，设若从海面上看，一定觉得，是大海亲吻着青山。山下就是珠海著名的情侣中路，如果没有亲吻，那山和水的亲密关系又怎能体现出来？

从石景山公园大门进去，有上山的索道，人们乘坐缆车，可以把石景山风景尽收眼底；山顶平台那儿，有一条滑道蜿蜒而下，追求刺激的游客坐在滑车上，那种飞速的滑行和呼隆呼隆的响声，能引发女生的尖叫和男生的吼喊。

有一条通往山顶的台阶几乎跟索道平行，台阶很陡，但是，我们喜欢爬山，便放弃索道，一步一步，向山顶攀登。小侄儿图图也喜欢户外探险，虽然爬一阵，耍一会儿赖，再爬一阵，耍一阵赖，但大多的石阶还都是他自个儿爬上去的。

这会儿，我们的小不点要逞能了。他站在一块大石头上，大妈伸手去扶他，他举起左手，五指张开，眼睛看着脚下，像在说：不，不要你扶，我自己能跳过去。石景山上有许多这样的石头，它们常常被当成一级石阶；有些巨石，则被人们因地制宜，装扮成一个景点。瞧，山顶上的这群巨石，园林设计者在面前修了台阶，台阶一直修到狭窄的石缝里，我们的小不点一级一级往上爬，在台阶终点，小不点伸出双手，用食指和中指比成"V"字，还张开嘴巴"耶"个不停。两边的石崖像壁立的墙，小不点身后露出的那片天，便成了一道天然的门。

在另一道石阶上，小不点往当中一坐，阳光照着他稚嫩的脸，小家伙又伸出"V"字形双手，像是说：这么陡的山坡，我都爬上来了，怎么样，我很棒吧？

两岁多的孩子，跟着我们在陡峭的山路上跋涉了一个多小时，你不承认他棒都不行。不过，下山的时候，这小东西尽耍无赖，老要我背，也是啊，石景山很陡，像他那么大的孩子，能爬上去已不容易。

终于回到山下。在山脚，我们又能欣赏到美丽的湖光山色了，游览石景山公园，真正的风景都在山下。现在，小不点跟在大妈身后，一边兴冲冲地往前走，一边欣赏着路边的风景，他似乎对路边的芭蕉树特别感兴趣。

从这条长着芭蕉树的路往下，下一道石阶，我们再次来到湖边，湖边也有一丛芭蕉。站在树下向湖里看去，湖水的那种绿，绿得不自然。石景山下的湖泊没有活水接济，只能指望雨水和山泉。

湖泊四面围了栏杆，把岸边的大石头和树木全都围在外面，留出碧绿的湖面给睡莲。石景山的湖里种着许多睡莲，人们还在湖里"悬浮"几片磨盘似的石板，它们跟拱出水面的石头相接，再连接湖面的曲桥，使得湖面有了别致的风景。通过水里的石盘和曲桥，能走到湖对岸。湖对岸一片浓荫，靠近栏杆的湖面上，浓绿的睡莲叶片密密地簇拥在一起，两朵白色的睡莲夸张地开着，在绿叶和倒映在湖里的树影中，那白色的花瓣格外醒目。

湖的另一面还架起一座拱桥，水面上的圆拱和水下的圆拱合在一起，像美丽少女灵动的眼睛。是不是有了美女的眼睛，这湖光山色才更加迷人呢？尽管湖水不怎么洁净，可是，少女把碧绿的湖水裁成裙子，用葱茏的绿树做成上衣，再拿岸边的栏杆作为腰带，还真叫妩媚呢。如果再把湖边的亭子看成仙山琼阁，那么石景山公园也是有仙女坐镇的，要不，它怎么能吸引那么多游人？

于是我有了新的感叹：凡是有山的地方，一定要有水，如果没有水，引来一条河，也可以把山点缀得美一些；凡是有水的地方，同样缺不了山，没有山的衬托，水便少了一些灵性。珠海的美丽景点几乎都有水，而山，则成了整个景区的点缀。在湾仔，有加林山，在拱北，有将军山，在前山，有板樟山，在情侣中路，有石景山，唐家湾那一带，几座山互相连接，形成一个美丽的风景区，美丽的风景区里，建成一座大学城。在这座美丽的大学城里，除了湖泊和小河，还有中国的第三大河流从这里汇入大海。

石景山公园算得上珠海风景的一个缩影。它用水衬托着山，它让山拥抱着水，山和水相互依托，构成石景山公园美丽的画卷，才让人在这里流连忘返。

·白莲洞胜景·

我怎么也想不到，在喧嚣的珠海市，还会有这么一处胜景，它叫白莲洞公园，坐落在九洲大道中段，被一幢幢高大的楼房包围着，被一座座青山环抱着，东挨中电大厦，西邻板樟山公园。

白莲洞公园大门掩映在一片绿荫中，它很不起眼，还因为远离马路，不熟悉地形的人绝不会想到，这里会藏着一座风景秀丽的公园，我走近公园大门，如果不是看到公园的匾额，倒更愿意相信这是某一个落魄的单位大院。

没想到，一进大门，往右边拐了个弯，眼前立刻出现一个湖泊。这个湖泊叫东湖，不大，面积只有几十亩，可是因为静卧在高大的楼房和连绵的群山里，它便更像一个小盆地。它显得那样低，湖岸也跟着低，最低的地方，水面离路面也就十多厘米，我在想，幸好没刮大风，设若来一阵大风，把湖面震荡起来，说不定，湖水就会打湿了路面。

从街道一边，有一条大路通向山脚，大路两边有围栏护着；大路中段，拱起一座桥，从正面看去，看见的只是几级台阶，底下是一个梯形的基座，上边则是一个长方形。拱桥后边是一座亭子，虽然被遮住，依稀能看见亭子白色的柱子和绿色的瓦。

沿着东湖岸边向前走去，湖岸很低，差不多贴着水面，所以，我们能看到水里的游鱼，水波荡漾着，波纹那样细，像一副被吹皱的绿绸子。湖的另一边是蓊蓊郁郁的树林，遮住了太阳，我得以在树下频频按下快门，将湖泊四周的风景和作为背景的青山留在相机里。

这里的景致是典型的闹中取静。站在湖东岸向市区看去，市区的高楼像一座座高山，又像特意为白莲洞公园立起的一面面屏风，屏风与屏风之间有些间距，显得错落有致。屏风与湖水之间有一座小山，山上的树木便层层相叠，像一位大写意画家给屏风的下半截泼了几桶浓绿的颜料。

当然，环绕湖面的并不一律是绿色，你往湖对面看去，在一个装饰得花里胡哨的小店后面，妖冶地立着一树鲜花，是大自然无意识点缀的呢，还是园林工人特意安排的？这是一棵木棉，树冠很高大，花呈粉红色，它立在湖边，看上去，像是故意在这里显摆似的，让我很容易想起那些卖弄风情的美女，她们特意站在显眼的地方，不时向路人抛媚眼。有什么办法呢，人家有资格在这里显摆嘛，谁叫她周围都是一律的绿色呢？山是绿的，水是绿的，树是绿的，就连湖边的亭子也是绿色的，这便成就了木棉树，万绿丛中一点红，那么妖娆，你眼馋也没用。

湖北岸的山脚下，有一棵巨大的榕树，伸展的枝丫像一把绿色大伞，绿伞下，几位健身的老人不慌不忙地打着太极拳。榕树有些老态，健身的人也有些老态，一条条垂挂的气根像老人的一部褐色胡须，不过，没有哪一位老人的胡须会如此密，如此长。

榕树下的风景并没有什么特别，倒是在榕树下拍到的一幅照片给我留下不可磨灭的印象。镜头上方，榕树伸出或密或疏的叶子，像美女飘拂的刘海儿，横卧在湖面上的通道和拱桥，把湖面分成两半，这一半碧波粼粼，另一半被通道和拱桥遮住了，只从桥孔里才能看到那片半月形的水面。当我们越过通道来到湖的另一面时，才发现湖的那一面别有洞天，原来，西边的湖里有一座小岛，岛上有一片椰林，椰林里立着一位洁白的少女，是塑像。应该是位仙女吧，是不是白莲洞里的仙女耐不住寂寞，跑到洞外跟凡人同乐呢？

仙女跑出洞外游乐，应该是无可厚非的，凡人那么快乐，在湖边吹拉弹唱，怎能不惊动仙女？你瞧，湖边亭子里，到处是快乐的游人。这座亭子里的几位，撑开乐谱架，坐在亭中的石条凳上，有人翘起二郎腿拉二胡，有人低头敲扬琴，还有的把笛子横在嘴边，悠扬的琴声和笛声便从亭子里传出来，在湖面上回荡，再钻进山中的树林。这样优美的音乐，不把仙女引出来才怪呢。对了，悠扬的不只是琴声，还有歌声，歌手的年龄虽然大了些，声音也不免沙哑，但是，比起白莲洞里的钟声和磬声，应该优美多了吧。

　　这些快乐着的人中有老人，有青年，新时代里，新的生活不能不唤起人们心中的愉悦，他们不是歌唱家，没有展示才艺的舞台，便自发来到白莲洞公园，在这里，他们既是自娱自乐，也把他们内心对时代和社会的赞美通过歌声和琴声抒发出来。我忽然想，这幅胜景，不只属于白莲洞公园，还属于珠海市，属于我们这个蒸蒸日上的国家。

·吉大水库，城中的秀美山水·

　　弟弟新买的房子在吉大路，即将离开珠海时，他带我们去看新居，半路上，弟弟把车停在一座水库大坝上，我们因此有机会领略城中的秀美山水。

　　如果撇下公路和后边鳞次栉比的楼房，只朝水库这面看，根本看不出，这里处在珠海的闹市。就在十分钟前，弟弟开车刚经过繁华的迎宾大道和银桦大道，因为要去一家饭店，只在这里小憩一下，没想到却让我们欣赏到如此美丽的风景。

　　吉大水库夹在石景山和板樟山之间，流域面积不小，我们见到的，只是它一个小小的分汊。初冬的吉大水库，水位下降了一两米，库水那样的清澈，乍一看，绿如山上葱郁的树林，说它如一块碧玉也一点都不夸张。我们所在的地方是一座大坝，面向水库那一面垒了石岸，再用水泥勾过缝，这样的大坝当然固若金汤。靠公路这边围了栏杆，栏杆和水库大坝之间还隔着一条深沟，这条沟的功能，一是拦截山上的泥沙，二是为着泄洪，倘若暴雨不停地下，水库的水位猛涨，这条泄洪渠就会把洪水排出去。

翠绿不只属于水库流域的青山，我们所在的水库大坝附近就是一座公园。这座公园不大，可是，如果把那些起伏连绵的山都包括在内，就不小了。你想，石景山西边，很大一面山坡都是吉大水库的地表径流区域，板樟山的东面山坡也在它的径流区域内，那还算小吗？可惜，从我们所在的大坝上，不能下到水库边上去，也不能深入到水库周围的密林里去，但是，大坝的一侧有草坪，有树林，也种着花。

初冬的草坪，那份绿，已经很淡了，但看上去仍然让人惬意。许多市民把车开到路边，在草地上或坐或躺，有的小孩干脆在草地上打滚。高大的榕树下有一丛丛灌木，像夹竹桃，两个小孩先是在灌木丛中穿行，接着绕在灌木林外追赶，不时发出一阵阵欢笑。如果讲品位，这些榕树都不是什么高贵品种，远比不上住宅小区那些风景花木，可是小朋友们为什么这么快乐呢？因为这个林子里有的是野趣，它显得那样空旷，什么样的车都开不进林子，随便你怎样跑，怎样呼喊，都没有谁责怪，这么自由的空间，他们为什么不使劲儿乐呢？

稍远一些的榕树下栽着万年青，还栽着一丛丛小竹子，这种在高大树林里套种矮小植物的做法，只有在公园里才有。榕树或密集或疏朗，阳光在密林里投下暗影，在疏朗的林中空地上洒下一片光明。草色变淡，向游人昭示着冬季的到来，枯叶本是来验证节令的，可是，在这里的草坪撒上星星点点暗黄，使得这幅绿色的地毯分外别致。

换一个角度，我们就看见了山外的高楼，从这出发，只要把车向前开出三五分钟，就到了宽阔的大街上，汇入闹市的人流和车流。

刚才我们从弟弟的新居出来，汽车也不过开了十多分钟，豪华的"五洲花城"还在脑海里映现，现在我们若是再向东开出十多分钟，就会到达珠海的标志——九洲城。

站在吉大水库的梢子上，像置身在山里。原来吉大水库被城市包围着，我们所看见的美丽山水都在城市中，这样的景点，除却珠海，怕是不多见的。

·圆明新园烟雨中·

窗外，雨一直在下，淅淅沥沥的，都下了一天两夜，还没有停的迹象。9月4日起床后，我们再也按捺不住，决计去游雨中的圆明新园。

从马路开始，爬上好几层台阶，是一个广场，圆明新园坐落在广场尽头，红墙、黄瓦。门前有一条小河，河上架着汉白玉石桥，乍一看，有如天安门广场上的金水桥。我们走进朱红的大门，往左一拐，进到一个院子，那个院子才是复制过来的圆明新园。

第一眼，我看到的是被八国联军劫掠去的两排兽首铜像。我知道，这十二座生肖铜兽首十分珍贵，又称圆明园十二生肖铜兽首、圆明园十二生肖人身兽首铜像，原为圆明园海晏堂外喷泉的一部分。十二座铜像呈"八"字形，分列在喷水池两旁的石台上。相传每个动物都被设计成一个喷泉机关，每隔一个时辰，相应的动物口中就喷水两小时。古人一个时辰相当于现在的两个小时，十二个时辰正好是二十四小时。到了正午，它们还一起喷水，景象蔚为壮观。

这十二座生肖兽首铜像本来安放在北京圆明园中，但在1860年，英法联军攻进北京时，将兽首铜像劫走，从此流失海外。现在我们看到的，是完整的12座兽首铜像，可惜，它们都是复制品。又因为雨天，还因为来的时辰不对，我们没能看到这些铜像喷出水来，我不知道，这些复制出来的铜像到底能不能喷水。

海晏堂白色的墙，翠绿色的琉璃瓦，很雄伟，很壮丽，即使海晏堂背后矗立着几十层新楼，但是看上去，海晏堂仍不失为华美、气派。这座建筑的设计理念那样前卫，看它的绿色琉璃瓦，应该是典型的中国传统，而整座建筑却到处都能看到西方建筑的影子。你瞧水池中那座白色的塔，很像中国佛教中的莲台，可是它们的线条却又那样流畅，是一座完美的中西合璧式建筑！这么美的一座建筑，却被八国联军一把火给烧了，一想到这，我的心里就十分憋屈。

环绕水池，我从不同角度拍摄十二生肖铜兽首，我觉得，如果不多拍几张，便对不起它们。我还从水池旁边的台阶爬到海晏堂前的平台，站在平台上，遥想当年王公贵戚陪侍皇上，观看兽首喷水时，人群中不时爆发出的欢呼。

我们撑着雨伞，离开海晏堂，穿过广场，前方不远就是复制的圆明园远瀛观。

在广场中央看远瀛观大水法，大水法那几块倾颓的石雕在烟雨中有些黯然，是在为往昔的雄伟不再而伤心呢，还是用沉默来表达对八国联军的愤怒？

1985年我去北京，特意去凭吊了圆明园遗址。我去圆明园，带着一种朝圣者的虔诚。去之前，我先去了天安门、颐和园，还有天坛和中国军事博物馆。刚开始，圆明园呈现给我的是清秀的园林和宁静的湖面，湖水那样清澈，荷叶在水面摇曳，不时有水鸟掠过……

圆明园最吸引我的是远瀛观。据资料所知，远瀛观分为三部分，分别为远瀛观主体楼、大水法、观水法，是乾隆皇帝为香妃修建的一所住处。

大水法是以石龛式建筑为背景的一处喷泉群，椭圆形菊花式喷水池内有"猎狗逐鹿"喷泉，左右前方各有一座十三级喷水塔，一齐开放时十分壮观。南边朝北建有专供皇帝观赏喷泉用的宝座和石雕屏风，名曰观水法。这两处景致都建于1759年（乾隆二十四年）前后。大水法北侧高台上的西洋钟楼式大殿远瀛观，则是1783年（乾隆四十八年）添盖的，门窗上都镶嵌着玻璃，大大小小一共1206块。远瀛观的十多根高大石柱皆为优质汉白玉，尤其中券两侧的汉白玉巨柱，柱头柱身满刻下垂式葡萄花纹，刻工精良，枝叶活泼如生，实属艺术珍品。

可惜的是，以上描述都来自历史资料，我去北京圆明园参观时，看到的只是一片废墟。当时，我抚摸着那些巨大的精美石雕，除了赞扬古代劳动人民的高超技艺外，更多的是对这个巨大艺术院落的遭劫被毁而感到痛心。我真没想到，几百年前，古代劳动人民居然会创造出那么高超的艺术珍品，我更没想到，侵略者居然下得了手，把这么好的一座园子付之一炬，这就难怪伟大的雨果会发出愤怒的呐喊："原来胜利就是进行一场掠夺……有一个胜利者把一个个口袋都塞得满满的，至于那另外一个，也如法炮制，装满了好几口箱子。然后，他们双双拉着手荣归欧洲。这就是两个强盗的一段经历！"

这样的艺术巨殿，圆明新园不可能完全真实地复制出来，而且我们去圆明新园那天，天下着雨，基本上没有游客，远瀛观大门紧闭，根本没法看到复制出来的远瀛观，不能不是个遗憾。

不过我想，圆明新园有点烟雨也好，就算是南国的臣民——也包括我——对这座万园之园的祭奠吧。我记得，站在远瀛观前那一刻，我的耳边仿佛听到大火燃烧的呼呼声，还夹杂着侵略者疯狂的狞笑、失宠女人的号啕。

我得感谢南国的烟雨了，如果不是这蒙蒙烟雨，哪能唤起我如此幻觉？我觉得，被唤起的，应该不只是幻觉，一定还有强国梦，民族复兴梦。那么，烟雨中的圆明新园啊，你给我上了一堂最好的思想政治课，我也把你的忧郁，深深地烙进我心里！

·清幽的愚园·

一看到"愚园",很容易就会想到上海的"豫园"吧?可是,我这里写的是珠海愚园,不是上海的豫园,不过,这两座园子,倒真有点剪不断的渊源。

珠海愚园,又名"竹石山房",位于拱北北岭村,为珠海人徐润于清朝宣统年间所建造。说起徐润,此人又名以璋,字润立,号雨之,别号愚斋,是我国近代洋务运动的先驱,著名实业家,曾先后保送过四批学生赴美留学。

但徐润虽是广东珠海人,事业却在上海,最初以茶叶起家,后涉猎矿产、房产、洋务招商等业务,在上海滩声名鹊起,富甲一方。清末宣统年间,徐老先生从上海汇款四十万两白银修建这座园子,面积达二十亩,相当于上海豫园的三分之二。而且因徐润久在上海经商,愚园自然带着上海豫园的影子。我们现在所见到的愚园内的假山、池塘、楼台亭阁,虽然被毁掉不少,但是就其布局神韵来看,依然能看到上海豫园的精髓。

愚园位于九洲大道西和迎宾南路的转角上,平时上下班,我都要经过愚园,它那朱红的门窗栏杆,白色的墙壁,灰色的屋瓦,总给人古朴苍凉的感觉。愚园门前不像其他地段,从来都冷冷清清。在这之前,它曾经非常热闹。解放战争时期,它曾经是解放军的一个师部所在地;中华人民共和国成立初期,珠海和澳门之间发生"拉闸事件",中央人民政府的代表和澳门当局就曾在愚园会谈,商讨处理"拉闸事件"。应该说，在近当代，愚园曾经见证过许多重大历史事件。

毫无疑问，愚园也曾经历过"文革"的浩劫，这座前清资本家的园子里，许多宝贵的东西都被砸毁了。中华人民共和国成立后，愚园曾经作为中学学校。作学校，还不失徐老先生的初衷，徐老先生在外面赚了钱，本来为乡梓做了不少善事，其中就包括办学堂。问题是，愚园后来竟被拿去办工厂，因而毁掉了不少园林景观。

幸运的是，早在1986年，愚园就被列为珠海市文物保护单位了。

我去愚园时，天正下着小雨，是不是徐老先生对我的一种特别眷顾呢？有趣的是，徐老先生居然有一个别称叫"雨之"，而我曾经也用"雨之"为笔名。我知道，徐老先生叫徐润，润，是必得有雨的，没有雨，哪里来的滋润？徐老先生用他在外地做生意赚到的钱，滋润过乡梓。他这座园子，一百多年后，还在滋润着珠海和来自全国各地的游客。徐老先生的雨，还在沛然而下，哗啦啦的。所以，当我冒雨游览愚园的时候，我情愿相信，他是在以一种特殊的方式，欢迎我这个远道而来的客人，或许还有一层意思，他想借用我这支生花妙笔，来滋润一下他的园子。

我在愚园的后园慢慢地散步，霏霏细雨渐渐润湿了我的头发，润湿了我的脸颊，也渐渐滋润了我的心头。我钻到茂密的林子里，在假山和花草树木之间穿行，在楼台和亭阁之间逗留。我后悔没带上相机，只得用手机拍照。我知道，手机拍出的照片远没有相机拍摄得清晰，不过，我是用心在拍照，迫不及待地记下愚园留给我的第一印象。

珠海的愚园是私家园林，从这一点看，珠海市的领导还是很懂得保护文化遗存的。在毗邻澳门的拱北，留出这样一座园子，让我们的后人知道，在广东，在珠海，曾经有过一个徐润先生，他是中国近代的洋务派，还是一个润泽乡梓的实业家，那么，珠海幸甚，广东幸甚，中国幸甚。当年的中国，像徐老先生的人如果再多一点，也许，就不会那样贫弱。

哦，清幽的愚园，你不会永远那么清幽的，会有更多的人来朝拜你，你的精神也会如今天的细雨一般，影响到当代中国的一些企业家。但愿更多的实业家如你一样，用细雨，滋润我们的大地。徐老先生，你就是这些人的先行者，你就是楷模。

我也希望，我的这支笔，能够唤醒一些有能力的人物，希望他们能像徐老先生那样，把一些精力用到文化和教育建设上去，那么，我的笔名，也将是一场甘霖，能够滋润大片干涸的土地！

·梅溪牌坊，堪称珠海胜景之最·

即将离开珠海了，我想好好了解一下珠海的文化，就问我弟，珠海最值得看的地方在哪里？胡勋回答道：梅溪牌坊。他说，梅溪牌坊浓缩了珠海一百多年的历史。我便对妻子和女儿说：明天，我们去梅溪牌坊。

梅溪牌坊在珠海主城区地图的西北角，比较偏僻。乘公交车去，用了四十多分钟。梅溪石牌坊坐落在"陈芳花园"旧址，建于清光绪十二年（1886年）至十七年（1891年），现存牌坊三座，是光绪皇帝为表彰清朝驻夏威夷领事陈芳及其父母等人造福桑梓而敕建的。

没来过梅溪牌坊的人，大概很难知道陈村的历史，很难知道陈村所凝聚和积淀下来的历史和文化！陈芳曾是清朝驻夏威夷总领事，当夏威夷还是个独立王国时，陈芳在夏威夷所建造的别墅，规格便仅次于夏威夷国的皇宫。

下了公交车，步行几百米后，才到达梅溪牌坊。迎接我们的，是一座很有沧桑感的古堡。那古堡上面的城垛口，那拱券的门和古堡墙上打开的狭小射击孔，让我们很容易想象出，一百多年前，从大门里驶出来的马车和显示阔气的八抬大轿。

梅溪牌坊门口的古堡呈品字形，有一大两小三座大门，古堡延伸开去，两边的院墙也修成城墙。一看到城垛口，人们就会马上联想起战火和硝烟，其实，梅溪牌坊这里一直都比较祥和安宁。这份安宁，待走进大门之后，会有更令人震撼的感受。

站在古堡的门内，满眼都是郁郁葱葱的绿篱和高大的澳洲棕榈。澳洲棕榈其实只点缀了陈家花园院中的大道，院内更多的是珠海随处可见的榕树。许多古旧院落的大门被掩映在榕树的绿荫里。

过去的陈村，除了梅溪牌坊的主人陈芳外，还住着许多大户人家。瞧，这棵高大的榕树下，绿篱后的半截古墙已经透露出不少信息，那门框和窗框，那泛黑的砖墙，仿佛在轻轻诉说，这座房子，已经有些年代了。

有一座大门，石头门框高达3米有余，石门框前，两侧都有平台，平台上立着雕花的石柱，屋瓦早就没有了，风雨的不断剥蚀足以显出古屋的沧桑。我想，过去，那两个平台，是不是像现在一样，是传达室呢？一边如果是传达室，另一边就应该是警卫室，可见这个家族声势之显赫！

再往前走，就是肃立在空旷院子里的梅溪牌坊。牌坊前，有一个宽阔的平台，平台正中向前伸出一个半圆形台子，这个半圆形台子高约1米，以半圆形台子底部和宽阔的平台为半径，朝前方划出一个巨大的半圆形扇面，扇面外围跟平台一样高，然后向半圆形小平台攒聚。站在半圆形台子上向外看，半圆形小台子像一轮正从地平线上升起的太阳，一半太阳还在地平线以下，另一半太阳则冲出地平线，向天际射出一束束光芒，是寓意皇恩浩荡呢，还是暗示陈芳的恩德润泽桑梓？

梅溪牌坊就矗立在这座平台上，它通体用花岗岩建造，中西合璧式的艺术造型，恰到好处的力学结构和精美的雕刻装饰，使梅溪牌坊显得十分典雅大方。从主体构架看，应该是中式的，廊柱和坊檐也都是中式的，但牌坊身上雕刻的花纹和门拱的券顶就以西式为主了。19世纪末，西方列强在军事侵略中国的同时，也向中国大肆进行文化侵略，唯有他们高超的建筑艺术被中国人"拿来"享用。比如圆明园，就是个很好的例子。

建造梅溪牌坊的石头，全都是本色花岗岩，没有任何色彩的粉饰，我们现在看到的梅溪牌坊是一例的灰色，坊檐往里缩进去的部分，呈现出一条条暗灰色，那是雨水把粉尘滞留在坊檐上的结果。

牌坊正门上方镌刻着"急公好义"四个大字，两侧的小门上，一边刻着"忠诚"，一边刻着"利济"，是对陈芳为国家、为乡梓所做贡献的表彰。"急公好义"坊左边那座牌坊，略小些，牌坊正门上方刻着"乐善好施"四个大字，两侧小门上方，一边刻着"惠泽"，一边刻着"仁德"，是对陈芳父母为乡民们做善事的褒奖。本来并排在一起的应该是三座牌坊，只可惜，正门右侧的那座牌坊被毁掉了，现在矗立在广场上的只有这两座。

我不明白，距离主牌坊几百米之外，为什么还有一座"乐善好施"坊，它的形制跟主牌坊左侧的那座基本一样，门额上雕刻的也是"乐善好施"四个字，只是两侧的小门上方，一边刻着"受祉"，另一边刻着"承恩"。

在另一个区域，我们参观了陈芳故居。这座故居，离现在已有120余年。我们现在来看，其建筑还不怎么落后。120年前，陈芳的故居就铺着瓷砖，房屋的窗户安装着玻璃，只是故居的楼梯跟现在的楼梯相比，稍显窄了些。而就他的花厅来看，即使是现在的大宾馆，也不过如此罢了。我们如果拿陈芳故居的门扇和窗扇的雕花来比较，现在普通的宾馆，是比不过陈芳故居的。

陈芳的故居，包括一座陈公祠、两座大屋子、一座洋房、一座花厅以及梅溪大庙和祠堂，建筑面积约2500平方米。故居的门前和屋里、巷子里，全都铺着石板，有的房间铺着瓷砖，房前种有芒果、树菠萝、白玉兰、九里香等花木，周围筑有砖墙，东西两角设置哨楼，组成陈氏家族庄园式建筑。整座建筑做工精细，每座屋宇都用麻石砌成墙基，用石头砌成台阶，圈成石拱门，四壁圆拱形门窗饰有各种花纹图案的木雕、砖雕，屋内雕梁画栋，美轮美奂。若要考察广东的建筑特色，看了陈芳故居，不说了解到百分之百，说了解百分之八九十，是一点都不为过的。

  我最感兴趣的是陈家的岗楼。从岗楼的门进去，不能直接上到二楼，得拐到大厅，再由大厅上到二楼，而二楼和楼顶，都留有射击孔，看来，那时候，陈家早就采用西式火器进行防御了。

  令我感到十分遗憾的是，除了陈氏故居，原先陈村的其他建筑都已荡然无存，有的只是一堆残砖碎瓦。现在陈氏故居前面有很大一片空旷的场地，从场地上堆着的残砖碎瓦可以推知，那是拆毁了大片老屋后汇集起来的东西，那些雕花的石砖，那些发黑的屋瓦，那些还隐约现出一丝儿朱红色油漆的粗大柱头……都告诉你，这里曾经有过许多高大的古建筑，可是现在，这片空旷的场地已经成为一片废墟，即使修复得再好，也不是旧日的模样了。

  我不明白人为的破坏力何以如此之大！我们知道，江浙一带和安徽的大山里，至今还保留着大量明清古建筑，何以广东珠海就保护不了陈村的古建筑呢，这不能不说是巨大的遗憾！

  好在珠海人到底清醒了，现在，他们正在修复陈氏故居，他们在修复陈村的文化，他们保住了梅溪牌坊，保护了陈芳和陈赓如的墓地，这很不简单。

  珠海人保护了梅溪牌坊，也便保护了珠海一百多年的历史。现在，海内外游客前来参观陈氏故居，当他们流连在陈芳故居大片的绿地里，当他们在高大的澳洲棕榈树下吹着习习的凉风，当他们仰望镌刻着皇上圣旨的梅溪牌坊时，也该把珠海一百多年的历史，深深地刻在自己的脑海里。

·静谧的陈芳陵园·

游览梅溪牌坊,一般一个多小时就结束了,我们却在梅溪牌坊盘桓了三四个小时,足迹几乎遍布梅溪牌坊每一个角落。

其实,在游览两个多小时后,我们已准备离开梅溪牌坊了。我们在梅溪牌坊前补照了几张照片,还在牌坊大门内的林荫道上徘徊良久,我甚至在路旁的石凳上坐了一会儿,心想,当年,能这样心气平和地坐在牌坊大门内的人,也是不多的,那些家丁和仆人到了这里,大约只有肃立的份儿,想这么随和的,只有陈家的少爷、小姐或者他们的内亲。可是我知道,当这座庄园修建起来的时候,陈家的少爷和小姐大多生活在海外或者国内的大都市,他们不大可能有闲心,坐在庄园的林荫下欣赏落日和朝霞。陈家的二少爷陈赓如出生在夏威夷,当他父亲的庄园建造起来的时候,他一定正忙着自己的事业,哪会有闲情逸致在院子里闲坐呢?

我们即将离开梅溪牌坊的时候,忽然看见大门右侧有一片空旷的花园,我的好奇心不禁被勾了起来,于是,我携妻子和女儿,走进那片郁郁葱葱的花园。

笔直的甬道旁,有一行被修剪得十分整齐的绿篱。绿篱中间留了个缺口,里边是大片平坦的草坪,草坪上铺着两行蜿蜒的石片,从绿篱的缺口处看,两行石片像一个拉长的"S"字,落笔就在我们脚下的绿篱缺口,起笔则延伸向一座树林,究竟延伸到哪里,我们没法知道。我能看见的是，林子边上有两根立着的石柱，跟石柱配套的，还有一圈隐约的矮墙，也是用石头砌起来的。我觉得，这绝不是一座被毁掉的房屋废墟，它一定有什么非同一般的来历。

今天是多云天气，阳光偶尔从云隙间透下来，院中的草坪便显得格外明亮。因为有了一束阳光，"S"形甬道那一端的石墙下便出现一片浓荫，让我们感到一丝神秘。

我们继续向前行进，看见"S"形甬道消失的尽头，是十几级平缓的石阶，石阶两边，过去如果没有房屋的话，应该有围栏似的建筑。石阶尽头又有一堵低矮的石墙，让我们觉得，石墙后面一定有些不同寻常。

再往前走不远，就看见一个墓地，我立刻悟到，它就是梅溪牌坊主人陈芳的陵园。瞧，在平坦的大理石地坪之后，就是一座座青色大理石砌成的墓碑，墓碑后边是蔚然隆起的坟丘。陈芳的墓在这群墓中间，墓碑很大，很讲究，是中西合璧式石雕，墓碑的两边雕刻着宝瓶花果，宝瓶花果被石栏护卫着，墓碑的顶端则雕刻着日月星辰和吉祥鸟。墓碑的外形做成一个石头的拱券，乍一看，有些像圆明园大水法的造型。陈芳墓的两边是他的夫人以及父母的墓地。

这样一座墓园，占地一百多亩，历经百年，居然没有被毁掉，不能不说是件稀奇事。

1890年，陈芳返回故乡，落叶归根，安享晚年之际，热心于家乡公益事业，为家乡人民做了大量善事。不仅是陈芳，陈芳的父母也是这样。为家乡父老做过善事的人，谁会将他忘却呢？

1878年，广东发生特大灾荒，陈芳一次就捐款5000美金，当时折合白银7000两。这7000两白银是个什么概念呢？如果按现在的市价计算是二千多万元人民币呢。看来，只要做了好事，造福乡里，老百姓是不会忘记你的，梅溪牌坊就是个很好的例证。

离陈芳墓不远，还有一座规模更大的坟墓，这座墓建在一个巨大的平台上，平台由高大的石栏护卫着。向那座墓走过去时，我心里一直在嘀咕，在梅溪牌坊，谁还比陈芳更显赫呢，居然修建这么大的坟墓？

远远看去，墓地四周环绕着苍劲的龙柏，龙柏之外是高大的榕树。墓道两侧是修剪整齐的绿篱，墓道上铺着条石。墓道尽头，面向墓道的台基上镶嵌着一块黑色大理石，大理石上镌刻的应该是碑文吧。我凑近前去，才看清墓主人是陈芳的二儿子陈赓如，这块墓碑上镌刻的，原来是陈赓如自己撰写的碑文。

在陈芳的子女中，陈赓如是最为显赫的一个。民国初期，陈赓如当过广东省省长，这个坟墓，就是他当广东省省长期间，为自己修建的生圹，当时的广东督军还为他的墓地题过词，道是"胜地佳城"。

墓碑两侧，各有一道台阶向上延伸。我们上到台阶之上，看见平台中间全由条石覆盖，中央有一块巨大的石板，石板四周镶嵌着石栏，石栏前有一块半圆形石头，一块镌刻着"陈赓如、门容氏之墓"的墓碑夹在正方形石栏和半圆形石块之间。我猜想，在这块正方形石板底下，应该是陈赓如和他夫人的坟茔。坟茔后边是一人多高的绿篱，绿篱上爬满藤条，是牵牛花的藤，牵牛花藤从绿篱蔓延到草坪上，从墓地中央看去，绿篱和草坪上都开着星星点点的牵牛花，这些以淡紫色为主的喇叭，是不是埋葬陈赓如时奏哀乐的喇叭？

墓地离围墙和栅栏大约两百米，墙外的噪音穿过树林，会小了许多。

或许，走南闯北的陈赓如还需要听点儿市井之音吧。不过我相信，他听得更多的一定是墓园的虫吟和鸟鸣。

陈家父子二人，一个做到清朝二品大员，一个做到民国广东省省长。这清朝的二品大员和民国广东省省长，在古代都被称为一方诸侯，属于朝廷命官，因此，父子俩躺在一百多亩地的陵园里，也算得上老有所归吧。

此刻，我站在陈家静谧的墓园里，不禁对陈家父子肃然起敬，我的肃立，也算是对陈氏父子的一种景仰！

·唐家共乐园·

到珠海旅游，一般人可能对唐家湾共乐园不大感兴趣。可要是稍稍懂一点中国近代史，懂得一点民国历史，那就该另当别论了——共乐园是民国第一任总理唐绍仪先生为体现孙中山大同世界思想而建的实验基地，或者说，这个园子，寄托着旧民主主义者们的美好理想。

我们去共乐园参观的那一天，天突然变冷，从海边刮来的风，把穿着单薄的我们三人吹得直打哆嗦，但是，出于对唐绍仪的敬仰，我们依然顶着冷风，义无反顾。

唐绍仪岂止是民国大员？早在清朝，他就当过外务部副部长，那时候称作右侍郎；还当过邮传部尚书，相当于现在的邮政、交通部长；并且担任过奉天巡抚，属于大权在握的封疆大吏。

清宣统二年，唐绍仪在珠海市唐家湾镇鹅峰山西北麓，建起了这座占地350多亩的私人花园，初名小玲珑山馆，1915年，唐绍仪为表达"与民共乐"的思想，把这座花园改名为"共乐园"。20世纪30年代初期，唐先生将该园赠予唐家村民，从那时候起，共乐园成了唐家人民共同游乐憩息的园林。

共乐园正门看上去很不起眼，两重屋檐的门楼，是新近砌成的，那墙上的白灰，那屋檐上的黄色琉璃瓦以及不锈钢栅门还那样新。大门前有草坪，草坪中间铺着方砖，一看就不像是常有人来参观的，用人迹罕至形容未免有些夸张，用门前冷落鞍马稀来描述，是恰如其分的，历史毕竟翻过一百多"页"了！

走过门楼后面的院坝，再下几级台阶，一座古朴而略显简陋的九曲桥展现在我们眼前。台阶下，甬道上的条石磨蚀得厉害，九曲桥上铺设的木板也有些陈旧。九曲桥架在一个小湖泊上，莲叶浮在湖面上。南方的初冬，荷叶也该残了，此处的荷叶何以还嫩叶如初？是不是睡莲呢？湖边栽着些垂柳，还有热带独有的荔枝树和椰子树、棕榈树。看九曲桥栏杆上抹的水泥，很有些年代了，上百年的风吹雨打，栏杆上已经污迹斑斑。桥中央有一座亭子，盖着绿色的琉璃瓦，即使曾经修缮，依然掩饰不住它的陈旧。

桥的尽头，岸边有一丛翠竹，是否象征着唐先生的高风亮节呢？

踏上湖的对岸，拾级而上，石阶两边种着茂密的荔枝树。这些荔枝树虬枝苍劲，屈曲盘旋，已有近百年历史，它们既有观赏价值，又能让人在园中游憩时一饱口福，据说，这都是唐绍仪先生的构想。

荔枝园尽头的山顶上矗立着一座观星阁。这座观星阁属于欧式建筑，拱券的门，拱券的窗，连门和窗户上方的花纹图案都是欧式的。唐绍仪先生到底是留过洋的，就连他和朋友们在园子里游乐时，都不忘仰观天象。他是不是还想借助于观测到的天象，来指导园里的种植和乡亲们的耕作呢？

观星阁不远的广场上是一座砖塔，有些像寺院建筑风格，走到跟前，方知是白鸽巢。不仅如此，当年，唐先生还在广场上修了个网球场，这种西方文明，早在一百年前，就在珠海唐家湾安了家，可见唐先生在文化传承上也是很前卫的。

唐绍仪先生还对珍稀植物情有独钟，他出任东南亚国家使节时，从异国带回大量珍贵花木和奇石，现在，园内还保留的古代著名树木有磐石孤椿、美人树、桃花心木、黑松、罗汉松、洋白兰、木桂子、合欢、橡胶树和茶花等。如果不是有赖于唐先生不时引种，现在这座园子也成不了珍稀植物引种园和科学普及的植物园。

共乐园里有一座唐家名人堂，里面挂着一百多年来唐家湾出过的名人画像，同时附有简要介绍。看了名人堂里的介绍，才知道唐家湾的确人杰地灵，这里除了出过像唐绍仪这样的大政治家外，还出过武术巨子、舞台名伶，中国共产党早期工人运动的领袖苏兆征，也是唐家湾附近人。无论是文化界的精英，还是商界巨富，都曾在唐家湾这块土地上叱咤风云过。要是不到共乐园来，怎么知道这些故事呢？

林荫深处，有一座石头小牌坊，那应该是最早的共乐园门楼，上面的题字，据说是唐绍仪先生亲自书写的，上联为"百年树人，十年树木"，下联为"智者乐水，仁者乐山"。题额为"共乐园"。两座不大的石狮子蹲踞在门口，它们见证了唐绍仪先生对社会，对文化，对人民生产生活的特别关注。石牌坊后面是成片的参天大树，有些树还是唐绍仪先生亲自种下的，如今，园中的一棵大榕树，盘桓在一座两米高的"标志塔"上，被人们称为"磐石孤榕"，成为园中一大胜景。

　　强劲的风，把林中的树吹得沙啦沙啦响，那风很凉，很冷，但我们一行三人，心里却暖融融的。唐绍仪先生种下的那棵榕树，而今，已成为擎天巨伞。我忽然想，唐绍仪是不是也像那棵榕树一样，荫蔽和影响着一代又一代珠海后人！

·亦仙亦幻金台寺·

　　珠海有好几座寺院，但都赶不上金台寺。金台寺已经有700多年历史，它建在珠海城区的黄杨山，少了些城市的喧嚣；寺院被青山环抱，山上总有云雾缭绕，常给人亦仙亦幻之感。尤其是山下那座水库，如一面镜子，蓝天白云映在镜子里，青山和寺院映在镜子里。一走近水库大坝，就觉得像是走进了神仙的居所。

去金台寺那天，我们乘公共汽车的时间超过一个半钟头，下了车，到金台寺，还有三公里多的路程。我们刻意不坐当地的出租摩托，步行前往，我们以为，在这三公里路途中，说不定会有意想不到的收获。

从车站出来，走了各1000米的柏油路、土公路、水泥路，一行四人，终于来到了目的地。刚走上水库大坝，大家的心就开始快速地跳动起来——在这里，我们已经看到了美丽的风景。

深秋时节，库水很浅，水质格外清澈。微风把库水吹成一匹碧绿的绸子，绸子漾动着波纹，质感柔软。天光映在水里，绸子表面便有了明亮的色彩，如果谁家的女人用这绸子缝一件旗袍，穿在身上一定会格外引人注目。可惜今天是阴天，设若晴天，那匹绸缎定会色彩斑斓。不过，阴天有阴天的优势，我们来旅游，不必担心太阳炙烤，更重要的是，天上的云和金台寺周围的雾融合在一起，让你觉得，天地、山水和寺院已经形成一个整体，那份美，难以形容，那份神秘，莫测高深。

我是个喜欢自然山水的旅行家，女儿胡舒也是，妻子熊兰芳跟了我二三十年，爱好早就跟我一样，弟弟家的小图图，平时被他妈囿在屋里，今天跟着出来，更像冲出樊笼的小鸟，那份愉悦，没法说。他一会儿咚咚咚地自个儿朝前跑，一会儿攀上大坝的水泥栏杆，夸张地张大嘴巴，"哦——哦——哦——"直叫唤，实际上，小图图也成了风景的一部分，他的跑啊、跳啊、叫啊，都能带给我们快乐。

女儿心里的欢喜流露在脸上，她笑得那样灿烂，比她的论文得了大奖还高兴。妻子向来是乐天派，见了这么美丽的风景，也开心地笑了，笑得很妩媚，让我常常回忆起她刚嫁给我时的欢乐岁月。我则不断地变换角度拍照片，不愿忽略任何值得入镜的景致，就如大坝下游那一片树林和稻田，那些稻田一块黄，一块绿，树林环绕着稻田，近处的高大树木把稻田挡住了，使稻田成为许多不规则的小块；远处的树林则像为稻田镶嵌的花边。稻田另一边的村庄，房屋红白相间，能看见一排排黑色的窗洞。

我们不急着去寺院，在水库大坝上且行且停，风把妻子和女儿的头发吹得飘起来，把我们的衣服不时吹得鼓荡起来。女儿索性把图图抱到水库栏杆上坐下，背后的青山和绿水作背景，她那件红色的T恤便显得格外鲜艳。

终于走上前往寺院的环山公路。站在环山公路边上，从树缝里看水库，水库似乎变得文静了些，云隙里，一缕阳光投射到水面上，水面上像撒了几把碎银子，银子没有撒匀，撒得多的地方，水面很亮，撒得少的地方，便这里几颗星星，那里几颗星星似的。榕树的气根垂下来，像是故意把灰色的天幕和山影划成一小块一小块似的，这幅画便有了一些灵动。

金台寺的山门建在水库边上，两米多高的院墙是黄色的，属于帝王崇尚的那种黄，墙头盖着绿色的琉璃瓦。山门一大两小，是那种重檐歇山式，它雕梁画栋，飞檐翘角，"金台寺"三个镏金大字被做成一块大匾，挂在山门正中，走近山门，只觉得，这里有一种庄严和肃穆的美。

从山门往里走一百多米，有一尊弥勒佛塑像，老佛爷祖胸露脐，大耳垂肩，笑容可掬地坐在莲台上。他左脚踏在莲台上，膝盖拱起，左手托一串佛珠，佛珠下垂到腿胫骨上；右腿弯曲，跟大腿一起靠在莲台上，脚掌靠在左脚的踝骨旁边，右手则托着一颗珠子。这样一尊塑像，任你再忧伤的人，见到这尊笑佛，都会笑逐颜开。弥勒佛背后是蓊郁的榕树林，深绿色的榕树作背景，衬出雕像的洁白，加上那副笑的模样，试问，你还想看到什么样的景象呢？旅游本来就是出来愉悦性情的，弥勒佛的微笑净化了心灵，便使灵魂从金台寺的旅游中得到了超脱。

从金台寺山门到寺院中心区要经过一座桥，过了桥，还要走一段曲折的山路，山路上铺着石板，山路左边是茂密的丛林，右边大树下肃立着一列罗汉，一共十八尊，是寺院的护卫呢，还是欢迎远道而来的迎宾使者？

这条路上少有行人，有车一族都把车开到宽阔的停车场去了，他们走另一条平坦的路，我们向来喜欢寻幽探胜，便走了这条陡峭而幽僻的路。小不点对路边的罗汉很感兴趣，他一会儿爬上这尊罗汉的基座和罗汉合影，一会儿爬上那尊罗汉的基座，抱住罗汉的大腿，我们笑他说："嘿，你倒是很会抱佛脚啊！"

小不点并不知道罗汉的尊贵，只是跟着我们，甩开膀子，大踏步地向前走，那架势，像个小大人。

清静的山路，幽静的礼佛之路，路边的青石栏杆，被风雨剥蚀，显出年代的久远。不过，那块三角形巨石上雕刻的"佛"字，却像新近才刷过油漆的。

离寺院很近了，站在山坡上看水库，一座座小山伸向水中，葱茏的树林往山顶攒聚，形成一颗颗巨大的绿宝石；深秋了，库水水位下降，山脚下露出一圈黄色的泥岸，像给绿色宝石镶嵌的一道金色花边。绿宝石后边是林立的高楼，但是，绿色宝石把城市的喧嚣隔在了外面；从近处的树缝里看去，天空的云像被污染过的棉絮，库水呢，则平静而澄澈，说它像一面镜子吧，它没有镜子明亮，风从水面轻轻拂过，镜子便变成一块毛玻璃。

我不禁佩服起当初把寺院选建在黄杨山的僧人，他们的选择是何等英明。

一般的寺庙，远离尘嚣只取其清静，而金台寺除了清静，还远离官府，把隐居和修行结合在一起。在古代，人口还没有像现在这样稠密的时候，这里便成了世外桃源、人间仙境。想想看，坐一两个小时的公共汽车，又走了近一小时山路，才到得金台寺脚下。在远处，只能看见庙宇翘起来的一些檐角；到了近处，被翳郁的树木包围，不走到跟前，根本就看不到寺庙；倘若从山坳里飘出几片白云，把那庙宇翘起的檐角遮没了，看见的就只能是一片绿色的海洋。那庙宇呢，那修行的僧人呢？是不是全都化作神仙，隐到密林深处去了？

我们终于把最后一级台阶甩在身后，雄伟的金台寺庙宇突兀在我们眼前，一群群善男信女在大殿前烧香拜佛，钟磬声一阵阵传来，把袅袅升起的香烟撞得歪歪斜斜的，之后，跟山坳里升起来的雾气融合在一起，寺庙也因此有了一种缥缈的感觉。就算不走进大殿，不面对那些栩栩如生的神像，也会有一种亦仙亦幻的感觉！

嘿，身处这样幽静的环境，我们已经觉得，自己成了半个神仙。

·美丽的珠海渔女·

珠海渔女，是珠海十大景点之一，每天都有成千上万的游客慕名前来，为的是一睹渔女的芳容。这位渔女脖子上戴着一条珍珠项链，身后背着一张渔网，裤脚向上轻轻挽起，面带笑容，又似乎有几分羞涩，她双手高高举起一颗晶莹璀璨的珍珠，想把它献给德高望重的九洲长老，并向世界昭示光明，向人类奉献珍贵的珠宝。

这是谁家的女儿呢，如此年年月月，不管风吹雨打，无论春夏秋冬，都站在大海边，迎接来自天南海北和五洲四海的游人？不，她不是哪一家渔民的女儿，而是珠海所有渔家女儿的代表，是所有渔家女子勤劳善良的化身。她是一尊巨型雕塑，屹立在珠海市风景秀丽的香炉湾畔，一条美丽整洁的环海大道——情侣中路从她身旁穿过，无论是乘坐公共汽车的游客，还是开车而来的游人，无论是慕名而来的游客，还是邂逅的游人，只要看一眼珠海渔女，就会被她的美丽大方所吸引。

2009年年底的一天晚上，我们就来欣赏过珠海渔女。那天晚上，香炉湾畔的灯火很明亮，渔女雕像四周，五彩斑斓的激光灯把渔女映照得似仙似幻。不过，因为是夜晚，我们只看得见灯光所照耀的渔女雕像和它周围的礁石，稍远一点的景色都被笼罩在夜幕里，不能不说是一种遗憾。

渔女站立的那块礁石离岸边大约百米远，在它附近，几块礁石如同家人一般护卫着，岸边有栈道与她最近的礁石相连。渔女呢，则独自一人，站在外边最高的石头上，微微含笑，迎接着络绎不绝的游人。

从不同的角度看渔女雕像，才别有一番滋味，可以把香炉湾那边的野狸岛、情侣中路的那些高楼、海滨公园里那片绿意盎然的山坡，将它们当作背景。如果孤立地看渔女雕像，这座雕像只不过是一块高达8.7米，重达10吨的巨大的石头。而在渔女雕像景点，是要看香炉湾的，是得看珠海的海的，是要看珠海的礁石的，是要看珠海的海岛的，更别提海边美丽的公园，公园里美丽的草坪、树林和亭台楼阁，只能来到渔女雕像这里，你想看到的，才能得到满足。

如果你是携女友而来，不妨带着渔女的圣洁，到情侣大道上，牵着女友的手，在浓荫里相拥相偎，那一定是别有一番情调的！如果渔女雕像是你们来珠海的第一站，欣赏了珠海渔女，你不妨拐到旁边的海滨公园，在这里，你玩一天，都可能走不遍公园的角角落落，何况，附近还有"特区魂"，隔着海湾，还有野狸岛呢？

而今，珠海渔女雕像已经成为珠海市的象征，是珠海一处著名的旅游景点。渔女的风姿和芳名，伴随着珠海市在国内外的知名度，必将流传得越来越广，越来越远。如果你初到珠海，那就先来看看美丽的渔女吧，她会留给你一段温馨的回忆。

·竹仙洞里有神仙·

真正的竹仙洞，在竹仙洞水库梢子上，那里森林茂密，曲径通幽；那里水波荡漾，青烟缭绕。据说林子里有个石洞，被竹林环抱，洞中冬暖夏凉，曾有位仙人在洞中修行，上百年不吃不喝，不食人间烟火，于是便飘飘欲仙，与天地山川、花草树木融为一体……

在竹仙洞公园，尽管我们用大部分时间穿行在荒僻的树林里，从林子里出来，我们还是走进那个被称作洞天福地的"仙境"。

从路边走下几十级台阶，再往上，台阶右边的大石头上，镌刻着"仙境"二字，每个字近一米见方，"仙境"旁边，塑有仙界著名的八大仙人，为汉钟离、张果老、吕洞宾、铁拐李、韩湘子、曹国舅、蓝采和、何仙姑。这八位神仙各自拿着自己的法器，有的坐在水中石头上，有的站在葱郁的树荫里。

小时候，我们经常听大人讲这些神仙的故事，最熟悉的莫过于张果老，他的仙器是一个渔鼓筒，也有专门的坐骑，是一头毛驴。而且，张果老常常倒骑着驴，大概那头驴知道他的心思，他想走到哪，毛驴就能把他带到哪。再一个比较熟悉的神仙是何仙姑。小时候，夜深了，我们还站在大人身边，听他们讲些家长里短的故事，母亲就呵斥道："还不去睡呀，像个何仙姑！"那时候，我们知道，何仙姑是没有瞌睡的。而过年贴在大门上当作门神的何仙姑，手里拿着的是一把漏勺，普通话里叫"笊篱"。还有呢，当某个人不知好歹时，人们就引用一句俗语数落他：你真是狗咬吕洞宾，不识好人心。

过去，八仙的故事被编成戏曲广为传唱，在中国，可谓是家喻户晓，所以，把八位神仙的雕像塑在珠海竹仙洞公园，也就不足为奇。我研究过相关资料，得知竹仙洞公园原来叫"足仙洞"，相传古时曾有人在此修炼成仙，在石头上留下一串串足印，故名其为"足仙洞"。后来，人们在这里种上很多竹子，翠竹成林，"竹"与"足"谐音，遂改称"竹仙洞"。

现在，竹仙洞范围内有大量古代建筑和摩崖石刻，又有道观殿堂。不过，从殿堂楼阁的规模上看，三亚南山寺、珠海金台寺都远远超过它，这里不以殿堂楼阁著称，而以曲径通幽取胜，它楼宇不高，全都掩映在树丛里，一条曲折幽深的小道穿过茂密的竹林，通到碧波荡漾的水库边上，便使得这里的风景带了些妩媚。

我最感兴趣的是"金玉满堂"殿附近的那面大鼓。那面鼓直径超过一米五，两根鼓槌少说也有四十厘米长，三厘米粗，敲起来，浑厚的鼓声能传得很远。鼓架旁边还张贴着击鼓的一些说道，都是些吉祥话，比如击一声鼓，叫作一帆风顺，击两声鼓，叫作两全其美，击三声鼓，叫作三阳开泰，击四声鼓，叫作四季发财……等到击鼓十声，便为十全十美。佛教里头说，出家人以慈悲为怀，我看，道家人也以慈悲为怀，以送人吉祥为德。

另一个地方，是人们游竹仙洞公园的主题——参观竹仙洞。

它由几块巨大的石头构成，几块石头相夹，中间空出一块平地，紧靠中间的石头前，用花岗岩架了一块长方形玉石做床板，玉石床板一端放着个石枕。

从竹仙洞出来，下到水边，水边石头上盘着两条巨龙，一条银色的，一条金色的。站在水边向市区望去，第一眼看到的是水天一色的如画风景，水色偏一点儿绿，天色偏一点儿蓝，苍翠的白面将军山画了一笔厚重的葱绿在水边上，这葱绿的末端便是湖中的小岛，以及岛上红白相间的别墅，再远些，是市区林立的高楼。这座碧波荡漾的水库，把人间和仙境隔开，湖中的小岛便是人和仙的临界点。

站在岛上的别墅向东看，是喧腾的人间；往西看，是幽静的仙境，当钻进湖边的密林，万事不想，身心淡定，若不成仙，成个半仙是绝对没问题的。

当人们为民族的振兴、国家的崛起，也为个人的美好向往而奋斗，使出浑身解数打拼过后，到这里静下心来，潜入竹仙洞公园，应该是浑身轻松的。这里奇石叠立，山泉潺潺，竹木蓊郁；这里山清水秀，花香鸟语，车马罕至，人们也势必飘飘欲仙，与天地山川、花草树木融为一体。

·白石街，让我顿生敬意·

若到淇澳岛去看红树林，千万别忘了去白石街，白石街的历史文化积淀，会让人顿生敬意。

白石街是一座古老的村子，一百多年前，一队英国殖民者想从淇澳岛登陆，把他们的鸦片贩卖给中国百姓，被白石街的村民打得落花流水，那一仗，大长了国人的志气。

白石村口有一座石牌坊，牌坊很古朴，四根竖立的石柱上，各穿过两根横柱，有如我国远古的杆栏式建筑，以榫头相接。石柱由灰白大理石做成，在阳光下闪耀着白色的光芒，正中横着一块石匾，从右至左，上书鲜红的"白石街"三个大字，中间竖立的柱头上镌刻着一副对联，上联是"淇澳未沦亡拔剑请缨同杀敌"，下联是"英军寻死路丢盔卸甲败兵逃"。阴刻的字，填上红色的油漆，使得红色的对联在白色的石柱上格外醒目。石柱是方的，底座的石磉也是方的，象征着中华民族的方正刚强。

由牌坊进去不远，就是当年抗击英军的主战场，那里一字儿排开十多门土炮，铸铁的炮身，现已锈迹斑驳，但依然能看见，所有炮口都昂扬向上，直指红树林外的海面。在这群大炮一侧，有一棵高大的榕树，榕树下塑着一座雕像，雕像基座的花岗石上，镌刻着"淇澳抗英神炮手蔡义"九个金色的大字，他就是当年指挥这场战斗的领袖。

从街口向里，铺着2000多米长的花岗岩石板路，据说是用当年战败的侵略者赔偿的三千两银子铺成的。在我国一百多年的反侵略斗争中，除了抗日战争，绝大多数斗争都以我方失败告终，唯独这次斗争，白石街居民取得了胜利，还得到赔款，不能不说是我国反侵略斗争的辉煌成果。

白石板街道一直向村里延伸而去，村中的老街，石板路宽不过两米，街道两边的房屋很有沧桑感，那墙壁本该是灰色的，现在已变得乌黑，阶檐下放着一些石条，若是走累了，可以在石条上小憩。如果穿得古朴些，如果街道上空没牵着些电线，真以为是走进了时空隧道，来到了一百六十多年前的白石街，静下心来，或许能听见隐隐的炮声。

我镜头中的白石街14号房子，已经许多年没人住了，屋主人可能到了珠海市区，也可能去了广州、深圳，更远的，甚至去了国外，它斑驳的墙壁和黑灰的屋瓦，能让人看出年代的久远。

有一条巷道，不到一米五宽，巷子右边，一半房子做过翻修，其他房子，窗台上、墙壁上都生了青苔，我想，当年炮战正酣的时候，那些老人和小孩一定从巷子里面的小屋里探出头来，从炮声的密集程度来判断战事的激烈程度。我相信，住在巷内的男子汉都拿起大刀长矛，跟侵略者拼杀去了，屋里的妇女则在为前方的战士准备干粮。

一堵残墙下，堆着些残破的木板，是旧房子拆下来的吧，墙内茂盛的灌木连着墙外的灌木，就像当年勇士们默契的战术配合。灌木丛后边隐隐露出一两段黄色琉璃瓦，向游人诉说着时代的变迁。

我们走到街边的一座老房子前面，高大的房屋让我们推知，这里曾经住过富裕的人家。它的大门向里凹进去大半米，从石板开始，有三级石阶上到门前。大门是石门框，门板的油漆严重剥落，门上安锁的地方拉出两根铁丝，用一根木棍往石门框上一别，算是关上了。我走上前去敲了敲门板，门里传出空荡荡的回声，表明这里早就人去屋空。

一户人家的墙角落里堆放着几件原始农具，那副"擂子"我认识，是用来去谷壳的器具，普通话称"砻"，在内地，直到20世纪60年代末，在柴油打米机面世之前，农村一直用"砻"来磨去谷物的外壳。而今，珠海早就建成经济特区，没想到，我会在白石街，见到这么原始的农具！

村口古榕树下，那座祖庙屋檐上的雕花脱落得不多，颜色倒是很旧了，屋瓦上的瓦松长得密密层层。距祖庙不远的另一座古建筑是天后宫，据说是当年抗击侵略者的指挥部。天后宫前不远便是古炮台。

在村中石板街上走过一圈，再回到村头广场上，就能把当年抗击侵略者的场景复制出来。从天后宫大门里，当年指挥战斗的村长正坐在八仙桌旁，他屏息凝神，镇定自若。不断有人进到深巷里，也不断有人从巷子里跑出，跑到村头炮台旁，这些人是在运送干粮和弹药，如果没有这些街头巷尾的行动，就不能对侵略者产生有力的震慑。

我再次来到古炮台，站在炮台旁边，双手扶着炮管，两眼目视前方，想重温当年抵抗侵略者的盛况。古炮台前那堵矮墙，有点像城墙上的女墙，矮墙版筑而成，这样的墙，能经受枪炮的轰击。矮墙上每隔几米留有一个两尺见方的口子，也像城墙上的垛口。我想，在当年，矮墙前应该没有树木，从垛口应该能看见海面上的敌船，神炮手蔡义打出的一发发炮弹，才能在敌人的舰板上爆炸开花。

我站在矮墙后，左手叉腰，右手指向前方，是在提请神炮手蔡义："朝那里打，朝那里打！"老英雄有知，一定以为我发现了新敌情，会马上跑到炮台那，装火药，点火，发射，轰——炮弹出膛，飞向海面的敌船……

当然，如今的南海海面上，我们筑有牢不可破的钢铁长城，我们有辽宁号，我们有许多核潜艇，怎能让侵略者轻易窜到白石街？不过，我们的警惕性可不能放松。懂得这一点，就没白来一趟白石街！

·暨南大学的湖光山色·

我知道，暨南大学在广州，而珠海的暨南大学则是分校。我对大学校园有一种不解的情节，到了退休年龄，还常常梦回大学校园。于是，不久前，我跟妻子和女儿一道，走进了暨南大学珠海校园。

走近暨南大学，一看见那半个圆的高大校门，我心里就怦怦地跳。嗨，大学校园，跟中学校园就是不一样。我工作过的枝江市第一高级中学建在郊外，新建的，占地面积300多亩，让那些蜗居在城里的学习参观者咋舌不已，不少外地的同行赞叹道："哎哟，这么大的校园，即使是小规模的大学也望尘莫及呀！"其实，这些同行是少见多怪，他们要是经常出入大学，就绝不会这样大惊小怪了。

我目测了一下暨南大学的校门，少说也有四层楼房那样高，如一道彩虹，飞架在学校门口，拱顶的正上方，是叶剑英题写的校名，被做成镏金大字，镌刻在白色圆拱上，分外醒目。

走进校门，一条宽阔的大道修在校门内的缓坡上，大道两边是一排高大的澳洲棕榈，这些澳洲棕榈挺立在大道两边，株距拉得很开，看上去便显得疏朗，白色的路灯灯柱夹在棕榈之间，如果在晚上，柔和的灯光一定把棕榈树映出迷人的色彩。

校门内，右侧有一座白色的楼，我猜应该是实验楼，楼前留下宽阔的广场，使得校门内的大道格外宽阔。

我们随着缓坡渐渐上升，忽然，我的眼前一亮，前方出现一片白亮亮的水面，我不由得欣喜地叫起来："噢，湖，这里有个湖泊！"我自言自语道，"有湖的院子才是好院子，有湖的院子才有美丽的风景！"我们不由得加快了脚步。

这个湖泊被两座山拥抱着，湖的左岸是一群高大的白楼。白，是暨南大学的主体颜色，在南方，一年的大多数时间都是酷热，而白色能反射日光，让人宁静。在这样的白色楼群前，再镶嵌上映照着天光的湖泊，更给人以柔和、温情之感。

湖泊很美，面积有几十亩，今天有微风，把湖面吹成一幅浅绿的绉纱，随着云影的变化，湖面一会儿白亮亮的，把天空装在盘子里，一会儿绿幽幽的，将葱绿的山映在了湖水里。没有风的时候，映在湖里的山和映在天上的山互为衬托，山高的地方，湖影显得长，山低的地方，湖里显露的天光就明亮得多。天色阴暗的时候，山是墨绿的，水是墨绿的，湖那边的亭子，便显得格外抢眼。还有石拱桥，水面上半个圆，水下半个圆，两个圆合在一起，形成一个梭形。如果石拱桥再悬出水面一点的话，它一定能构成一个浑圆。而石拱的桥栏依然白亮亮的，在暗绿色的湖水里特别醒目。

我们沿着湖边向前行进。隔不多远，湖边便安着一把靠椅，很多学生坐在靠椅上专心看书，有的椅子上坐着两位，一个男孩，一个女孩，是不是情侣呢？经过他们身边时，我见他们在看书，很专注。我忽然想到，学校正是期中考试时期，大学生们跑到湖边来，大概是寻求安静的学习环境，我们在湖边小径上走过，没有一个大学生抬起头来。湖泊周围那样宁静，是个读书的好地方，他们能两耳不闻窗外事，一心只读圣贤书，我们哪好意思去打扰。

在湖边，忽然想起广西桂林的花桥，那座桥建在漓江的一条支流上，河水很清澈，能见到河里的游鱼细石。花桥靠圆拱托起桥梁，桥上建有桥屋。站在河岸一侧向河里看，桥拱倒映在河里，形成一个满圆，像用圆规画出来似的。桥梁和桥屋也映在水里，水下的桥梁和桥屋相对称——现在，我站在暨南大学湖泊南岸拍摄到的图书馆和教学楼，也跟桂林花桥一样，尤其是湖面上一丝风都没有时，给人的印象是，水里的楼房甚至比岸上的楼房还清晰。不但楼房的轮廓清晰，就连楼后的山峦也一毫不差地映到了水里。

我、妻子和女儿也在湖边找到一张靠背长椅，女儿坐在椅子上，背着个书包，像个大学生，在别人看来，妻子就是前来探望女儿的家长。

过了日月桥，沿着山边走，另一座桥把一个小湖汊分开，桥这边有一只鸭，鸭很肥大，在碧绿的湖水里悠闲地游着，看上去是一只"旱鸭"。我知道，旱鸭是不大喜欢水的，可是这只"旱鸭"偏偏留恋于湖水，此刻，它在湖里游着，一点儿都没有上岸的意思。当我们一边走，一边欣赏着湖光山色，来到湖的另一边，先前看见的那只鸭已经游到湖中间，湖南岸的山倒映在水里，湖面一律成了墨绿，洁白的鸭子在倒映到湖中的山影里悠然地游着，墨绿的湖水里，那一点白很抢眼。平静的湖面被鸭掌一下一下地划破，鸭子身后便留下一条长长的白色细线。

我想，要是一群鸭子游到湖心里，会是一幅怎样的景致？湖面一定被划得乱七八糟。嘿，幸好这些"旱鸭"有惰性，只要吃饱了，它们就不想动。现在，一只"旱鸭"，在墨绿的湖水里缀上一点白，像墨绿的宝石上镶嵌着一朵闪亮的白花，形成一幅很具艺术性的画面，这幅画把小湖泊衬得那么静，那么具有美感，那么富有诗意。

我忽然觉得，这只"旱鸭"是特意在我视野里游向湖心的，它想把这幅静美的图画深深镌刻在我脑海里，让我记住暨南大学美丽的湖光山色，让我记住，在珠海，有这么一个静美的校园和湖泊。"旱鸭"啊，你真是用心良苦！

·红树林，大自然的朴素之美·

到珠海旅游，不可不去看红树林。

珠海红树林位于主城区东北角的淇澳岛。在珠海，几乎所有旅游景点都有公共汽车直达，唯有去红树林的公交车还没开通，因为它离市区太远，而且那座岛孤零零的，只有那片红树林。不过，到珠海旅游，如果不去看看红树林，那可是件遗憾的大事。

乍一听"红树林"的名，一定会以为是一片红艳艳的树林吧，其实，我们看到的红树林，只是一片绿色的海洋。查过资料后我得知，"红树林"的名称来源于一种红树植物——木榄，这种树的树干、枝条和花朵都是红色，就连它的木材也是红色的，人们便利用这种植物的树皮提取物制作红色染料，久而久之，跟木榄同属一类且有着相同特性的植物，都被称作为"红树林"。它们生长在海边滩涂上，海水涨潮时，它们有的会被淹没，有的只把树冠露出来，风一吹，海浪一波波涌来，露出水面的红树林随着海浪动荡，像千千万万个绿色生灵跳起集体舞，形成十分壮阔的气场。随着海潮的退出，它们又渐次露出水面，这时，朝红树林周围的滩涂看去，会看见许多海洋小动物在树下滩涂上快乐地生活，那种把一只独螯伸出洞口的螃蟹，一个个全都像喜欢放马后炮的将军一般，在泥地里耀武扬威。

我第一次观赏红树林，是1998年在海口。海口附近的一座红树林很大，我们去观赏时正赶上涨潮，是坐汽艇去的。汽艇在一座座红树林间隙里飞驶，激起的波浪，把浸在海水里的红树林推得全都向后仰去。它们像不大会游泳的仙子一般，被汽艇激起的波浪向后推去，脚下站不稳，却又硬装作很熟悉水性似的，张开手臂以保持平衡。

这次在淇澳岛，我们是乘专车去的。汽车停在红树林景区入口处，我们先沿着一条笔直的大道向前走去，大道两旁有渔民围起来的海塘，是用来养鱼的。刚开始，大道两边的树林还不密集，从树上挂的牌子我们得知，路两边的树都属于红树林。

我们看得最多的是黄槿，内地人看黄槿，觉得跟南国的榕树差不多。当然，榕树是有倒挂气根的，黄槿却没有。再有的就是红茄苳。一看到红茄苳，我立刻想起当年在海口看到的红树林，那些被汽艇波动的红树林，显然就是这种红茄苳，从叶片上看，有些像内地的大叶黄杨，叶片颜色比大叶黄杨浅，叶片表面闪耀着青春的波光。另一种叫老鼠簕，老鼠簕的叶片比较小，不注意看，它们的叶片很有些像茶叶。

水泥大道尽头，是一条铺设讲究的栈道，这条栈道宽约两米，时而笔直，时而蜿蜒，再不就在小河道上做成一座拱桥。我知道，这样的河道,是没有必要修拱桥的。人们修拱桥不是为了过河,而是出于观赏的需要。

还在水泥大道上行进时,透过树林,我们看见,林外的海塘里,有用来拦鱼的渔网,还有塘边渔民搭建的简易棚寮,许多棚寮看上去很破烂,给人以苍凉古朴之感。要不是站在珠海的淇澳岛上,一定会以为这是古代的水泊梁山。对呀,越过那片水域,不远处就有耸立的大山,谁敢说,在过去的哪个年代里,这些山里没出过绿林好汉呢?

走在不断改变行进方向的栈道上,身子也被融在一片绿色海洋里,这片海洋一会儿静止不动,一会儿翻起绿色波浪,身子就像被海浪波动着,推挤着,但很少被推上浪尖,大多数时候,都处在波谷中,阳光从叶隙里照过来,像在头上泼了一把摔碎的泡沫,当红树林显得开朗时,就完全沐浴在阳光里啦。这会儿,应该是最惬意的时候,耳边有簌簌的风声,头顶是倾泻的阳光,眼前是一片浓得化不开的绿色海洋,吸进肺里的是一股股清新的空气。淇澳岛远离城市的喧嚣,绝对没有工厂烟囱的废气,也绝对没有工业废水和城市生活污水,有的只是大自然淳朴的馈赠,在这里,你能尽情地享受大自然的淳朴之美。

正当我这样惬意思考的时候,偶一抬头,看见不远处,红树林梢头飞起一只白鹭,紧接着又飞起两三只,继而是一群。它们在绿色的波涛里翩翩飞舞,时而掠过绿色的浪尖,时而在波谷里惊起,时而飞向云空,时而轻盈地停歇在红树林梢头。哎呀,这真是一幅绝美的风景画哟。这样的风景画,过去,只在画册里看见过,在电视画面上看见过,像这样灵动的、清晰的、就在眼前不断播放的动画,除了红树林,还能到哪里去见呢?

人们在海面上游览时，常常不吝笔墨地描写海面和天空，常用海天一色来形容。我现在也处在海天一色里，不过，这海，不是真正的海，是绿色的红树林之海。我们走在红树林栈道上，被红树林包围着，淹没着，如果在暗夜，用一台装有夜视仪的摄像机拍摄，拍出来的影像一定很恐怖——在偌大的林子里，几个人影时隐时现，不让人毛骨悚然才怪呢。但是，我们现在是在秋高气爽的艳阳里，是在色彩明丽的红树林里，是在鸟叫声虫鸣声不绝于耳的大自然里，在这样的环境里，你的感受一定很惬意。

这么美丽的景色，画家不来看看真亏了；这样优美的万籁之音供人欣赏，音乐家不来真是憾事；文学家到这里来看了，一定有美文面世；摄影家到这里来看了，一定有惊世骇俗的图片传世；研究植物的科学家带着研究生来到红树林，会把这里当成露天的课堂，那些被噪音和雾霾长期侵扰的市民到这里来小住几天，肯定不愿再回到灯红酒绿的城里去……

现在，我抬起头来，仰望蓝天和白云，对着绿色的红树林，也只能大声地叫喊：啊，红树林，我真想赖在这里不走啦！

·让人震撼的石博园·

原本以为没有什么地方好去了,才想到去看石博园。我怎么也没想到,几块石头,也能产生那样震撼人心的效果!

石博园在珠海横琴开发区,那里离澳门很近,站在石博园的一座山头上,几乎可以喊得应澳门那边的行人——当然,要是遇上熟人,不妨也跟他套套近乎。

石博园里,满地都是石头。走进石博园,迎接游客的,是一块巨大的龙飞凤舞的石头,石头的造型,酷似中华人民共和国版图,听说是从太湖弄来的,真是大自然的鬼斧神工啊!瞧那只鸡头,它昂首向上,雄视东方,是在高歌中国的崛起吧;再看图的主体,又酷似一条飞翔的巨龙,象征着中华民族的腾飞。巨石的背后,立着一个巨大的"福"字。福字大红颜色,有3米多高,寓意中国的改革,给老百姓带来红红火火的日子。

石博园里安放的石头,每一处都是不可多得的风景。你看读石馆后面的石林,真有点云南石林的气势,各种形状的石头被安放在一个小湖泊里。说它是水池,便冲淡了石林的气派;说它是湖泊,乃是因为这些石头都来自太湖,我们便可以想象,这里就是一座微缩的太湖。那块从水上挺出三米多高的大石头,在两米高处有一个圆窟窿,很像是人工开凿出来的,这块石头的造型,好像在哪里见过,却记不得了。微缩的太湖里铺着一条曲折的石径,湖水平静如镜,青灰色的石头倒映在湖水里，投下许多暗影，我们在水中石径上穿行，仿佛走进一座迷宫。

石林的小径，由一条木板铺成的栈道接出去，石林之外，有一座真正的湖泊，湖泊被青山环绕着，木板铺成的栈道绕着湖边，向前蜿蜒而去。从石林这边看湖泊，青山倒映在湖里，也跟水上的青山一样很有层次感，远些的山一片黛青，近处的山则把浓绿渲染出来。没风的时候，水面平静得如一面镜子，一阵风来，先把湖的彼岸吹成一片银白，再把近处山的倒影吹出一些皱褶，让人立刻想起古代画家点染出来的松树。

站在湖边栈道上朝湖的对岸看去，三面的山环绕起来，使湖泊所在的地方形成一个小盆地，照例是微风吹皱了湖水，把山和房屋的倒影也吹成一道道平行的波纹，跟一幅织锦相似，只不过，织锦织出来的是写意的风景，而我们眼前的风景是山和水的组合，是栈道和石头的组合，还是天光云影和轻风的组合，它呈现给我们的绮丽景色，是织锦根本没法织出来的。

在寺庙里，我们见过许多观音菩萨的莲台，观音莲台是经过工匠的艺术加工，才形成扁平的莲花宝座，没想到，在石博园，有一块莲花石，一片片花瓣从中间向四面张开，花瓣中心长出一棵枫树，深秋了，枫树的叶子透出一抹浅红。从石质上看，应该是一块太湖石，没想到，它竟然长成莲花形状。

离开莲花石，跨过一座吊桥，来到湖心岛，岛上安放着一块转运石，中央有音乐喷泉，喷泉随着音乐的旋律时而升得很高，时而低回下去。听那音乐，像是贝多芬的《命运交响曲》，是不是告诉游客，你抚摸了转运石，你的命运也将发生改变呢？

从正面看，转运石像一幅山水画，画着崇山峻岭，似乎山重水复无路可走，待爬到山顶，但见树林之外一镜湖水，水边树林里，有一个小村落，那不就是柳暗花明又一村的寓意吗？

这片树林里，有一块石头很奇特，台阶上镌刻着"海誓山盟"几个朱红大字，整块石头如人的头像，额头向前突起，像伸出去的帽檐，人脸则被削平，脸部白皙，帽檐下，是谁用排笔写出一个"山"字，"山"字旁边再写了个"巴"字，字迹呈铁灰色。最妙的是"山"字下面居然画了张微笑的人脸，人脸是一幅简笔画，两弯优美的眉毛，眉毛下的双眼画成两个椭圆，两个椭圆的五分之三处都有一条柔和的曲线，这两条曲线跟眉毛弯曲的方向相反，像一个幸福的女子，因为生活甜蜜，快乐地合上双眼，椭圆五分之三处的曲线是她轻轻覆盖下来的睫毛。为什么说这是个幸福女子呢？看了她的嘴角，你就会知道，她的嘴角，一只在左眼下，另一只歪到腮上，从画家的角度看，这是一条向下略微凹陷的弧线，斜挑上去的弧尖，收在美女的笑靥里，这样一幅简笔画，无论怎么看，都只能得出幸福的结论。

刚开始，我以为这些线条是人为的加工，细一看，方知这世界上真有如此神奇之事，难怪主办方把这块石头独立出来，命名为"山盟海誓"的，没有稳妥婚姻的女人，哪来的幸福呢？

你看这块石头，像不像一头大象，那粗壮的象腿，那向前戳去的象牙，要是仔细点看，还会看到大象耷拉着的两只耳朵呢。

再看这两块石头，神似两只斗殴的老虎，它们蹬着腿，龇着牙，正在咆哮！

这块石头呢，取名"状元石"，只是一块粗壮的"T"字形石头，"T"字一横正中，摆一块大致呈圆锥形的石头，跟"T"字形石头组合在一起，很像个中了状元的进士，站在那儿，踌躇满志的样子。

石博园里还有个园区不能不提，那就是华夏瑰宝园。这里陈列着来自全国各省市自治区和直辖市的石头精品，这些石头各具特色，比如内蒙古陈列的戈壁石，云南陈列的澜沧江石，海南陈列的黄蜡石，浙江陈列的松化石。那块松化石，看上去就是一块在水里浸泡之后又干枯了的松木，松木的节疤，纤维的丝缕都看得一清二楚。湖南陈列的那块菊花石，是一块青色大理石，石头上的菊花花瓣裂开来，是菊花，又像翩翩飞舞的蝴蝶。湖北省陈列的是一块三峡石，从正面看，三峡石呈椭圆形，但其实它是扁平的，石头上的纹理，酷似长江三峡的水波，峡江两岸峰峦层叠，大江穿过三峡，浩浩荡荡地向东奔去。怎么样，湖北这块三峡石有点特色吧。湖北最值得称道的景点是三峡，看了这块三峡石，说不定就勾起你到三峡旅游的念头。

我们在石博园里转了一整圈，回到大红福字背后，在湖边，又一幅清秀的画卷收入眼底。湖边有一条伸向湖里的栈道，栈道搭建得古拙而朴实。栈道对面就是转运石，转运石前的音乐喷泉正随着音乐节奏一会儿扬起，一会儿低回。转运石背后的山依旧倒映在湖水里，远山黛青，近树青翠，都被轻轻的风弄成粼粼的波纹，对岸白色的石头则像给小岛镶上的玉质花边。

哟，石博园里，每一处景点都是一幅画，它们清丽、隽永，很耐看。与其说你是来这里看石头的，不如说是来看风景的。有没有石头可看呢，当然有，而且，都是重量级的，有些石头，是看它的质地，有些是看造型，还有些则是看它们的寓意。泰山的石头以其丰厚的历史内涵取胜；黄山的石头以其奇特、嶙峋著称，一块石头就是一座山；华山石以其险峻而征服天下；太湖石只是以灵巧取胜；石林的石头以密集著称，像那些油黄石、鸡血石等等，当然以名贵著称。可是在珠海横琴石博园，人们把普天之下石头的特性全都集中起来，游了石博园，便领略到天底下千千万万的石头。

横琴石博园的石头让我大开眼界，大受震撼。化用杜工部的一句诗，我这样赞赏珠海的石博园：今天游"石博"，天下石头平。是不是真的这样呢？必须你亲自去看过才能明白。

·壮美的海滨石城·

坐在海滨餐厅里眺望大海，天空蓝得出奇，海面与天际相接之处，海水映着天光，呈现出一片浅黄。这里叫淇沙湾，海湾里没有沙滩，海浪从外海涌来，掀起一米多高的浪头，把石头海岸拍得哗哗地响。我坐在餐桌旁边，能感受到海岸轻微的颤动。

我喜欢今天的天气，喜欢这里的海湾，喜欢这里开阔的视野。瞧，海湾的左边有一座不高的山，山上树木葱茏。海边有一条平坦的水泥路，路的尽头，有一条栈道伸向海里，栈道末端有一座灯塔，白色的塔身，蓝色的塔顶，栈道栏杆刷上白色的油漆，在阳光下分外耀眼。

中午时分，海水退到最低处，石头砌成的海岸下乱石林立，林立的乱石给人以古朴沧桑之感。海岸的护栏里面，是谁修了一扇拱形的幸福之门，旁边立着一架风车。风车前有个小花坛，秋日的阳光里，花朵盎然开放，与幸福门和灯塔组成别致的风景。

我们的兴奋点不在风车和灯塔，我们关注的是海边石城。当我们把风车和灯塔甩在身后，我们面前立即出现一座巍然的城堡。我知道这座城堡的来历——许多万年前，由于地壳的剧烈运动，地表凹陷下去，地壳深处的岩石冒了出来，便形成今天荒凉的城堡。千百年来，石头的城堡既不长草，也不长树，更不用说开花结果。它断裂的地方就像谁用刀切割过，整齐，棱角分明，城堡的表面则呈现出一道道不规则的沟壑。

紧靠海边，有一堵突出的城墙，从我们站立的地方看去，真像是人为垒成的，甚至看得到一块块垒起来的石头。但是这堵城墙年久失修，已经颓败得不成样子，有些墙砖像是被人搬走了，有些则被人砸碎，一层层墙的砖缝还依稀可辨。

现在呈现在面前的，是一堵被推倒的墙，一大片石头，那么平整地躺在海边，如果哪位大力士能扶起它，把墙缝稍稍勾一下，就是一堵不错的城墙。

有些墙倒塌了，有的墙还挺立着，虽然颓败，看上去遍地瓦砾，但是剩下的墙依旧巍然耸立，让人看出，过去，它们或许是一座军事堡垒，或者是一座古城，这里曾经清角吹寒，曾经歌舞升平，有过莺歌燕舞，还有过车水马龙，现在虽然落败了，还留给人一种昔日的奢华。

我们在乱石中穿行。这里少有人迹，除了偶尔飞来的海鸟，涨潮的时候，或许还有些胆大的鱼会追着浪头，到昔日的繁华街市上寻觅旧迹。它们当然寻不到什么，一不小心，就会被海浪掀起来，摔到巨大的石头上，落得个粉身碎骨的下场。

我差点以为，这些海边的石墙本来就是古人砌成的，仔细看看，壁立的巨石像是由工匠吊过线锥似的，完全能跟海平线构成90度直角。巨石下边，与基座上的石头之间仿佛用水泥勾过缝。不，古代没有水泥，古人用来勾缝的，是石膏、石灰和糯米粉子的混合物，看着露出地表的基座上，还依稀看得见残留的类似水泥的东西。但这里根本就不是什么古代城堡，它只是一座岩石形成的废墟，是大自然几百万年前地壳运动的杰作。

四周密布着一些用石头垒起来的灶，是专供游人野炊的。要是有兴致，也可以约来三五个朋友，带个渔网，或者带几根钓竿，到海边捞些活蹦乱跳的鱼虾，从山上捡些枯树枝，把鱼虾剖了，就着带来的行军锅，现煮现吃，那可是一顿很不错的美味哟。

不过来这里野炊的人不能太多，人一多，就找不到那种苍凉古朴之感了。这里是城市的边缘，公共汽车还没有通到这里，只有有闲之人，有车一族，选个晴好的日子，才能到这里享受野炊独到的快乐。

·画家古元和肥美的女性雕塑·

很早以前,我就知道有一位美术家叫古元,搞版画的。大约30年前,我们学校有个美术老师叫高建平,学版画时,就常常以古元的版画为蓝本。高建平曾经刻印过鲁迅画像,还刻过鲁迅小说中的主人公祥林嫂,很得古元神韵。今天,当我站在古元版画展览大厅的时候,忽然想起高建平,决定多拍几幅古元的版画,发给高建平看看。

古元以版画见长,我拍的第一幅画却是水彩,看上去,像在漓江上的写生。江水清澈,一条小船在江中划行,船上坐着一对夫妇,妻子在船尾,戴一顶斗笠,用一支桨当舵,把握着前行方向;丈夫在船头,大力划桨,干劲十足的样子。岸边一丛翠竹,浓绿的叶子挤成一团团,映着阳光的枝叶呈现出翠绿。江中有座洲子,洲上长满竹子,跟远处山脚下的翠竹相呼应。船上的男人如果扯开喉咙喊一声,声音从水面传开去,被对岸的青山挡回来,还要被竹林过滤,变成一丝丝,一缕缕。岔河里有三只帆船,船帆快有竹林那么高,要是把投到水里的帆影算上,就会比竹林高许多。

要是逼近了看,这幅画就那么回事,它的运笔,不免显得粗糙,可是稍微隔远一些看,就会觉得这幅画意境十分深远。

我比较喜欢拍下来的第二幅画,也是水彩,画着的是北方的一个村庄,村庄被皑皑白雪覆盖着,天的背景是灰赭色,只能从土灰色的泥墙轮廓,才看出这是一个村庄。村边有个小水塘,大雪覆盖在水塘四周，把水塘中央留出一块空隙。被雪圈住的水塘，形状像一个油瓶，放大了，倒置在雪中。水塘边上有几株白杨，一棵白杨树梢头有个鸟窝。树影映在水里，只能看得见影影绰绰的几截树干，水面被风一吹，树干的影子便断成几小截。一轮鲜红的太阳似乎被白杨树戳在梢头，落不到地平线上去，太阳映在水里，被水波揉搓成一条舞动的红绸带。这么寒冷的天，大家都躲在家里烤炭火吧？不，瞧瞧大路上，一位戴皮帽子的人，赶着一辆马车，悠闲地在村中大道上行走，老马的前面还走着一匹马驹子，马驹子大了，快能驾车了，它一定是跟着母亲出来实习的，也兼看雪景吧？

再看这幅水彩，画的是江南小集镇，从房屋的结构看，是安徽农村，那典型的风火墙，那映出村庄清晰轮廓的水塘，那水塘边上的青翠秧苗，还有田塍上迈着方步的老水牛，以及跟在老水牛身后的小牛犊，都是江南水乡独有的风景。没有谁吆喝牛，牛自己慢慢地向前走，牛尾巴后跟着三个农民，一个男子空着手，背上背个斗笠，刚犁了田，现在要回家休息；男子身后的女子，是赶集回来的呢，还是给田间的丈夫送饭去了？再后边的农民则挑着一副担子，挑的像是秧苗，扁担一头斜挎着斗笠。两头牛，三个人的倒影，都映在路边的水里，仿佛有点微风，把人和牛的影子也吹得皱褶。

古元的水彩画，大多画山水、村庄。他画的村庄大都很安静，村头两棵古树，树缝里几间茅屋，几间瓦房，一驾马车，一片树林，便构成恬静的村落。

他的版画就大不一样了。水彩画是为版画准备的素材，版画是对水彩画的加工和深化。

看这幅水乡农忙的版画，显然在插秧季节，田野上河汊纵横，近处，小河里泊着两条船，一条船泊在路边，一条船泊在田头。泊在田头的那条船，船舱里装着绿色的禾苗，另一条船从画面外摇进来，船上也堆着绿色的禾苗。再远一点，有水田，有堰塘，岸边的树木映在水里，水里的倒影便成了黑色。我知道，这种木刻叫套色木刻，只有黑白两色，黑色的倒影被拉成一条条，水里便有了波纹。再远一点的是河面或湖泊，四五只帆船，不过是极简单的几根线条，构成几个不规则的矩形，可是一看就知道，那是帆船，帆船附近，水面起了细小的横纹，怎么看都像是漾动的水波。

另一幅版画署名《人桥》，构图并不复杂，属于战争题材。画面右前方火光冲天，版画的主体是一条湍急的小河，画面右下角有炸断的木桥残骸，还有倒塌的桥头堡，都只简简单单几笔；前方战事十分激烈，河这边的战士必须冲过河去，于是，一些人跳到河里，用身体当桥墩，架起一座浮桥，扛枪的战士踏着浮桥，大踏步地向对岸冲去。战场上的硝烟把河水映成星星点点的红色，像撒下大把大把的花瓣。这是一幅套色木刻，在红黑两色之外加上一抹浅绿。浅绿的是河水，黑的是人影、天空和河岸，还有河水的波纹，红色主要用来表现火光，是炮弹爆炸形成的，还有村庄房屋和树林燃烧的大火。这样一幅画，能让人看得热血沸腾。

由红黄黑三色构成的北方农村丰收图也很动人。黑色的木棍编织成一个个巨大的简易粮仓，类似南方的粮囤，里面装满玉米，稍远些，场院里堆着许多粮垛子，几个年轻妇女在场子上忙活，从女人们开心的脸上，我们能感受到人们丰收的喜悦。

这些画被放置在古元美术馆最显眼的位置——美术馆一楼大厅。作为新中国最著名的版画家，古元把他最得意的几百幅画作，捐给了家乡珠海市，这些画要不了很多时日，就会价值连城，即使现在，如果拿去拍卖，也会卖出很了不起的数目。但是，古元捐给了家乡。他的家乡以此为契机，建造了一个很气派的美术馆。除了展出古元的画，还常有国内外许多知名艺术家的作品来这里展览。我们去参观的时候，这里正在展览李全民的版画、左正尧的版画、丁焕的版画和张桂玲的剪纸。不同的画家，不同的画，不同的风格。走进古元美术馆，就能免费享受到美味的艺术大餐。

除了版画和剪纸，在古元美术馆，我们还欣赏到别具一格的铜雕艺术。这些铜雕，无论是人，还是猪、马、狗、牛，全都能用两个字来概括——肥与美！

美术馆大厅台阶下的这匹马，是最不显肥的，然而，马胸前突起的肌肉说明，这绝不是一匹瘦马。

第二层台阶上雕塑着一个胖妞，腰肥，大腿肥，肌肉鼓起老高，连跟在胖妞身边蹦蹦跳跳的那条小狗，也肥嘟嘟的。材质也许是铜，也许是石头。但无论是铜还是石头，有一点是能肯定的：肥美。

再看看这位打棒球的少女，也许是少妇，她的大腿部位，比普通苗条女子的腰部还粗，看上去却肥而不腻。雕塑表现了少女健康的体格，她挥动击球棒，笑嘻嘻的，像个快乐的罗汉，脸上的酒窝能放进去一块小饼干。少女抬起左脚，右腿单立，身体严重地向右倾斜，对她要击打的那个棒球，似乎胸有成竹。

最上面那层台阶上，塑的也是个少女，少女左手拈着一串花。她在翩翩起舞，只用右脚尖点地，左腿腾空屈膝，上身朝后仰去，右手胳膊扬到脑后，浓密的头发向后方飘逸。这样一种姿势，并没觉得她重心不稳。大家都知道，跳舞的人，在旋转中似乎要摔倒，可是，等她一转过身，又会稳稳当当地立在舞台上。这位少女跳得那么投入，从她脸上的微笑看出，此刻，她很幸福。

美术馆正厅大门前，中间台阶上是一组群雕，塑着一位肥美的妈妈，肥美的妈妈领着一群孩子，大大小小有十个，孩子们欢呼雀跃，全都健康活泼，是中国传统的理想家庭图画。在古代，人们崇尚多子多福，女人富态，也是一种福气；十个孩子，则寓意十全十美，这组群雕，是对中国健康家庭生活的一种善意却不免带点儿夸张的图解。

在我国唐朝，评价女人是以肥为美的，唐玄宗爱得死去活来的杨贵妃，就是一个肥美的典型。我们的大唐，是封建王朝之盛世，大唐盛世的艺术，一直对后代艺术起着非常重大的影响，那么，古元美术馆这些艺术的铜雕和石雕寓意，应该都是中国人自古以来对健康生活的美好向往。

不管现代女性怎样崇尚苗条，我还是欣赏古元美术馆这些肥美的铜雕。画家高建平很多年没画画了，我不知道他喜不喜欢这些肥美的雕塑，如果不喜欢，至少，古元的那些水彩画和版画他还是喜欢的。

·特区魂·

每次乘车经过棱角咀,我心里就涌起一股莫名的激动。在棱角咀向东面的海上眺望,大海一望无垠。无风时,海上也会掀起一尺多高的浪头,那种浩渺的气势,那种阔大的胸怀,让人觉得,这才是珠海最壮丽的景色。

站在棱角咀看大海,大海真的很辽阔,辽阔得望不到边际,甚至会有这样一种感觉:海平线那边,或许就是地球的尽头。天那么蓝,那蓝色从头顶渐渐淡下去,到海平线时,淡成鱼白色。海洋呢,在天边成了浅灰色,如果风平浪静,海平线上则呈现出一片深蓝。

海边的公路在棱角咀这里拐了一个急弯。如果不朝路的另一边看去,你一定会觉得,是走到了陆地尽头。站在棱角咀向海里看去,除了脚下是陆地外,剩下的全是海水。天那么高,海那么阔,波涛从海洋深处一浪一浪赶来,拍打着海岸,海岸把拍过来的浪推回去,推回的波浪和涌过来的浪头相撞击,形成浪峰,当它再次涌向海边时,在石岸击起几米高的浪花。海洋深处的水像是无穷无尽似的,让人觉得它只有付出,从不考虑回报。

当我靠在海边护栏上朝路的另一边看去,映入眼帘的是一座山咀,它是石景山的余脉,从石景山开始,穿过海滨公园,一路蜿蜒起伏而来,到了棱角咀,一头扎进海里。按照地质学原理,数百万年前,珠海一定是地壳断裂带的边沿,棱角咀应该是这块断裂带中最硬的石头,当它跟另一块断裂带挤轧时,没被折断,才像一把尖刀似的插进海里。我们可以想象潜水艇在浅海里飞速前进的情景，当潜水艇的一部分露在海面，它那像鱼的脊背一样的艇壳在海水中劈波斩浪，海面被划出一条很深的水道。我们还可以想象机耕犁犁地的情景，肥沃的原野上，犁头深深地插进土壤，拖拉机带动犁头，犁头两边，泥黑的土壤哗哗地分开，细碎的泥土滑向犁沟，一些大块的土坷垃常常拱在泥土表面……

现在，在棱角咀看见的就是这种情景。数百万年前，断裂带上，那块最硬的石头像犁铧般，犁开表层的泥土和石头，当它向海里扎下去的一瞬间，一堆乱石被海中那块断裂的地壳推挤着，把一些坚硬的碎块拱出地表，然后，海中那块地壳渐渐下沉，而那些被挤出地表的碎块便被留在棱角咀的"鼻梁"上——这就是我们现在看见的棱角咀上那堆石块，它们像一堆被顽童推翻的积木，有的把平面朝着大海，有的把棱角朝向大海，还有的则像走累了的老人一般，怎么稳当就怎么躺，怎么舒服就怎么躺。

一块被绿色树林护卫着的石头，本来呈长方形，可是不知被哪个有蛮力的顽童撞坏了左上角，石头主体便成了多边形。许是怕裂开的石头不小心滚落，顽童在巨大的石头上方压上一块小石头，这块小石头却又放错位置，被搁在巨石的右上角。当初主宰地壳运动的神灵似乎知道，这块巨大的石头日后能派上用场，于是，他把巨石放置得四平八稳，平稳得几乎与水平线相齐，末了，还怕它立脚不稳，再在下面垫上几块小石头——终于，在20世纪末，人们在珠海成立经济特区，便请人在这块巨石上刻下"特区魂"三个鲜红醒目的大字。

别以为，人们在这里写下"特区魂"是随心所欲，我觉得，那一定是独具匠心的安排。站在棱角咀上朝东边眺望，东边，隔了珠江口，对面是美丽的香港，往南，沿着情侣南路，可以直达与澳门一峡之隔的拱北口岸。珠海是继深圳之后我国建立的第二个经济特区，它是我国经济建设的排头兵，而棱角咀正好处在珠海最繁华的经济带上，它不是特区的灵魂，谁还称得上是特区的灵魂？从旅游景观的角度说，棱角咀西边是海滨公园和珠海渔女，再往北是美丽的情侣中路；往南是美丽的海滨游泳场，这一带，无论是海湾，还是海边的建筑，都堪称珠海之最，高大的德翰大酒店和珠海国际会议中心都在海滨泳场附近，这些建筑，哪一栋都称得上是珠海市的杰作。

噢，该想象的，我们都已经想象了，该推测的，我们都推测过了，现在，让我们再回到棱角咀上来，趴在海边栏杆上，背靠棱角咀，尽情地欣赏大海的壮丽景色吧。是的，这里是欣赏大海的最佳地点，否则，不会有人在山咀的石头上刻"观海"两个大字。到了珠海，怎么能不好好看看大海呢，而看海，棱角咀是最好的一个去处。这里的海水很洁净，这里的海面很开阔，这里的天空很高迥，更主要的，这里是特区的灵魂之所在，不到这里来看看，到哪里去看呢？

这会儿，我那喜欢游山玩水的妻子，正靠在棱角咀海边的栏杆上，笑得很妩媚！我呢，一只手扶着灯柱，背靠"特区魂"那块巨石，沐浴着阳光，面朝大海，脸上漾出惬意的微笑，我的灵魂和特区的灵魂，在这里产生了神交。

女儿胡舒也喜欢大海，她的上衣，也有点海魂衫的神韵。这会儿，太阳照耀着她，是太阳灿烂呢，还是她的笑容灿烂？

哦，棱角咀，珠海最壮丽的地方，你真的是特区的灵魂！

岛在波涛里，山在灯影里

——被灯火照亮的野狸岛

第一次游览野狸岛，是在2010年春节。那天晚上，在酒店吃过晚饭后出来，弟弟胡勋带我们去欣赏珠海夜景，十来个人，分乘两辆车，开上灯火通明的珠海大街。那次到珠海，我们根本没怎么上街，即便是上街散步都很少，一上街，总是开着车。我记得，那天晚上，我们一直行驶在珠海的繁华地段。

我们先从迎宾南路到拱北口岸，再沿海边的情侣南路，到九洲直升机机场，从海滨泳场拐上情侣中路。经过棱角咀之后，在珠海渔女景点做了短暂停留，然后，从名亭公园牌楼驶上海燕大桥，最后，把车停在得月舫旁边的停车场，我们夜游的目的地野狸岛到了。胡勋告诉我们，这里是珠海最美丽的地方，尤其是这里的夜景。

胡勋的话说得不错。站在停车场往西看，隔了海湾，是美丽的凤凰南路，许多海景大酒店都矗立在情侣中路，不少著名商场分布在这里，珠海市人民政府也在这个路段。情侣中路的夜景没得说，灿烂的灯光透过浓绿的树林照在草坪上，虽然是隆冬，草坪上依然有一丝淡淡的绿意，草坪边上的绿篱就更不用说了。

我们来不及看情侣中路的树林和草坪，在得月舫附近停下之后，也来不及细看得月舫，一行人很快在灯影里融进市民的欢乐中。

那一天是大年初二，来野狸岛游玩的人多得不得了，那条环绕小岛的道路上，摩肩接踵全是游人。在最热闹路段，想慢点走都不成，一慢下来，后面的人就会碰到你，像我母亲，七八十岁的老人，只得被挟裹着快步往前走。

环岛路上，灯光明亮得不得了，别致的路灯从上而下照耀着蜿蜒的路，路上亮得晃眼睛；路灯照耀着草坪，草坪边上的地灯跟路灯交相辉映，枯黄的草坪立刻成了鲜绿色。隆冬季节，没想到，珠海依然有那么多品种的花，各种颜色的都有，各种形状的都有，在野狸岛这个旅游胜地，路两边到处都摆着花，如果不是天气寒冷，有人一定会以为，万紫千红的春天已经来临。

母亲从来没在过年时看见这么多鲜花，她惊讶地说："才初二呢，怎么就开了这么多花？"

妻子说："您以为这是在湖北呀？在湖北，再过两个月，也没有这么多的花。"

从珠海地图上看，野狸岛大致像腰子形，我们只走到腰子的中间，就停在一片花里了。这里稍稍安静些，大家坐在地上，看地上的花，看周围的山。隔了海湾看情侣中路，情侣中路蜿蜒着向前延伸，犹如一条盘旋的巨龙。灯光把海峡映得白亮亮的，地上、海里和野狸岛上全都是灯光——这是我们第一次游野狸岛所得的印象：灯多得没谱，人多得没谱，与其说我们是来游野狸岛的，不如说我们是来看游人和灯光的。

时隔三年之后，我们又来到珠海。

国庆节期间，好几次，我想在白天上岛去。没去成，我被海燕桥上的人流吓住了。国庆长假，天南海北的人拥到珠海，拥到野狸岛。一座海燕桥，只有两车道，但车流却像两条扯不断的缆绳，桥这头的车过了名亭公园牌楼，那头的又扯过来，总没个完。车道两边，人行道一米多宽，游人不像车那样规矩，不会靠右行，于是，南北两边的人行道上全都是人，有的人向岛上走去，有的人向市区走来，只看得见黑压压的人头和花花绿绿的衣服。有那么一会儿，我真担心这座桥承受不了重压会垮塌掉。于是我望而却步，只好站在名亭公园牌楼外，惊诧着游人的稠密。

忽然，我想起明朝散文家张岱的《西湖七月半》。张岱开篇便这样写道："西湖七月半，一无可看，止可看看七月半之人。"现在，我本来是想去游野狸岛的，却不得不在这里看游野狸岛之人。几百年前，人们游西湖，大多坐船去，可是，现在人们游野狸岛都乘车去，即使是挤在人行道上的游人，也是乘公共汽车而来。设若人们都坐小船来，我估计，沿野狸岛海岸都得建成泊船的码头，而那片被灯光映得明亮的海湾，也一定挤满了大大小小的船只，我们势必看不见灯光了。

既然在白天游不成野狸岛，那就在晚上去呗，谁知国庆那几天，晚上也去不成，不论是车道，还是人行道，都被挤得水泄不通，我依然只能站在情侣中路眺望灯光中的海岛。

站在情侣路边的海岸上，海湾里是灯光，岛上是灯光，尤其是得月舫周围的灯光和珠海歌剧院一带的灯光，那才叫明亮。得月舫一带的灯光把名亭路和扬名会游艇码头一带照得亮如白昼，正在新建的珠海歌剧院一带，灯光映亮了半边天空，当电焊的弧光闪亮起来的时候，歌剧院周围的海面和岛上的树林，仿佛全泼上一层牛乳似的，除了明亮，还带着柔和。

即使国庆节过后去岛上，从名亭公园牌楼开始，经由扬名会游艇码头直到岛的中段，还是游人如织，那种三人同骑的自行车，那种五六个人、八九个人同骑的自行车，把连接桥头的那段环岛路挤得满满的，步行的游人只能溜着边，擦着绿篱匆匆往前挤。直到走过岛的中段，游人才渐渐稀疏下来。若能坚持走到海岛另一端，站在海岛的岬角上朝海上看，只能看到一两星渔火。这时，海风吹过来，带着海面特有的咸腥味，你会以为自己是站在一艘巨大的渔船上，渔船在默默地前行，这边的渔船跟海上能看见渔火的渔船一齐收网时，就是渔家欢笑的时刻。

这时候，一转过身，就会看见满天的灯火、满山的灯火、满岛的灯火。其实，野狸岛无论在假日，还是在平常日子，都浮动在海上，那黑黢黢的山一定在灯影里晃动，这山，也像是浮在灯海里面了。

·石溪风景区的"兰亭遗迹"·

稍稍有点文学和历史常识的人都知道，王羲之在著名的《兰亭集序》中提到的"兰亭"在会稽山之南（今浙江绍兴附近），并不在珠海，可是在珠海，确实有一处风景名胜模仿兰亭聚会之旧事，让一些不明真相的人，误以为找到了王羲之当年修禊事的故地，岂不是有些滑稽？

珠海的"兰亭遗迹"在梅华西路石溪风景区，在古元美术馆近旁，那里的环境十分优美，很多古人留下来的诗，都刻在石头上，人们管它叫摩崖石刻。有些人游石溪，本是冲着摩崖石刻去的，并不是冲着兰亭遗迹。

让人不知就里的是，在石溪风景区起点，水中石头上真的刻有《兰亭记》，可要仔细看清楚哟，人家这里刻下的，是《重修石溪亦兰亭记》，而不是《兰亭集序》。

进入景区，眼前出现一个堰塘，堰塘上游有一条小溪，溪水从山里汩汩滔滔而来。去的那天，天公不作美，小雨一直淅淅沥沥地下个不停，那小溪的水便有些浑浊。如果是晴天，小溪里流淌着清澈的山泉，湖泊里的水也会澄澈如玉。即使这样，我们还是能看到临摹出来的兰亭之景，那风景，很是秀丽。

一条小溪从山崖缝里曲曲折折而来，到了较为平坦的下游，形成一米多宽的溪流，溪流两边，石岸错落，溪上有一两座小石桥，岸边开阔地上有略显粗糙的石凳石桌，石岸之外便是《兰亭集序》中写到的茂林修竹。在石溪风景区，的确有崇山峻岭，也有茂林修竹，清流激湍自不必说，清澈的小溪像一条绸带，飘荡在山谷里。站在溪水旁边，我的脑海里立刻产生了当年会稽山阴曲水流觞的幻觉，我似乎看见一群峨冠博带的文人列坐在溪水之畔，他们手摇鹅毛扇子，望着流淌的溪水，等着装酒的杯子在自己面前停下来，然后捋起衣袖，从溪水里拈起酒杯，一仰脖，喝得滋儿滋儿响，一饮而尽之后，不停地赞道："好酒，好酒！"

曲水尽头，是一片石头铺就的坪坝，坪坝之上是瀑流。上游的清泉流到这里，先注入水潭，再漫到水坝上，然后在石坎上形成瀑布，瀑布哗哗地泄下来，水声如同美妙的轻音乐，铮铮淙淙，不绝于耳。瀑水从坪坝上流下，再汇成小溪，穿过石板下面的桥洞，才进到可以流觞的小溪里。

上山的台阶很曲折，在台阶上走着走着，朝前看去，台阶好像消失在林莽中，等走到台阶尽头，就见石径拐了一个弯，又向前蜿蜒而去。泉水呢，一会儿注入石潭，一会儿从大石头上往下跌，跌成一幅不规则的瀑布，有的地方三跌四跌不止，形成一个瀑布群。瀑布把水声扯成断断续续的嘶嘶声，像一首别致的轻音乐。

难得的是，丛林里突然现出一块平地，大树下垒一张石桌，方的，每边放一条石凳，桌面和凳面都粗糙，展现出那种原始和朴拙。

上山途中，偶尔能见到一座凉亭，凉亭下一方水塘，显然是人工合成的景致。

上到山顶，暮色四合，一条石板铺成的小路盘旋在树林里，听说，石板路尽头，是美丽的香山别墅，那里又是一番绮丽风景，只可惜，等我们来到山下，天色完全黑了，雨比刚才大了许多。我想，石溪风景区的曲水里，山水肯定暴涨起来，要是往曲水里放酒杯，怕是像樊哙在鸿门宴上喝酒的"斗"都能浮得起来吧。

据喜好游山玩水的"驴友"们说，兰亭的山上山下，风景都很美，各个季节，都有开不败的野花；上到山顶，能环视整个珠海城，珠海的美景尽收眼底。可惜的是，我们爬上山顶时，天色已晚，又一直下雨，珠海城被裹在蒙蒙的烟雨中。

下次再到珠海，我一定选一个响晴天，或者就在暮春之初，选一个惠风和畅，天朗气清的日子，邀三五个驴友，带上酒和菜，在兰亭的曲水之上，仰观宇宙之大，俯察品类之盛，游目骋怀，极视听之娱！

·别具一格的日月贝——珠海歌剧院·

在珠海，有一座惊世骇俗的宏伟建筑——珠海歌剧院。这座歌剧院究竟怎样特别？我怕是形容不到位。那么，我替你回顾一下澳大利亚悉尼歌剧院，这你该有些印象吧？

2000年9月15日，第27届奥运会在澳大利亚举行，我相信，只要关注过第27届奥运会的人，悉尼歌剧院那独具特色的造型，一定会深深揳入你的脑海。悉尼歌剧院外观为三组巨大的壳片，请注意，我这里说的是三组巨大壳片，第一组壳片在地段西侧，四对壳片成串排列，三对朝北，一对朝南；第二组在剧院东侧，规模和设计与第一组相仿；第三组在剧院西南方，由两对壳片组成……悉尼歌剧院坐落在悉尼港湾，三面临水，环境开阔，外形看上去像三个巨大的三角形翘首站立在海边，白色，状如贝壳……

从"状如贝壳"，能联想到珠海歌剧院的整体构图，不过我有点自私，珠海歌剧院是咱们中国的，无论从哪个角度看，我都觉得，珠海歌剧院比悉尼歌剧院美得多！

目光转向珠海情侣路，跨过海燕桥，来到野狸岛海滨，面前，就会矗起一座雄伟的建筑，跟悉尼歌剧院一样，它做成贝壳形状，一大一小两个"贝壳"，以珠海海域所特有的日月贝为样。

为什么珠海歌剧院要以日月贝为造型？查资料得知，日月贝，渔民也称其为"飞螺"，它的闭壳肌很像扇贝，在海水里十分活跃，能在海面上快速移动，每分钟速度高达20米，还能借助海浪跃过1.5米高的围网，实属贝类中的特异者。日月贝吃起来鲜甜爽口，营养价值极高，是名贵的海产食品。珠海歌剧院建成后，剧院里经常上演精彩的歌剧，那不是精美的精神大餐吗？是不是足以与日月贝一比呢？更重要的是，将歌剧院外形仿制成日月贝贝壳，它那优美的弧线，不也能给人以美的享受吗？

2013年秋天，珠海歌剧院正在建设中，我无数次经过情侣路中路，远眺野狸岛，都能看见那两只巨大的日月贝。2016年正月初二，我又来到珠海，坐在名亭公园附近的海滩上，远眺珠海歌剧院。夕阳照耀着海滩，海湾对面，野狸岛上郁郁葱葱，得月舫右侧，夕阳里，两只白色的贝壳分外明亮，由于离得远，看起来像两架水车。不一会儿，当我们在野狸岛上绕行一周，转到它侧近时，两个贝壳就看得更清晰了。那个大贝壳侧身对着野狸岛，微微张开，是想一窥傍晚的绚丽海景吧？小贝壳侧了一下身子，与大贝壳形成六十度角，把一扇壳面斜对着我们，或许是想为大贝壳掩饰点什么秘密吧。情侣中路一带晴空如洗，连云彩也沉到远处山头，我想，它们一定是想突显日月贝的英姿吧。

珠海歌剧院并不孤立，在它身边，还有一系列建筑，珠海市博物馆和城市规划展览馆犹如一把竖琴矗立在近旁。当歌唱家展开歌喉时，应该有乐器伴奏，这把竖琴，早就等不及了。除了伴奏，它们还承担着陪衬的职责，想想看，要是让歌剧院孤独地耸立在那，岂不是太单调，于是，设计师用流畅而简洁大气的线条来装饰附属建筑，以简约平和的手法组合穿插窗框构件，让这些构件像一串串动感极强的音符，形成轻盈舒展的韵律，与歌剧院的特立绰约相得益彰。

如果从情侣中路的天空俯瞰珠海歌剧院，那两个巨大的贝壳张开来，角度大约是三十度，再把镜头摇近些，就能看清日月贝壳面上的纹理。我既佩服设计师，又佩服建筑师。设计师想象奇特，居然以日月贝为载体，盛放一座歌剧院；而建筑师能把设计师的想象细致入微地体现在建筑物上，那岂不是一双巧夺天工之手？从日月贝侧面看，一扇壳片是个不规则的圆形，壳片上的纹路都向底部攒聚，越往上，纹路越大。完全可以这样说：珠海歌剧院外形，是建筑学上最优秀的仿生学典范，如果把这样一座歌剧院放到水中，我不知道，海里的日月贝们见了，会不会惊讶——我们的族类中竟有这样的庞然大物！

  这座独具特色的歌剧院于2010年4月28日动工建设，2013年11月我离开珠海时，主体结构即将封顶，2016年春节，它已经像一个成熟的少女，正盛装打扮，马上就要盖上红盖头。这样一位美艳的新娘，亭亭玉立在珠海之滨，西边是情侣中路，东边是郁郁葱葱的野狸岛，再往东便是一望无际的大海，近百里长的港珠澳大桥从稍南一点的拱北与澳门之间出发，兴致勃勃地前往香港。当港珠澳大桥建成通车，乘客坐在车厢里，途经野狸岛附近时，见到这样一位可人的新娘，不知道会产生何种臆想！

  珠海，你在全世界老外心中那么美好，如果没有像日月贝这样的美人伫立在海边迎候客人，也确实对不起远道而来的嘉宾呀，于是乎就有了日月贝——珠海歌剧院，并且在歌剧院近旁安放了一把巨大的竖琴，让美丽的姑娘在这里日夜弹奏着关于过去和未来的精美乐章！

·醉眼看世界,越看越绚烂(跋)·

从年轻时开始,我就喜欢游山玩水,游了回来,总要记下点什么。过去写游记,只是把所见所闻记录下来,以资日后回忆;写着写着,写出了味道,写成游记散文,成为艺术结晶。一路写来,写下上百万字。我不时翻出来看看,有一种收藏家把玩藏品的意味。

我写的景点,都是自己到过的地方,可以分为自然风景、人文景观和历史文化三大类,我最喜欢的是自然风景,那是大自然的鬼斧神工,比如青海湖,比如九寨沟,再比如亚龙湾……在伟大的造物主呈现给我们的风景里,我们只有陶醉的份儿,我常常陶醉在美丽的风景里流连忘返。当然,这并不是说人文景观就不吸引人,像上海外滩、外白渡桥,像苏州园林,几千年来劳动人民辛勤地劳动,创造了无以数计的灿烂文化。我的书中还涉及不少历史文化内容,它们跟人文景观有着千丝万缕的联系,一个旅行者,如果只关注自然风景,不留意当地的历史文化,那种旅游就缺少了厚重感,游记散文也无不如此。

孔子曰:"智者乐水,仁者乐山。"如此看来,我既是个懂得变通,又心态平和的人,或者因为喜爱山水而乐观长寿罢。平日里,大家工作都紧张,有点儿闲空,走出去放松一下,陶醉在大自然中,也算一种对自己的犒劳,何乐而不为?在旅途中,我也觉得累,可是等旅行归来,好长时间,我都处在兴奋和快乐中,这是旅行带给我的享受。

对于好东西,我想自己不能独占,正所谓独乐乐,不如众乐乐,这才下了结集出版本书的决心。现在,我把自己旅游的快乐分享给大家,是希望朋友们跟我一起快乐。我相信，你也会像我一样，睁开蒙眬的醉眼，在风景里看世界！

胡祖义

2017年10月20日